ONDERUITGEHAALD

Nancy
vd Bosch

LOES DEN HOLLANDER

Onderuitgehaald

DE CRIME COMPAGNIE
CRÈME DE LA CRIME

Omslagontwerp: bij Barbara
Boekverzorging: Michiel Niesen, ZetProducties, Haarlem

ISBN 978 94 6109 394 3
NUR 305

Meer informatie over De Crime Compagnie op www.crimecompagnie.nl

We worden nooit bedrogen; we bedriegen onszelf.
– *Goethe*

1

Er zit geen bodem in het zwembad.

Ze wordt de diepte in gezogen, haar hele lijf verkrampt. Ergens boven haar is een stem, maar ze kan niet horen wat die zegt. De klanken vermengen zich met het geraas van de vaart waarmee ze naar beneden vliegt.

Ze moet ademen, ze moet lucht krijgen. Ze spert haar ogen open, maar het enige wat ze ziet is water. Overal water. Steenkoud water.

Ze kan haar lippen niet langer stijf op elkaar houden en ze opent haar mond. Grote golven vocht stromen naar binnen en nemen haar in bezit. Ze hoort en ziet niets meer en ze wil schreeuwen om hulp.

Sigrid schrikt wakker.

De nacht verspreidt een weldadige stilte die goed aanvoelt en ze kan weer gewoon ademhalen. Haar hartslag past zich aan, ze heeft het minder koud.

Als ze vroeger een nare droom had en bij haar ouders in bed kroop, zei haar moeder altijd dat ze zich niets moest aantrekken van nare dromen, omdat dromen bedrog zijn.

Als dromen bedrog zijn, waarom droomt ze dit dan nog steeds?

Slapen lukt niet meer. De krant is net bezorgd en ze slaat hem open. Er staat weer een groot artikel in over donorkinderen die een zoektocht zijn gestart naar hun biologische vader. Er was een tijd dat Sigrid wenste dat ze een onbekende donorvader had.

Dan zou ze na de dood van haar moeder mogelijk zijn terechtgekomen in een liefdevol pleeggezin.

Er staat nog een groot artikel in de krant. Het gaat over een moord die twintig jaar geleden werd gepleegd en waarvoor nu een verdachte persoon is aangehouden. Ze leest dat het slachtoffer destijds eerst is gewurgd en daarna in brand gestoken.

'Ook een manier om van iemand af te komen,' mompelt ze.

'Je bent vroeg!' roept de jongen die 's morgens schoonmaakt. 'De tien achterste hokjes zijn al gedaan.' Sigrid glipt een hokje in en kleedt zich uit. Als ze weer naar buiten komt ziet ze twee dames voorzichtig het water in gaan. Die heeft ze hier vaker gezien, het zijn vriendinnen. Ze kletsen graag en met iedereen. Ze loopt naar de andere kant van het bad en laat zich in het water zakken.

Zwemmen werkt altijd ontspannend, daarom komt ze hier zo vaak. De eerste tien baantjes zitten erop, ze blijft even aan de kant hangen en beweegt langzaam haar benen. Een van de kletsvriendinnen klimt via het trapje aan de overkant van het bad naar boven. Sigrid staart naar haar enorme kont. Daarna zet ze zich weer af en begint aan de volgende tien baantjes.

Er loopt een man langs het bad. Ze zwemt rustig verder, maar ze bekijkt hem goed. Hij heeft een prachtig lijf en ook een mooie kop. Ze schat hem een jaar of veertig. Die zal wel ontzettend getrouwd zijn.

Hij kijkt naar haar. Ze begint sneller te zwemmen.

Er komt een groep oude mannen binnen. Sigrid ziet hun hangbuiken en laaghangende billen. Er zit een man tussen aan wie de aftakeling nog weinig aandacht heeft besteed. Hij zwaait naar haar.

Ze zwemt op haar rug verder.

De droom heeft haar deze keer heel sterk geraakt. Ze voelt de angst weer van het moment dat ze beseft dat ze gaat verdrinken.

Ze duikt onder water en zwemt naar de kant. Het was goed om na deze droom zo snel mogelijk naar het zwembad te gaan, maar nu is het genoeg.

Het eerste wat ze ziet als ze boven water komt zijn benen. Ze herkent ze direct. Ze klimt het trapje op en verwacht dat de man aan de kant zal gaan. Maar dat doet hij niet.

Ze wil er wat van zeggen, maar de man stapt opzij.

'Dank je,' mompelt ze.

Hij vraagt of ze zin heeft in warme chocolademelk. Ze was van plan om snel door te lopen, maar bedenkt zich. Hij ziet er goed uit en hij heeft iets.

'Dat lijkt me lekker,' zegt ze.

'Over tien minuten in het restaurant?' Hij heft zijn hand op als groet en zonder haar antwoord af te wachten loopt hij naar de deur die toegang geeft tot de kleedruimte.

Sigrid kijkt hem na. Hij heeft brede schouders, smalle heupen, stevige billen en gespierde lange benen en ook al was hij minder mooi, het wordt tijd dat het weer eens gebeurt, ook al is het pas tien voor halfnegen in de ochtend.

2

Het is nog rustig in het restaurant. Vandaag staat het manke meisje achter de bar. Ze zwaait en wijst naar de plek bij het raam waar Sigrid meestal zit. Daar zit nu de man die haar warme chocolademelk heeft beloofd. Brede lach, mooi gebit. Hij staat op en steekt zijn hand uit. 'Laat ik me eerst even voorstellen. Ik ben Engel Frens.'

Sigrid houdt de hand vast. 'Zei je Engel?'

Hij laat haar hand los en schuift met weer een brede lach de stoel achteruit waarop zij kan zitten. 'Dat zei ik. Mijn moeder was Duitse en in Duitsland heten jongens gewoon Engel. Mijn tweede naam is Hans, die naam gebruikte ik van mijn elfde tot mijn twintigste. Maar tegenwoordig heet ik weer Engel. Veel exclusiever dan Hans. Toch?'

'Je bent graag exclusief,' stelt Sigrid vast.

'Gaan we meteen de diepte in? Dan neem ik maar rum bij de chocolademelk.'

Sigrid buigt zich een stukje voorover. Hij gebruikt een frisse eau de toilette. 'Ik heet Sigrid. Doe mij dan ook maar rum in de chocolademelk. Wat ruik jij lekker.'

Hij lijkt van zijn stuk gebracht. 'Vind je? Nou, fijn. Ben je altijd zo direct, Sigrid?'

'Hebben we iets te verbergen, Engel?' De pot op met die droom en met die shitherinneringen, denkt ze. Laat mijn verdronken stiefmoeder maar een sik krijgen in de eeuwigheid. Ik heb zin om te leven.

'Wat mij betreft niet,' zegt Engel.

Hij zit in de nasleep van een onaangename scheiding. De tweede op rij in tien jaar tijd. 'Ik blijk een scherpe neus te hebben voor vrouwen die in geldwolven veranderen als je ze verlaat,' legt hij uit. 'Maar ik had me na de eerste keer beter moeten indekken en op huwelijkse voorwaarden moeten trouwen. Dat heb ik dus niet gedaan. Zeg maar meteen dat je me een rund vindt.'

'Ik vind je een aantrekkelijk rund.'

Hij neemt een grote slok van zijn rum met chocolademelk. 'Allemachtig, wat ben jij direct,' roept hij. 'Ik woon hier tijdelijk om de hoek. In de flat van mijn zoon. Hij studeert een halfjaar in Athene. Ga je mee?'

Sigrid drinkt haar glas leeg. 'Over direct zijn gesproken,' grinnikt ze.

Hooguit een uurtje, denkt ze.

'Doe je dit vaak?' vraagt hij.

Sigrid steekt haar wijsvinger op en beweegt hem van links naar rechts. 'Geen foute vragen gaan stellen, Engel.'

Hij grijpt haar hand vast. 'Je maakt me gek.'

Ze stapt na hem naar binnen en ziet in één oogopslag dat de gang schoon is en opgeruimd. De deur valt achter haar dicht.

Engel spreidt zijn armen en trekt haar tegen zich aan. 'Welkom. Als iemand mij toen ik vanmorgen wakker werd had verteld dat ik nu...'

Hij heeft ook heerlijke lippen.

Ergens in huis slaat een klok. Sigrid telt de slagen. Twaalf keer. Ze kijkt naar Engels gezicht en naar zijn diepe, rustige ademhaling. Hij moet ouder zijn dan veertig. Architect met een eigen bedrijf, twee keer gescheiden, een zoon die studeert. Zijn gezicht heeft een kinderlijke uitstraling als hij slaapt.

Ze stapt voorzichtig uit bed en raapt haar kleren op. Op haar tenen loopt ze de slaapkamer uit en ze overweegt of ze nog even zal douchen. De deur van de badkamer staat open. Hier is het ook schoon.

Ze doucht nooit in badkamers die er niet schoon uitzien, ze slaapt of vrijt ook nooit in bedden die een smoezelige indruk maken.

Toch maar thuis douchen, want als Engel wakker wordt... Drie keer was wel genoeg, de dag is nog lang. Misschien duikt hij binnenkort weer op in het zwembad en dan ziet ze wel wat ze doet. Dit was zeker voor herhaling vatbaar, maar ze moet ervoor zorgen dat hij geen illusies krijgt. Twee keer gescheiden, twee keer alimentatieplichtig.

Ze houdt het voorlopig op een onedaystand.

3

Soms levert een spontane ontmoeting met seks haar enorm veel energie op, maar vandaag is dat niet het geval. De wandeling naar haar auto zou op andere dagen geen enkel probleem zijn, nu is ze kortademig. De droom spookt nog steeds door haar hoofd en daar ergert ze zich aan. Ze wilde deze dag vroeg aan het werk gaan en ze moet zich niet laten afleiden door zaken die er niet meer toe doen. Die passé zijn. Klaar. Afgehandeld.

Heel definitief afgehandeld.

Zou Wieke vandaag werken? Ze vist haar mobiel uit de zak van haar jas en scrolt naar het nummer van haar zus.

Wieke neemt direct op en zegt dat ze blij is dat Sigrid belt. 'Martijn is zo verkouden dat hij niet op de crèche mocht komen, dus ik moest een verlofdag opnemen. Hij ligt nu in bed en ik ben kapot. Zo slecht geslapen vannacht. Heb je tijd om langs te komen?'

Sigrid is eindelijk bij haar auto. 'Ik kom er al aan. Zal ik even langs de slager rijden en lekkere broodjes meebrengen? Ik ben uitgehongerd.'

'Te veel gedronken? Kater?'

'Een beetje te vroeg op de dag gesekst.'

Wieke schaterlacht. 'Jij lellebel, kom maar gauw. Je moet me alles vertellen. Ik ben dol op Dies, maar als ik jou bezig zie zou ik soms wel een weekje vrijgezel willen zijn. Dat heb ik niet gezegd, hoor je me. Ik heb niets gezegd.'

'Je hebt niets gezegd,' herhaalt Sigrid.

Wieke smoort haar bijna in de omhelzing.

Sigrid maakt zich voorzichtig los. 'Ik heb de rookvlees met kruidenkaas, de tartaar met ei en de achterham met knoflookspread meegenomen. Laat mij die achterham maar nemen, anders vlucht Dies vanavond de deur uit. En je kind zal het ook niet waarderen als je met een knoflookwalm boven zijn bed hangt.'

Wieke is ervan overtuigd dat haar kind alleen enorme ladingen snot kan produceren en ze neemt de zak met broodjes van Sigrid over. Ze zegt dat ze begrijpt dat haar zus vandaag al zo vroeg de behoefte had om lekker los te gaan.

Sigrid begrijpt niet waar ze het over heeft.

'Je bent natuurlijk met mama bezig,' licht Wieke haar opmerking toe. 'Ik ook, al vanaf het moment dat ik wakker werd. Ze zou vandaag toch jarig zijn?'

'Jarig.' Sigrid loopt mee naar de keuken. Natuurlijk, ze zou jarig zijn. Daar komt het allemaal door.

Wieke schakelt het koffiezetapparaat in. 'Ze zou achtenvijftig geworden zijn en ze is dus precies drieëntwintig jaar dood. Soms kan ik me haar stem niet meer goed herinneren. Heb jij dat ook?'

'Niet zolang ik jou hoor praten. Jij hebt haar stem.'

'En jij haar onafhankelijkheid. Daar ben ik vaak jaloers op. Nu doe ik weer net of ik niet tevreden ben met mijn leven. Dat is niet waar, ik ben dol op mijn vent en op mijn kind. Maar ik zou toch net een beetje stoerder willen zijn, zelfverzekerder. Zoals jij.'

'Verkijk je niet op mij,' zegt Sigrid.

Ze hebben een klein glaasje likeur bij de koffie genomen en geproost op hun moeder. Wieke vraagt of Sigrid het niet eng vond om vijfendertig te worden. Zij ziet daartegen op, omdat ze vanaf die dag ouder zal zijn dan hun moeder ooit is geweest, maar ook omdat ze bang is dat ze zelf ook rondom die leeftijd een hartinfarct krijgt.

'Heb jij daar nooit aan gedacht?' wil ze weten.

Sigrid slikt het laatste stukje brood door. 'Ik was niet bang, maar ik vond het wel vreemd. Ik voelde me een beetje schuldig dat ik ouder werd dan zij. Ze zou ons nu heel vermanend toespreken, denk je ook niet? Het heeft natuurlijk ook geen nut om bang te zijn of je schuldig te voelen. We zijn haar kwijtgeraakt en we hebben daarna noodgedwongen moeten dealen met het secreet Freddy. Einde onderwerp Freddy.'

Maar Wieke is nog niet klaar met dit onderwerp. 'We wilden Freddy geen mama noemen, zelfs geen mama Freddy. Wat werd ze dan woest, hè? Ik heb nooit begrepen dat papa haar steunde.' Ze kijkt Sigrid aan met een peinzende blik in haar ogen. 'Jij noemt hem al jaren geen papa meer. Heeft hij daar eigenlijk ooit iets over gezegd?'

'Nooit. Hij kijkt wel uit. Ik heb hem vrijwel vanaf het moment dat hij dat mens aan ons opdrong bij zijn voornaam genoemd en daar was geen discussie over mogelijk.'

'Gek hè, maar ik heb me dat pas veel later gerealiseerd. Maar nu genoeg over het verleden,' beslist Wieke. 'Vertel eens over wat je vanmorgen hebt uitgespookt. Waar vond het feest plaats? Hoe kwam het zo? Was het de moeite waard? Voor herhaling vatbaar?'

Sigrid pakt de lege bordjes op en zet ze op het aanrecht. 'Je weet dat ik het al jaren meestal bij één keer per man houd, dus een herhaling zit er niet in. Hoewel het deze keer toch anders was.'

'Je doet het toch wel veilig? Een van mijn collega's heeft in een dolle bui geen condoom gebruikt en die liep een dijk van een soa op.'

'Ik vrij altijd veilig,' zegt Sigrid.

Wieke belt hun vader en ze vertelt hem dat Sigrid bij haar is en dat ze samen aan mama hebben gedacht. Ze luistert naar wat er aan de andere kant gezegd wordt. 'Ach, wat lief van haar. Geef haar een dikke kus van ons. En jullie ook een fijne dag.' Ze wendt zich tot Sigrid. 'Ze stonden op het punt om te gaan fietsen. Mitzy heeft een prachtige bos bloemen meegenomen voor mama. Wat ontzettend aardig, hè?'

'Inderdaad ontzettend aardig,' geeft Sigrid toe.

Er valt een diepe stilte.

'Waar gaat deze stilte over?' wil Wieke weten. 'Waar denk jij aan?'

Sigrid grijpt de koffiepot die op tafel staat. 'Ik droomde weer dat ik verdronk. Het was zó echt, gruwelijk gewoon. Ik heb ergens gelezen dat een verdrinkingsdood gepaard gaat met mooie visioenen. Ik had geen visioen.'

'Jij verdronk ook niet echt, zusje. Dat gebeurde met Freddy, weet je nog? Die dook met haar dronken kop het zwembad in terwijl ze niet kon zwemmen.'

'Denk jij nog vaak aan die nacht?' vraagt Sigrid. 'Waarschijnlijk niet, jij sliep overal doorheen.'

'Ik sliep niet,' zegt Wieke.

4

Ze doen alsof Wieke het niet heeft gezegd of dat Sigrid haar niet heeft verstaan. Ze drinken koffie en nemen nog een glaasje likeur. Ze proosten weer op hun jarige moeder.

'Martijn is wakker,' meldt Wieke. 'Ik haal hem even.'

Haar zoon ademt beter dan vanmorgen, volgens Wieke. Zijn neus zit ook niet meer zo verstopt. Nadat hij zijn flesje achter elkaar leeg heeft geslurpt is ze ervan overtuigd dat hij overmorgen wel weer naar de crèche kan. Ze vertelt dat ze morgen even langs hun vader wil gaan en vraagt of Sigrid mee wil. Ze legt een slab over haar schouder en neemt Martijn op haar arm.

'Is Mitzy er morgen ook?' wil Sigrid weten.

Wieke heeft geen idee, maar wat haar betreft zou het leuk zijn als de familie compleet is.

'Familie?'

'Voor mij voelt het zo. Als je ziet hoe dol Mitzy is op Martijn en hij op haar. Ze is ook gek op ons. Ze hoort erbij. Vind ik.'

'Je hebt gelijk, je hoeft je niet te verdedigen.' Sigrid raapt de slab op, die van Wiekes schouder is gevallen, en legt hem terug. 'Zit dat kind nooit stil?' Ze buigt zich naar Martijn toe. 'Krijgt Sigrid een kus? Toe maar, een hele natte. Wat ben je toch een lekkere kwijlebabbel.' Ze aait het jongetje over zijn bol. 'Ik weet dat ik dwarslag toen Mitzy aan ons werd voorgesteld, maar ik zag wel direct dat het een heel andere vrouw is dan Freddy. Ik gun ze allebei het geluk en ik hoop echt dat Fokke gezond blijft en dat ze samen heel erg oud worden. En dat ik ook een familiegevoel krijg, net als jij.'

Wieke zet Martijn in de kinderstoel. 'Ze reageerde geëmotioneerd toen ik haar een tijdje geleden vertelde over de dag dat mama overleed. Ze is op dezelfde manier een goede vriendin kwijtgeraakt, toen ze nog in Italië woonde. Bij haar heb ik nooit het gevoel dat mama een verboden gespreksonderwerp is, zoals in de tijd van Freddy.'

Sigrid grinnikt. 'De tijd van Freddy, dat zeg je goed. Toch niet te geloven dat ze vijftien jaar van ons leven heeft vergald? Waarom zijn we eigenlijk niet veel eerder naar een huis in Frankrijk met zwembad gegaan?'

Wieke smoort met haar hand een lach. 'Sigrid!'

'Wat "Sigrid!"? Hebben wij één traan gelaten toen ze verdronk? Zijn wij één seconde van slag geweest? Heeft er iemand gehuild?' Sigrid kijkt haar zusje aan. 'Wat bedoelde je eigenlijk met "Ik sliep niet"?'

'Precies wat ik zei, dat ik niet sliep. Ik voelde me niet op mijn gemak met die straalbezopen Freddy in huis.'

'Ik heb altijd gedacht dat jij de hele nacht hebt geslapen. Heb jij soms iets gezien? Heb jij iets gemerkt van wat er bij het zwembad gebeurde?'

'Nee, niets. Niemand toch?'

'Niemand,' beaamt Sigrid, en ze hoopt dat Wieke niet in de gaten heeft hoe opgelucht ze is.

5

Sigrid probeert altijd snel aan iets anders te denken als deze herinnering zich aandient. Vandaag zal dat niet lukken, dus laat ze het gebeuren.

'Ik moet jullie iets vertellen,' begon Fokke. Ze hadden net gegeten en Wieke was al gaan staan om de borden op elkaar te stapelen. 'Ga nog even zitten,' verzocht hij haar.

Sigrid had meteen een ongerust gevoel.

'Ik heb een maand geleden kennisgemaakt met een aardige vrouw. Ze heet Freddy Hasselaar, ze is negenentwintig jaar en ze werkt in de grote stadsbibliotheek. Ze heeft geen kinderen en ze zou graag kennis met jullie willen maken.'

'Freddy?' riep Sigrid. 'Dat is een jongensnaam. Wat idioot, zeg.'

Fokke maakte een sussend gebaar. 'Zo kan-ie wel weer. Er zijn blijkbaar ook meisjes die zo heten.'

'Waarom wil ze met ons kennismaken?' vroeg Wieke.

Sigrid wilde zeggen dat dit een echt stomme vraag was, maar Fokke legde haar met een hand het zwijgen op. 'Freddy en ik kunnen het heel goed samen vinden. Jullie weten dat ik het moeilijk vind om jullie elke keer dat ik tot laat in de avond moet werken achter te laten bij een oppas. Ik wil dat jullie een veilig thuis hebben waar iemand is die voor jullie zorgt. Iemand die deel uitmaakt van ons gezin.'

'Die komt hier dus wonen,' reageerde Sigrid en ze hoorde hoe bot dat klonk.

Fokke deed of hij het niet hoorde. 'Ik zou het fijn vinden als jullie Freddy een kans willen geven. Ze is echt heel aardig, anders zou ik haar nooit binnenlaten.'

'Goed,' zei Wieke. 'Wordt ze dan onze moeder?'

'We hebben al een moeder,' snauwde Sigrid. 'En waag het niet te zeggen dat die dood is. Dood of niet, ze is en blijft onze moeder. Begrepen?'

'Schreeuw niet zo,' maande Fokke. 'Mama blijft inderdaad altijd jullie moeder. Freddy zou hooguit een vervangster kunnen zijn.' Hij zag dat Sigrid opnieuw wilde protesteren. 'Genoeg hierover. Ze komt zaterdag.'

De daaropvolgende dagen had Sigrid een slecht humeur. Dat kwam niet alleen door het vooruitzicht van de kennismaking met een vrouw die hun stiefmoeder zou kunnen worden. Ze had vaker last van dit soort stemmingen sinds haar moeder in een eikenhouten kist in de voorkamer had gelegen en na twee dagen totaal niet meer op zichzelf had geleken. Dat ze was doodgegaan was tot daaraan toe, maar dat haar gezicht veranderde en ze onherkenbaar werd ging Sigrid te ver. Dat nam ze haar moeder kwalijk, net zoals ze het haar kwalijk nam dat haar hart ermee was gestopt en dat ze zich daar niet tegen had verzet. Ze schaamde zich voor die gedachten en toch bleven die haar achtervolgen. Iemand moest de schuld hebben en de enige die ervoor in aanmerking kwam was degene die alle ellende had veroorzaakt.

De foto van haar moeder die vlak voor de dag dat ze stierf is genomen staat op Sigrids bureau tussen andere dierbare foto's. Ze tilt de lijst op en zet hem helemaal vooraan. In een van de keukenkasten vindt ze een theelichtje. Het vlammetje brandt mooi egaal.

'Ik ben niet boos meer,' zegt ze tegen de foto van haar moeder. 'Niet meer op jou.'

De stilte vliegt haar aan. Ze loopt naar de radio en zoekt de klassieke zender op. Een omroeper kondigt de opera *Il trovatore* aan. Dat was de lievelingsopera van haar moeder.

'Voor jou, mama,' zegt ze tegen de foto.

Ze houdt eigenlijk niet van opera, maar toch luistert ze. Ze heeft het gevoel dat de foto ook luistert, net zoals de foto luisterde en keek naar wat zich in de woonkamer afspeelde wanneer Wieke en Sigrid alleen thuis waren met Freddy. De foto gaf Sigrid een veilig gevoel, ze was ervan overtuigd dat haar overleden moeder over haar zou waken als haar beeld maar zichtbaar bleef. Daarom bewaakte ze deze foto en als Freddy hem weer eens in een van de laden van het dressoir had gelegd, haalde Sigrid hem tevoorschijn en zette ze hem triomfantelijk vooraan. Ze stelde ook vaak voor om samen met Wieke in het familiealbum te bladeren en dan vertelde ze haar zusje over gebeurtenissen die zij zich beter kon herinneren, omdat ze drie jaar ouder was. Als Freddy vragen stelde gaf ze geen antwoord.

Het grote album was opeens nergens meer te vinden. Freddy beweerde dat Sigrid het op de stapel oude kranten had gelegd en dat het daarna waarschijnlijk bedekt was met andere oude kranten en vervolgens in de vuilnisbak was beland.

Sigrid schreeuwde, schold, stampvoette, trapte van zich af en werd later door Fokke gestraft omdat ze zich had misdragen en Freddy voor leugenaar uitmaakte.

'Papa gelooft altijd alleen wat Freddy zegt,' stelde Wieke vast.

Sigrid nam de foto van haar moeder mee naar haar kamer en ze zei tegen Freddy dat ze haar zou vermoorden als ze het waagde één vinger naar die foto uit te steken. Vanaf die dag veranderde er iets tussen haar en Fokke. Pas veel later realiseerde ze zich dat zijn vaderschap voor haar gevoel door zijn keuze voor Freddy aan kracht had ingeboet.

Het was ook op die dag dat ze, als vijftienjarige, voor de eerste keer bedacht dat moord een optie zou zijn.

De muziek die de kamer vult lijkt haar te willen dwingen om te luisteren. Sigrid gaat in de leren fauteuil zitten waarin haar moeder altijd zat als ze van een opera genoot. Het leer is op de zitting een beetje gebarsten en de armleuningen zijn verkleurd.

Freddy wilde de stoel bij het grofvuil zetten maar ook al gaf Fokke nog zo veel toe, dit voorstel was onbespreekbaar. Het was een erfstuk, legde hij uit, en een van de meisjes zou de stoel later misschien willen hebben. Daarna werd de fauteuil in een hoek van de voorkamer gedropt, totdat Sigrid hem meenam naar haar eerste eigen huis.

Eigenlijk is opera best om aan te horen. Sigrid legt haar benen over de armleuning en trekt een kussen in haar hals. Ze luistert met gesloten ogen naar de muziek en naar de prachtige stemmen. Zo zat mama ook vaak, realiseert ze zich. Ze heeft het gevoel dat haar moeder op dit moment heel dichtbij is.

‘Waar zou mama nu zijn?’ vroeg Wieke zich hardop af toen ze op een avond aan tafel zaten. Fokke was nog niet thuis en Freddy was op de stoel van hun moeder gaan zitten.

‘Dat is mama’s stoel,’ wees Sigrid haar terecht.

‘En nu is het mijn stoel,’ zei Freddy. Ze wendde zich tot Wieke. ‘Je moeder is nergens meer.’

Sigrid draait de volumeknop helemaal open.

6

Gelukkig heeft ze niet gedroomd vannacht. Ze heeft bijna negen uur geslapen en voelt zich fit. Vandaag wil Wieke bij hun vader en zijn partner langs en Sigrid is van plan om mee te gaan. Er ligt een manuscript klaar dat geredigeerd moet worden, maar daar kan ze morgen ook wel aan beginnen.

Er staan twee nieuwe berichten op de mail. Ze blijken van vrouwen te zijn die een boek hebben geschreven dat ze graag ter beoordeling willen sturen. Het gaat om een roman en een thriller. Het zijn debuten. Ze willen ook graag advies van haar voor geschikte uitgevers. Ze stuurt beide auteurs een bericht waarin ze meldt dat ze manuscripten alleen redigeert en niet inhoudelijk beoordeelt. Voor een advies over uitgevers noemt ze de naam van een literair agent die ze kent. Hij mailde haar vorige week dat hij terug is van een wereldreis en weer aan het werk gaat.

'Als ik dertig ben, wil ik op wereldreis,' zei Sigrid op de dag dat ze zestien werd. Fokke prees haar ondernemingslust en Wieke riep dat ze mee wilde. Toen ze in de keuken de taart aansneed die ze zelf gebakken had stond Freddy opeens achter haar.

'Als jij dertig bent lopen er drie koters achter je aan en heb je een uitgezakt lijf,' fluisterde ze. 'En reken er maar niet op dat er dan nog een kerel naar je kijkt.'

Gaat ze nou de hele dag weer aan Freddy denken? Nee dus. Dan moet ze beter opletten, want haar dode stiefmoeder presteert het om op de meest onverwachte momenten tevoorschijn te komen. Ook al is ze zo dood als een pier, dat heeft ze nog steeds niet afgeleerd.

Er zit een grote bruine envelop in de brievenbus. Sigrids naam en adres zijn met een zwarte viltstift in duidelijke letters geschreven. Je zou bijna geloven dat het drukwerk is. Sigrid scheurt de envelop open en leest de brief die als eerste tevoorschijn komt.

Geachte mevrouw Fortuin,
Een goede vriendin attendeerde me op u. Misschien kunt u iets voor mij betekenen. Laat ik maar meteen vertellen waar het om gaat.
Ik werk momenteel aan een roman die is gebaseerd op een waargebeurd verhaal. Althans, het uitgangspunt is een roman, maar ik houd er rekening mee dat er uiteindelijk een thriller zou kunnen ontstaan.
Dit verhaal bevat gevoelige materie, omdat ik opening van zaken wil geven met betrekking tot gebeurtenissen die, om maar alvast in spannende termen te spreken, het daglicht niet verdragen. Ik denk dat de personen die hierbij betrokken waren mij dit boek niet in dank zullen afnemen.
Over het al dan niet gebruiken van de echte namen en het aanleveren van persoonlijke conclusies denk ik nog na.
In eerste instantie noem ik alleen de echte naam van het slachtoffer en gebruik ik voor de namen van de andere personen alleen hun voorletter, maar ik overweeg dit te veranderen.
Ik ben persoonlijk sterk bij dit verhaal betrokken en om mijn privacy zo goed mogelijk te beschermen gebruik ik een pseudoniem, in het vertrouwen dat u dit respecteert.
Hierbij stuur ik u de eerste twee hoofdstukken. Binnenkort kunt u meer verwachten. Ik zal u nog laten weten naar

welk mailadres u uw opmerkingen en uiteraard de rekening kunt sturen.
Ik wens u veel leesplezier!
Met vriendelijke groet,
Hansje de Wit

Sigrid legt de brief opzij en haalt het pakje papier uit de envelop. Hansje de Wit weet blijkbaar niet dat Sigrid alleen de redactie doet van manuscripten. Toch bladert ze erdoorheen en ze bewondert de bladspiegel. Deze auteur heeft in elk geval goed nagedacht over de leesbaarheid van het document. Dat komt weinig voor. Er is ook een prettig lettertype gebruikt. Twee pluspunten. Ze kijkt naar de titel.

Geen genade mogelijk

Heftig.

Is Hansje een man of een vrouw? Dat zal zo wel blijken. Sigrid heeft vaker manuscripten geredigeerd die onder pseudoniem geschreven waren en ze heeft zich nog nooit vergist in het geslacht van de auteur.

Voor wie zou geen genade mogelijk zijn? Ze leest de ondertitel.

De geschiedenis van Freddy, die het slachtoffer werd van jaloezie en leugens. Wie rekende met haar af?

Sigrid heeft de woorden al minstens tien keer gelezen en nog kan ze haar ogen er niet van afhouden.

Toeval, denkt ze.

Maar dan leest ze de eerste zin.

Een

Toen Freddy verdronk, stond voor mij het leven stil. Ik wist dat het nooit meer zou worden als voorheen en dat het laatste sprankje hoop op onze hereniging voorgoed verdwenen was.

Ik las haar overlijdensadvertentie in de krant. In de laatste zin van de tekst stond dat de uitvaart in besloten kring had plaatsgevonden. Het was een crematie geweest. Na een crematie kun je van alles doen met de as. Het is mogelijk die mee naar huis te nemen, je kunt die in een urn laten verankeren in een urnenmuur of alsnog begraven. Je kunt de as ook laten uitstrooien, hetzij op land, hetzij op zee. Maar over al die mogelijkheden stond niets vermeld in de summiere advertentie. Ik kon niets met die tekst en nog minder met de wetenschap dat de liefde van mijn leven nergens meer was en dat ik haar nooit meer zou tegenkomen. Dat ik haar nooit meer zou kunnen aanraken.

In de advertentie stond alleen vermeld dat ze was overleden. Plotseling overleden. Niet hoe, niet waardoor. Er was duidelijk geen moeite gedaan om de tekst een beetje body te geven. Er werd een feit genoemd: het overlijden. Haar naam werd eraan toegevoegd, gevolgd door de naam van haar man. Meer niet. Nergens werd duidelijk gemaakt dat ze twee stiefdochters had. Hun bestaan leek niet belangrijk. Freddy leek niet belangrijk. En dat was ze ook niet.

Niet voor hen.

Wel voor mij.

Ze verdronk in het zwembad van een vakantiehuis in Frankrijk. Er schijnt iets over in de krant te hebben gestaan, maar dat heb ik gemist.

Ik wist hoe bang ze was voor water. Ze kwam daar nooit dichtbij, want ze kon niet zwemmen. Haar watervrees moest ergens vandaan komen en daar hebben we veel over gepraat. Ze kon zich maar één incident uit haar jeugd herinneren dat voor een verklaring kon zorgen maar ze was er vooral van overtuigd dat ze gewoon met watervrees was geboren. Ik dacht en denk daar anders over. Ik ga ervan uit dat ze die angst had meegenomen uit ervaringen in een vorig leven.

Dat idee lachte ze weg. Ze lachte alles weg wat door haar als vaag werd bestempeld. Ze wilde ook nooit ingaan op mijn waarschuwingen voor het boze oog dat op haar was gericht.

Ze had beter naar me moeten luisteren en ik had zuiniger moeten zijn op mijn gevoel voor haar. Ik had haar moeten tegenhouden toen ze aankondigde dat ze op zoek ging naar een man die haar moeder kon maken. In plaats daarvan nam ik genoegen met wat er voor mij overschoot: geheime ontmoetingen en gepassioneerde seks met een beperkte tijdsduur. Maar ze was het waard.

Ik denk elke dag aan mijn Freddy. Ik zoek haar, roep haar, smeek haar bij me langs te komen, maar ze blijft weg. Daar ben ik boos om geworden, verdrietig, onzeker, eenzaam. Ik zocht voortdurend naar een reden voor haar weigering om zich bij me te voegen. Tot ik begreep wat ze me duidelijk wilde maken door niet naar me toe te komen.

Twee

Ik zag haar voor het eerst op de eerste dag van de meteorologische lente. Naar die dag kijk ik elk jaar opnieuw al weken uit. Ik haat de winter. De korte dagen van december, de gure wind en de vrieskou van januari en februari, de kale bomen en de dorre takken. Ik ga elk jaar tijdens die maanden een beetje dood.

Ik zag haar toen ik de bibliotheek binnenstapte. Ze passeerde me met een stapel boeken onder haar arm en we hadden direct oogcontact. Ik keek om toen we allebei een andere kant op liepen. Zij keek ook om.

Ze was vijfentwintig en tot dat moment ongelukkig in de liefde. Onze kennismaking veranderde alles en niet alleen voor haar.

Ik kwam thuis bij Freddy.

Er liep voortdurend iemand met haar mee, maar dat hinderde me niet. Ik zag affectie en bescherming en ik wist dat degene die om haar heen was vanzelf zou overgaan naar een volgende dimensie. Grote kans dat mijn komst dat mogelijk ging maken. Ik kreeg gelijk. Haar begeleider verdween nadat we voor de eerste keer de liefde hadden bedreven. Freddy was onthutst en geraakt. Ze zei dat mijn passie haar bedwelmde, maar dat ze nog nooit zo lekker bedwelmd was geweest. Ik hoefde niet veel moeite te doen om haar opnieuw in mijn armen te krijgen. Ze kwam zelf naar me toe. Alleen, zonder de persoon die haar tot die tijd niet had kunnen loslaten.

Ik vroeg haar hoe ze zich voelde. Haar antwoord was: 'Bevrijd.'

Alles was goed.

Als ik aan Freddy denk zie ik eerst haar mond, haar volle rode lippen die geen lipstick nodig hadden. Ze hield ze vaak net niet op elkaar en ze wist dat dat me gek maakte. Geen enkele vrouw heeft me zo buiten mezelf laten raken als Freddy. Ik had tot het einde van mijn leven bij haar willen blijven en voor haar willen zorgen. Ik heb haar in de meest uiteenlopende zinnen mijn liefde verklaard en toch beschikte ik altijd over te weinig woorden om exact duidelijk te kunnen maken wat ik wilde zeggen. Maar vanaf het moment dat ze me vertelde dat ze kinderen wilde krijgen wist ik dat ik haar kwijt zou raken.

Ik had niet zo snel moeten opgeven.

Ik had haar kinderwens moeten delen en omarmen. En ik had ervoor moeten zorgen dat ze moeder werd.

Sinds Freddy is verdronken mijd ik diep water. Misschien wil ze ook pas bij me in de buurt komen als ik wegblijf van plekken die ze kan associëren met haar doodsangst. Want ze is bang geweest, wanhopig, in paniek.

Dat weet ik.

7

In een doos op zolder moet nog de rouwkaart liggen. Sigrid controleert de etiketten die op de dozen zijn geplakt. Ze zoekt naar het etiket waar PAPIEREN op staat.

'Als je ordelijk bent houd je goed overzicht en dat is altijd prettig,' hoort ze nu haar moeder zeggen. Haar moeder adviseerde ook vaak om teksten die van belang waren of nog zouden kunnen worden in een speciale doos te bewaren. Sigrid wist zeven jaar geleden niet waarom ze de rouwkaart van Freddy ergens zou moeten bewaren en ze kon ook geen reden bedenken om hem weg te gooien. Daarom kwam de kaart in de speciale doos terecht.

Het is de meest beknopte tekst die ze ooit op een rouwkaart gelezen heeft. Er staat vermeld dat Freddy Hasselaar onverwacht op de leeftijd van vijfenveertig jaar is overleden en dat de crematie in stilte heeft plaatsgevonden. Onder aan de kaart staat namens de familie één naam: *Fokke Fortuin*.

Ze waren al een week thuis toen het lichaam eindelijk arriveerde. Ze werd in een gesloten kist opgebaard, maar niemand ging naar het uitvaartcentrum. Er kwam een begrafenisondernemer langs en Sigrid en Wieke zorgden dat ze thuis waren toen hun vader met deze man sprak. Hij stelde discrete vragen en liet absoluut niet merken wat hij vond van de antwoorden die hij kreeg. De boodschap was duidelijk: geen spektakel, ook geen uitvaart. Ze reden achter de lijkwagen aan naar het crematorium en stapten uit toen de kist uit de auto werd geschoven. Niemand sprak een woord. De kist werd op een soort brancard gezet en naar binnen gereden. Boven de deur waardoor Freddy verdween stond: DIENSTINGANG. Daarna gingen ze naar huis. Sigrid bestelde later iets bij de traiteur en ze werden alle drie dronken. Ze vroeg aan Fokke hoe hij zich voelde en hij antwoordde: 'Vrij.'

Ze houdt de rouwkaart nog steeds vast. Fokke vertelde dat hij drie condoleancekaarten had gekregen van mensen die met Freddy hadden samengewerkt in de bibliotheek en één van een onbekende man.

Zou hij die kaarten hebben bewaard?

Sigrid bekijkt de kaart nog een keer en kan een glimlach niet onderdrukken.

Freddy kon er vanaf het moment dat ze met Fokke was getrouwd geen genoeg van krijgen om zich te presenteren als 'mevrouw Fortuin'. Sigrid herinnert zich de bekakte manier van spreken als haar stiefmoeder de telefoon opnam. 'Met mevrouw Fortuin, met wie spreek ik?' Alsof ze tachtig was.

'Welke naam gebruiken we voor de rouwkaart?' vroeg Fokke aan zijn dochters toen ze met de begrafenisondernemers de uitvaart van Freddy bespraken.

'Hasselaar,' antwoordde Sigrid.

Soms vraagt ze zich af of ze niet wat meegaander had moeten zijn. Zou Freddy zich in dat geval anders hebben gedragen? Die gedachte komt in de buurt van een schuldgevoel en dat wil ze niet hebben. Freddy Hasselaar had en heeft geen recht op een schuldgevoel. Zij was de volwassene en ze had begrip moeten tonen. Ze had moeten bedenken en begrijpen hoe kwetsbaar de kinderen waren aan wie ze van het ene op het andere moment werd opgedrongen. Ze had liefde moeten toevoegen in plaats van haat te kweken. Ze had bescherming moeten bieden en geen onveiligheid.

De doos staat weer op zijn plaats en de kaart zit er weer in. Mevrouw Fortuin bestaat niet meer.

Ze is opgeruimd.

8

Mitzy wacht haar op bij de voordeur. 'Fijn dat je er bent. Je vader heeft me weer ten huwelijk gevraagd en hij is erg geïrriteerd omdat ik opnieuw heb geweigerd.'

Sigrid kan een glimlach niet onderdrukken. 'Er zijn vrouwen die zich van geluk geen raad zouden weten als ze in jouw schoenen stonden. Maar ik heb het al eerder tegen je gezegd, Mitz, en ik blijf het herhalen: niet toegeven als je er zelf niet achter staat.'

'Ik vond één huwelijk genoeg en ik wil een bepaalde mate van onafhankelijkheid houden. Dat lukt niet als ik mijn handtekening zet onder een trouwakte. Je vader begrijpt dat niet. Je zou toch zeggen dat hij het juist als geen ander begrijpt, na wat hij allemaal met Freddy heeft meegemaakt.'

'Hij heeft niet zo veel met Freddy meegemaakt, Wieke en ik waren de slachtoffers.' Sigrid hoort hoe afgemeten haar woorden klinken. 'Dat bedoel ik niet negatief ten opzichte van mijn vader. Hij had een zware baan en werkte hard. Hij vertrouwde zijn vrouw en dacht dat wij overdreven.'

'Je mag best iets negatiefs over hem zeggen,' antwoordt Mitzy. 'Ik weet wel hoe je het bedoelt. Hij heeft steken laten vallen, daar is hij zich van bewust.'

Sigrid pakt Mitzy stevig vast. 'Als je maar weet dat Wieke en ik met liefde ónze handtekening onder jullie trouwakte zouden zetten. Maar voel je vooral nergens toe gedwongen.'

'Probeer hem wat vrolijker te maken,' adviseert Mitzy. 'Daar hebben we allemaal baat bij.'

‘Wat viel daar te smoezen?’ Fokke komt moeizaam overeind. ‘Die rotrug,’ moppert hij.

‘En dan wil ze ook nog steeds niet met je trouwen,’ lacht Sigrid. ‘Dat is trouwens wel gunstig voor onze erfenis. Ga nou niet de hele tijd zitten mopperen, wat maakt die handtekening nou uit?’

‘Voor mijn gevoel hoor je te trouwen als je de rest van je leven bij elkaar wil blijven, al vinden jullie dat allemaal een hopeloos ouderwetse mening,’ protesteert Fokke. ‘Ik ben nou eenmaal hopeloos ouderwets.’

‘Weet je wat? Ik denk er nog eens serieus over na,’ belooft Mitzy. ‘Op voorwaarde dat je nu gezellig gaat zijn en er de komende drie maanden niet meer over begint.’

‘Deal,’ zegt Fokke. ‘Niemand kan me verwijten dat ik haar te snel heb gevraagd,’ mompelt hij.

Deze keer niet, denkt Sigrid.

‘Daar komt Wieke aan met het kleine mannetje,’ roept Mitzy. ‘Kijk nou toch, hij zwaait!’ Ze loopt snel naar de gang.

‘Ze zou zo’n leuke oma zijn,’ verzucht Fokke tegen Sigrid.

‘Ze is een leuke oma. Dat kun je ook zijn zonder trouwboekje. Doe eens een beetje soepel.’

Ze is in de houten stoel met de gevlochten zitting neergeploft. In deze stoel zat ze ook toen Fokke vertelde dat hij Freddy ten huwelijk had gevraagd.

‘Waarom?’ riep ze. ‘We kennen haar net!’

Toen antwoordde hij dat liefde soms weinig tijd nodig heeft.

Freddy had een schaal meegenomen die was opgemaakt met hyacinten. Er kwamen al een paar paarse bloemetjes tevoorschijn en Freddy zei dat ze heel erg had geaarzeld of ze hyacinten zou nemen of narcissen. Sigrid antwoordde dat ze beter narcissen had kunnen kiezen, omdat Wieke heel erg hoofdpijn kreeg van hyacinten.

Fokke beweerde dat dit wel meeviel.

Hoeveel schalen met hyacinten hebben er wel niet in deze kamer gestaan en hoeveel pijnstillers heeft Wieke geslikt om de hoofdpijn te bestrijden? Volgens Freddy was die hoofdpijn iets wat Wieke zich inbeeldde. Haar zus had vroeger ook van die kuren, vertelde ze, en hun moeder trok zich daar ook niets van aan.

De zus woonde in Spanje en Freddy had geen contact met haar. Als Sigrid naar de reden vroeg kreeg ze vage antwoorden. Er was iets met geld dat geleend was en nooit terugbetaald en met een man die overal schulden had. Er was ook geen contact met de ouders van Freddy, want die hadden de kant van de zus gekozen. Toen Freddy en Fokke trouwden waren er alleen twee vriendinnen van Freddy als getuige aanwezig. Er was geen receptie en geen feest. Het lag allemaal nog erg gevoelig in de familie, vertelde Fokke aan zijn dochters. Vooral de twee zussen van hun vader hadden er moeite mee dat hij zo snel hertrouwde. De familie van hun moeder distantieerde zich direct van het gezin toen Fokke zo snel met een nieuwe vrouw op de proppen kwam.

Sigrid dacht veel na over wat er gebeurde en hoe ze zich voelde. Als het klopte wat Fokke had gezegd, dat liefde soms weinig tijd nodig had, zou er dan heel binnenkort iets tussen haar en haar stiefmoeder ontstaan wat in de buurt kwam van genegenheid? Want wat er ook was, geen genegenheid. Er was alleen sprake van een gewapende vrede.

Wieke zet Martijn op Sigrids schoot. 'Ga jij maar eens even bij je tante zitten. Hij is niet meer zo verkouden, dus ook niet meer besmettelijk. Je lijkt helemaal in gedachten verzonken, zusje. Waar denk je aan? Die man uit het zwembad?'

'Heb je een vriend?' vraagt Mitzy. 'Werkt hij in het zwembad?'

Sigrid trekt Martijn naar zich toe en begraaft haar lippen in zijn stevige bos haar. 'Zo komen de praatjes in de wereld,' zegt ze.

Wieke bewondert het boeket dat op de eettafel staat. 'Wat een mooie bloemen. Lief van je, Mitz, dat je die hebt gekocht.' Ze knuffelt Mitzy. 'Wanneer gaan jullie trouwen?'

Fokke eigent zich Wiekes vraag direct toe. 'Als mijn jongste dochter er ook al mee bezig is, heeft het idee toch bestaansrecht? Ik vind trouwen een belangrijke stap in een relatie en ik wil ook graag samenwonen.'

Sigrid slaakt een diepe zucht. 'Daar hoef je niet voor getrouwd te zijn. Was jij dat niet die hier voorlopig over zou zwijgen?'

'Ik denk zo vaak terug aan onze eerste ontmoetingen in de supermarkt,' gaat Fokke onverstoorbaar verder. 'We kwamen elkaar steeds tegen bij...'

'... de vleeswaren,' vullen Sigrid en Wieke aan. 'Maar zij keek niet naar jou. Er was helemaal geen sprake van ontmoeten, je hebt je gewoon aan haar opgedrongen.'

'Ik viel direct op haar,' lacht Fokke. Hij ziet dat Mitzy geïrriteerd is. 'Ik hou er nu over op, liefde van mijn leven.'

Sigrid staart hem aan.

'Dat betekent niet dat ik je moeder vergeten ben,' zegt hij.

9

Sigrid wil een gelegenheid vinden om even met haar vader alleen te zijn. Dat lukt als er broodjes moeten worden gesmeerd en zij aanbiedt dat samen met hem te doen. Martijn moet verschoond worden en Wieke volgt Mitzy naar de badkamer.

'Wat ben je gespannen,' merkt Fokke op. Hij snijdt de broodjes en begint ze te besmeren met boter.

'Gespannen? Valt wel mee. Maar ik wil je iets vragen en hoop dat het onder ons kan blijven.'

'Natuurlijk. Vraag maar.' Fokke legt het mes neer. 'Heb je geld nodig?'

Sigrid moet lachen. 'Hoe kom je daarbij? Ik kan uitstekend rondkomen. Maar wat ik me afvroeg...' Hoe stelt ze de vraag zonder argwaan te wekken? Ze wil niet vertellen dat ze een manuscript heeft ontvangen waar ze voortdurend aan moet denken. Het waren nog maar twee hoofdstukken en het kan nog steeds toeval zijn dat er sprake lijkt te zijn van overeenkomsten. Ze kan ook besluiten om de hoofdstukken die eventueel nog gestuurd worden niet te lezen en de auteur door te verwijzen naar een uitgever.

'Wat vraag je je af? Je maakt me ongerust. Wat is er aan de hand?'

Sigrid haalt diep adem. 'Freddy was vaak een dag weg, soms zelfs een heel weekend. Jij zei dan dat ze rust nodig had en dat ze soms niet goed tegen de drukte van het gezin kon. Had ze toen een ander?'

Fokke begint de broodjes te beleggen. Zijn gezicht staat strak. 'Daar heb ik nooit vragen over gesteld. Daar had ik ook geen reden toe.'

'Waarom niet?'

'Zonder in details te willen treden over mijn vorige huwelijksleven kan ik je wel vertellen dat ik seksueel niets te klagen had.'

Sigrid voelt haar maag in opstand komen.

'Tot na de laatste miskraam,' gaat Fokke verder. 'Toen was de vlam uit de pan, als je begrijpt wat ik bedoel.'

'Waarom bleef je toen bij haar?'

'Ik had medelijden met haar.'

'Getver, wat banaal. Een huwelijk houd je toch niet in stand vanuit medelijden?'

'Daar heb je een punt. Laat ik het zo zeggen, ik ben te snel getrouwd en ik heb te lang gewacht met vertellen dat ik wilde scheiden. Als ik het over kon doen...' Fokke schuift het bord met broodjes opzij. 'Dan deed ik het heel anders, ook omdat dit veel beter was geweest voor jullie. Ik hoop dat ik het een beetje kan goedmaken met Mitzy.'

Ze staren allebei voor zich uit.

'Maar waarom vroeg je dat?' wil Fokke weten.

'Het verleden zit me momenteel nogal dwars. Het gaat wel weer over.'

Fokke trekt haar naar zich toe. 'Is dat alles? Weet je het zeker? Je hoeft voor mij niets te verbergen, kind. Ik zal de rest van mijn leven honderdduizend keer beter naar je luisteren dan ik vroeger deed. En ik zal alles geloven wat je zegt.'

10

Het is goed om samen te zijn op een van de dagen waaraan heel intense herinneringen verbonden zijn. Sigrid zou deze week alleen willen terugdenken aan haar moeder, ze zou zich alleen bewust willen zijn van wat die voor haar betekend heeft en ze zou haar gedachten op een koesterende manier willen richten op wat er was en wat nooit gewist zal worden. Dat is beter dan te veel stil te staan bij het verlies, al zullen de dag van mama's dood en de dagen daaromheen altijd aandacht opeisen in deze periode.

Dit jaar is het anders. Het recent ontvangen manuscript zit haar dwars. Het zijn maar twee hoofdstukken en het is goed mogelijk dat dit verhaal niets met hen te maken heeft, maar als ze dit probeert te geloven doemen er steeds een paar zinnen voor haar op.

Nergens werd duidelijk gemaakt dat ze twee stiefdochters had.

Ze verdronk in het zwembad van een vakantiehuis in Frankrijk.

Ik wist hoe bang ze was voor water.

'Waarom ga je niet op zwemles?' vroeg Wieke toen Freddy vertelde dat ze niet kon zwemmen.

'Ik ben heel bang voor water.'

Sigrid vond dat een verschrikkelijk dom antwoord, maar ze probeerde dat niet te laten merken.

'Je vindt dat een dom antwoord,' stelde Freddy vast. 'Het is juist dom om ergens een oordeel over te vellen als je niet precies weet wat de reden kan zijn.'

Het was de derde avond dat Freddy bij hen was omdat hun vader tot laat moest werken. Freddy had chili con carne gemaakt en Sigrid vond dat ze er te veel peper in had gedaan. Toen ze opmerkte dat hun moeder altijd maar een half rood pepertje gebruikte, zag ze aan het gezicht van Freddy dat die opmerking verkeerd viel. 'Maar verder is het wel lekker,' probeerde ze het goed te maken.

'Verder is het wel lekker,' herhaalde Freddy. 'Krijg ik soms rapportcijfers voor wat ik presteer?'

Wieke begon te huilen. 'Geen ruzie maken,' smeekte ze. 'We maken nooit ruzie.'

'Er is niets tegen nu en dan een potje ruziemaken,' meende Freddy. 'Of denk je soms dat alles opkroppen verstandig is?'

Toen hun vader een uur later thuiskwam begon Sigrid direct over wat Freddy had beweerd. 'We moeten nu en dan ruziemaken,' vatte ze het samen.

Fokke reageerde verbaasd. 'Waarom? Ruzie is nergens voor nodig als je eerlijk bent tegenover elkaar.'

'Dat zegt Freddy,' ging Sigrid verder.

Freddy deed een poging om haar aan te raken, maar Sigrid dook weg.

'Jij hebt een grote fantasie,' zei Freddy. 'Maar waarom zou je die gebruiken om te liegen? Ik heb het helemaal niet over ruzie gehad. Ik heb geprobeerd jullie uit te leggen waarom ik niet kan zwemmen. Het was juist zo gezellig!'

Sigrid seinde naar Wieke dat ze iets moest zeggen.

Wieke haalde haar schouders op.

Freddy boog zich voorover, zodat haar neus bijna die van Wieke raakte. 'Zeg jij het eens, lieverd. Hebben wij het over ruzie gehad?'

'Dat weet ik niet,' fluisterde Wieke.

Sigrid voelde dat Fokke haar arm vastgreep. 'Ga jij maar naar boven om een uurtje na te denken over je gedrag,' snauwde hij.

Wieke had het geen probleem gevonden om vermeld te worden op de rouwkaart, maar Sigrid weigerde pertinent. Toen zei Wieke dat ze solidair was.

Nergens werd duidelijk gemaakt dat ze twee stiefdochters had.

Wie hebben er een rouwkaart gehad? Sigrid weet niet beter of Fokke heeft er hooguit twintig gestuurd. Zou hij de adressenlijst nog hebben? Maar wat zegt ze als hij vraagt waarom ze die lijst wil inzien? En hoe komt ze erachter aan wie hij heeft verteld waar Freddy stierf en op welke manier?

Ze verdronk in het zwembad van een vakantiehuis in Frankrijk.

Ik wist hoe bang ze was voor water.

Sigrid vond het belachelijk en slap dat Freddy geen zwemles nam en dat zei ze, luid en duidelijk. Later kwamen haar woorden dan altijd dusdanig verdraaid bij Fokke terecht dat ze kon rekenen op een strafmaatregel.

'Vroeger loog je nooit,' zei hij.

Er wappert een hand voor haar ogen. 'Waar zit je met je gedachten?' wil Wieke weten. 'Mitzy vraagt of we blijven eten. Dies is vanavond pas laat thuis, dus ik had er al een beetje op gerekend. Had jij plannen?'

Mitzy kijkt Sigrid verwachtingsvol aan. 'Jij blijft toch ook, hè? Dat vind ik gezellig.'

'Als je maar geen chili con carne maakt,' zegt Sigrid.

11

Het is al een week geleden dat de twee hoofdstukken in de brievenbus lagen. Sigrid loopt elke dag wel drie keer extra naar de gang om te kijken of er toch niet iets is bezorgd.

Er liggen nog twee documenten klaar om geredigeerd te worden, maar ze komt nergens toe. Ze kent de inhoud van de twee hoofdstukken inmiddels bijna uit haar hoofd. De begeleidende brief heeft ze ook al minstens tien keer opnieuw gelezen. De auteur meldde dat ze alleen voor het slachtoffer in het verhaal de echte naam gebruikte en voor de andere betrokkenen alleen de voorletter van hun naam. In de twee hoofdstukken zijn geen andere namen aan de orde gekomen.

Sigrid wil de volgende hoofdstukken lezen.

Ze heeft zich er toch toe kunnen zetten om aan de slag te gaan met de twee documenten die geredigeerd moeten worden. Het eerste heeft niet veel tijd gekost, daar vloog ze doorheen. Het tweede daarentegen is zwoegen. Kromme zinnen, verkeerd geschreven woorden, diverse blunders op het gebied van vervoegingen en verder gaat het nergens over. Het is niet haar taak om iets inhoudelijks over het werk te zeggen en meestal kan ze haar kritiek gemakkelijk van zich afzetten en zich concentreren op haar werk, maar vandaag ergert ze zich aan elke fout die ze tegenkomt. Ze zou het document het liefst willen wissen, maar ze gaat toch stug door. Het kan maar klaar zijn. Het is werk en het levert geld op. Wie weet ligt er morgen iets anders in de bus wat haar concentratie nodig heeft.

Ze schrikt van het geluid en springt van haar stoel. Haar ogen zoeken de richting van het lawaai en ze ziet Fokke voor het raam staan. Hij wijst naar rechts, naar de voordeur.

'Ik heb wel drie keer aangebeld,' valt hij binnen. 'Wat je aan het lezen bent moet wel heel erg spannend zijn.'

'Slecht geschreven manuscript,' antwoordt ze.

Ze wil weten of er iets aan de hand is. Fokke komt zelden zomaar langs en zeker niet zonder Mitzy.

'Ik was in de buurt,' legt hij uit. 'En ik wilde je even zien. Je was zo gespannen toen je bij ons was. Ik maak me een beetje bezorgd over je.'

Sigrid weet niet wat ze hierop moet zeggen.

Fokke geeft haar een duwtje richting keuken. 'Ik wil wel een kop thee, leuk dat je het aanbiedt.' Hij grinnikt om zijn eigen grapje.

'Je hoeft niet bezorgd te zijn,' zegt Sigrid. 'Het komt door deze tijd van het jaar en dit jaar ben ik er wat intensiever mee bezig dan in andere jaren. Mama heeft zo veel van Wieke en mij niet meegemaakt, zo veel wat ik aan haar zou willen vertellen. Het went nooit dat ze er niet meer is.'

'Dat begrijp ik. En verder is er niets?'

'Niets, echt niets.'

Bij de voordeur is een geluid.

'De post is geweest,' meldt Fokke. 'Zet jij thee, dan kijk ik wat er is gebracht.'

De bruine envelop ligt op tafel. Sigrid heeft snel gekeken en gezien dat haar naam en adres met een zwarte viltstift in duidelijke letters geschreven zijn, zo duidelijk en strak dat je weer zou geloven dat het drukwerk is. Het kan niet missen, dit komt van die Hansje de Wit.

Fokke vertelt dat een oud-collega van hem vorige week is overleden aan longkanker. Hij had chemo gehad, maar die sloeg niet aan.

Sigrid moet denken aan de eerste dagen na de diagnose van Fokke. Wat was hij bang! Wieke en zij moesten alle zeilen bijzetten om hem zover te krijgen dat hij chemotherapie wilde overwegen.

Fokke lijkt haar gedachten te lezen. 'Ik ben blij dat jullie me toen overtuigd hebben om aan de chemo te gaan. Anders was ik er nu niet meer geweest.'

Ze antwoordt niet.

'Ik stap weer op,' zegt Fokke.

Sigrid zwaait net zo lang tot de auto niet meer te zien is en loopt dan snel naar de tafel. Ze scheurt de bruine envelop open.

Geen brief.

Weer twee hoofdstukken.

Drie

Ze had een man ontmoet van wie ze behoorlijk onder de indruk was. Hij heette Falco, was vier jaar ouder dan zij en weduwnaar. Zijn vrouw was een halfjaar eerder overleden. Hij had twee dochters, die Sanne en Wytske heetten.

Ik loog dat het interessant klonk, maar ik had het liefst tegen haar willen schreeuwen dat ze haar mond moest houden. Die meisjes zouden het struikelblok kunnen zijn, dacht ik. Waarom zou Freddy in zee gaan met iemand die al twee dochters had en die misschien niet nog meer kinderen wilde? Dat leek me niet bevorderlijk voor haar kinderwens, nog afgezien van wat het betekende om moeder te moeten worden van twee meisjes die net hun eigen moeder hadden verloren, nota bene pas een halfjaar daarvoor! Hoe wanhopig moet je zijn als man om dan al op zoek te gaan naar een nieuwe vrouw? Hoe kritisch zoek je dan? Maar ik vroeg niets en ik gaf geen kritiek. Ik luisterde en verleidde haar tot seks die zó goed was dat ze smeekte om meer. Toch meldde ze later dat ze een nieuwe afspraak met Falco had gemaakt.

Ik haatte die man vanaf de eerste keer dat ze zijn naam uitsprak.

Ik was verbijsterd toen ze kwam vertellen dat Falco had gevraagd of ze met hem wilde trouwen. Mijn kritische opmerking dat ze hem nog geen twee maanden kende negeerde ze. Toen ik vroeg hoe zijn dochters hierover dachten antwoordde ze dat die niets te zeggen hadden. Ze had Sanne en Wytske twee keer ontmoet. Van Wytske verwachtte ze geen problemen, Sanne zou dwars kunnen gaan liggen. 'Maar die kan ik wel aan,' zei ze.

Ze wilde contact houden, maar ik weigerde dat. Vanaf het moment dat de trouwdatum vaststond ontliep ik haar, beantwoordde haar brieven niet en verbrak de verbinding direct als ze belde. Ik stortte me in het uitgaansleven en nam de ene na de andere vrouw mee naar huis. Sommigen van hen kwamen een paar keer terug, met eentje had ik een relatie die twee maanden duurde. Van Freddy hoorde ik niets meer toen ze eenmaal getrouwd was.

Ik dronk meer dan goed voor me was en ik sliep vaak met haar foto in de buurt. Ik had haar lief en haatte haar.

Maar ik vergat haar niet.

Via via hoorde ik wel het een en ander over haar nieuwe leven. Ze had het goed met haar man, maar het boterde niet echt met zijn kinderen. Vooral de oudste dochter lag dwars. Die probeerde onrust te zaaien en loog alles aan elkaar. Freddy had last van dat kind, maar haar man vond dat ze geduld moest hebben.

Op mijn verjaardag stuurde ze een kaart met rijen hartjes en kusjes. Ik verscheurde hem. En vervolgens vroeg ik de vrouw met wie ik op dat moment drie weken samen was bij me in te trekken.

Het moest mogelijk zijn om haar te vergeten. Ik stortte me op mijn nieuwe relatie en sloot mijn ogen voor de rest van de wereld. Andere vrouwen bestonden niet meer.

En toen kwam ik haar tegen. Ze liep me tegemoet in een winkelstraat en ik zag haar te laat. Ze was verrast en strekte haar armen naar me uit. 'Wat heerlijk om je te zien,' riep ze.

Ik staarde naar haar dikke buik.

Vier

Ik zag mijn hand een mes grijpen en het recht in de dikke buik van Freddy steken. Het bloed dat omhoogschoot leek op een rode fontein. Ik schrok van het beeld voor mijn ogen, maar ik liet niets merken.

Freddy zag waar ik naar keek en ze legde haar handen beschermend om de bolling. 'Bijna zes maanden. We dachten eerst dat het er twee zouden zijn, maar ik ben alleen behoorlijk dik.'

Ik perste een felicitatie tussen mijn lippen door.

'Ik mis je,' zei Freddy. 'Ik kan met niemand zo goed vrijen als met jou.' Ze probeerde me aan te raken, maar het lukte me haar te ontwijken. 'We kunnen elkaar toch blijven zien? Niemand hoeft het te merken.'

'Ik woon samen,' zei ik.

'Ik ook.' Ze glimlachte. 'Met een aardige man, een redelijk aardig kind en een secreet. Ik heb al geprobeerd om Falco zover te krijgen dat hij haar naar een internaat laat gaan, maar hij wil het gezin bij elkaar houden. Hij weet zeker dat alles goed komt als de baby er is. Ik moet dus nog een beetje geduld hebben, maar ik krijg hem wel zover dat hij haar wegstuurt.'

'Zou best kunnen.' Ik probeerde mijn stem luchtig te laten klinken, maar ik produceerde alleen een schor stemgeluid.

Ze draaide haar hoofd naar links en naar rechts. 'Ik heb mijn haar laten knippen, hoe vind je het? Dit kan ik beter in model houden.' Ze sprak nu zo zacht dat ik me naar haar toe moest buigen om haar te kunnen verstaan. 'Weet je wat ook helpt? Ik gebruik tegenwoordig de kam van mijn voorganger. Dat is niet zomaar een kam, dat is een familie-erfstuk.'

Ik vond de manier waarop ze lachte niet fijn en zweeg.
'Vertel eens iets over je vrouw,' nodigde ze me uit. 'Is ze mooi? Kun je met haar lachen? Vrijt ze net zo goed als ik?'
'Alles beter,' antwoordde ik.
Haar gezicht betrok. 'Misschien wil ze kinderen.' Ze keek me aan en ik zag een blik in haar ogen waar ik het koud van kreeg.
'Ze wil gelukkig geen kinderen. Ik ga weer verder. Sterkte met de bevalling. Ik hoop dat je het niet te zwaar krijgt.'
'Ik stuur je een geboortekaartje,' beloofde ze.

Er kwam nooit een geboortekaartje. Een collega van Freddy vertelde me dat haar zoontje met zeven maanden doodgeboren was en dat ze kapot was van verdriet. Ze voegde eraan toe dat het voor een vrouw onverteerbaar was om een kind te verliezen.

De jongste stiefdochter van Freddy heeft een kind.

12

De initialen kloppen. Er is bijna geen twijfel mogelijk dat Sigrid dit manuscript niet zomaar krijgt toegestuurd. Ze heeft de envelop binnenstebuiten gekeerd om zeker te weten dat ze geen begeleidende brief over het hoofd heeft gezien. Maar er zaten alleen twee hoofdstukken in.

De tekst is foutloos. Op deze eerste vier hoofdstukken zit weinig redactiewerk. Maar is het wel de bedoeling dat ze dit redigeert? Zoiets stond in de brief die bij de eerste twee hoofdstukken zat. Er zou nog een mailadres worden toegevoegd, of was het een postbusnummer?

Sigrid leest de brief opnieuw. Ze zou een mailadres sturen.

Maar is Hansje de Wit wel een vrouw? En hoe komt het dat ze hieraan twijfelt?

Sigrid dacht dat de herinnering allang was gewist, maar dat blijkt een illusie te zijn.

'We hebben leuk nieuws,' zei Fokke. Hij greep de hand van Freddy en trok haar dichter naar zich toe. 'Ik heb Freddy ten huwelijk gevraagd en ze heeft ja gezegd. Daar ben ik heel blij om. Natuurlijk zullen we mama nooit vergeten, maar ik weet zeker dat zij ook blij zal zijn als jullie een nieuwe moeder krijgen.'

'Wat moeten we dan tegen Freddy zeggen?' vroeg Wieke.

'Je mag haar mama noemen, of mama Freddy.'

'Ze is onze moeder niet,' riep Sigrid. Ze verwachtte een reprimande voor het verheffen van haar stem, maar er gebeurde niets.

‘Of anders tante Freddy,’ stelde Fokke voor. Zijn stem verraadde irritatie.

‘Ze is ook onze tante niet.’ Sigrid ging staan en kruiste haar armen voor haar borst. ‘Ze is gewoon Freddy.’

‘Hoe wil jij haar noemen?’ vroeg Fokke aan Wieke.

Die keek eerst naar Sigrid en haalde toen aarzelend haar schouders op.

‘Ze heet Freddy,’ hield Sigrid vol.

‘We zien wel,’ besliste Fokke.

Sigrid liet geen gelegenheid onbenut om met haar zusje over hun echte moeder te praten. Ze haalde voortdurend herinneringen op aan hun moeders prachtige stem en repeteerde met Wieke de liedjes die mama voor hen zong. Ze kent ze nog steeds, vooral die geschreven zijn door Annie M.G. Schmidt. Je hoort die liedjes tegenwoordig nauwelijks meer, maar ze liggen in haar geheugen verankerd, vooral het verhaal over de vorst uit San Carazzo die wandelde in zijn slaap.

Ze ziet haar moeder door de kamer lopen met haar armen voor zich uitgestrekt, haar ogen halfgesloten. Statig, langzaam, een vorst waardig. Ze hoort haar zingen dat de vorst een wijze vorstin heeft die altijd wakker blijft als hij slaapwandelt en haar ogen volgen de bewegingen die haar moeder maakt als ze als vorstin haar lange gouden haren kamt.

Ze heeft zich afgevraagd of er dan nooit iets negatiefs gebeurde in de tijd dat haar moeder nog leefde, maar ze heeft niets kunnen ontdekken. Haar moeder zong altijd en ze speelde prachtig piano, Wieke en zij werden gekoesterd en gestimuleerd en ze kan zich haarscherp herinneren dat ze wist dat er van haar gehouden werd. Soms stonden haar ouders innig verstrengeld in de kamer en dan riepen Wieke en zij dat ze niet zo klef moesten doen.

Ze kan nog altijd niet begrijpen hoe Fokke het in zijn hoofd haalde om een halfjaar na de dood van zijn vrouw aan te pappen met een misbaksel dat op geen enkele manier in het gezin paste. Zelfs nu, nadat ze heel wat gesprekken met hem heeft gevoerd en hij zijn wanhoop en frustratie al talloze keren heeft duidelijk gemaakt, betrapt ze zichzelf op de aanwezigheid van onbegrip. Ze weet dat hij spijt heeft van zijn achterlijke gedrag, dat hij het zichzelf kwalijk neemt dat hij niet beter heeft opgelet, dat hij het absoluut totaal anders zou aanpakken als hij het kon overdoen, en toch zit er nog altijd iets in haar van een veroordeling.

Ze leest de laatste zin van het vierde hoofdstuk nog een keer.

De jongste stiefdochter van Freddy heeft een kind.

13

Ze heeft de hele nacht gedroomd over haar moeder die in de voorkamer lag. Mama droeg de bordeauxrode jurk die ze op haar verjaardag had gekregen. De kist was gemaakt van heel licht, bijna wit hout. De bekleding was van wit satijn en naast haar moeders hoofd lagen rode rozen. De voorkamer was veranderd in een bloemenzee en de bloemen verspreidden zo'n sterke geur dat je er hoofdpijn van kreeg.

Als Sigrid bloemen krijgt die ze kan ruiken belanden die snel in de groene bak. Ze heeft ook een afkeer van satijn, in welke kleur dan ook. En ze haat rode rozen.

Ze is een paar keer wakker geworden en besloot elke keer niet verder te dromen. Dat was een onmogelijk doel. Nu ze is opgestaan blijft ze haar moeder in de kist voor zich zien. Ze weet nog dat Wieke niet wilde kijken en dat tante Neel, de jongste zus van hun vader, probeerde haar met allerlei beloftes te verleiden. Ze waarschuwde Wieke dat ze later spijt zou krijgen en dat ze daar dan niets meer aan kon veranderen. Maar Wieke bleef in de gang of in de achterkamer en draaide haar hoofd om als de deur werd opengedaan.

De zussen van Fokke waren dagenlang in huis. Tante Neel deed vrijwel niets anders dan koken en bakken. Tante Ineke stond bezoekers te woord en knuffelde de meisjes.

Wieke vroeg of ze niet bij een van de tantes konden gaan wonen.

Sigrid vraagt zich af waarom ze zo bezig blijft met die droom. Het was niet de eerste keer dat haar moeder in de kist voorbijkwam en het zal ook wel niet de laatste keer zijn. Die herinnering zit stevig verankerd in haar brein en er zijn dagen dat de beelden van toen haar troosten. Niet de aanblik van de dode moeder in die kist, maar meer de sfeer die in huis heerste. De warme woorden en gebaren van iedereen die op bezoek kwam, het gedeelde verdriet, de veelvuldig uitgesproken herinneringen aan mama en het besef dat ze door iedereen die haar kende geliefd was geweest. Al dat medeleven maakte in die dagen het verlies draaglijk. Wat later kwam hoort daar niet bij.

De vier hoofdstukken liggen op haar bureau. Ze hoeft er niets mee te doen, zodra ze een mailadres heeft kan ze de auteur laten weten dat ze de redactie graag aan een ander overlaat. Hansje de Wit zoekt maar iemand anders, op internet zijn genoeg redacteuren te vinden.

Ze leest het vierde hoofdstuk nog eens door. Bij de zin die over haar moeders kam gaat voelt ze haar maag samenkrimpen. Ze wil Freddy niet voor zich zien, maar haar dode stiefmoeder laat zich nergens toe dwingen.

Ik had die kam van haar moeten afpakken, denkt ze.

14

Ze wil alleen een uurtje zwemmen, maar zodra ze de deur van het kleedhokje achter zich dichttrekt betrapt ze zich op de hoop dat Engel er ook is.

Het is vandaag zwemlesdag voor een groep vijftigplussers. De zwemleraar heeft iedereen naar een hoek van het zwembad gedirigeerd en spreekt ze toe. Sigrid vangt een paar woorden op. Risico, voorzichtigheid, overmoed. De leden van de groep luisteren met ernstige gezichten.

Je kunt altijd leren zwemmen, hoe oud je ook bent. Tenzij je natuurlijk kickt op je eigen watervrees en geen afstand wil nemen van de slachtofferrol.

'Waarom kun jij niet zwemmen?' vroeg Wieke aan Freddy. Het leverde een diepe zucht op en een haperende stem. Freddy was op jonge leeftijd door een vriendinnetje dat al kon zwemmen over de rand van het zwembad geduwd en bijna verdronken. Dat trauma was ze nooit te boven gekomen.

'Zielig, hè?' zei Wieke later.

'Jammer dat ze toen niet verzopen is,' antwoordde Sigrid.

Aan de overkant van het bad zwaait iemand naar haar. Ze tuurt.

Hij is het.

Ze zwaait terug.

‘Ik hoopte dat je er zou zijn,’ zegt Engel.
Ze zitten naast elkaar op de rand van het bad. De zwemleraar loopt met een vijftigplusser mee. Hij moedigt aan, roept dat het nog maar een klein stukje is, prijst het doorzettingsvermogen van de vrouw in het water.
Sigrid meldt dat ze respect heeft voor iemand die op oudere leeftijd nog wil leren zwemmen.
‘Ik hoopte dat je er zou zijn,’ herhaalt Engel.
Ze legt een hand op zijn knie. ‘En ik ben er dus. Leuk dat jij er ook bent.’
‘Alleen leuk?’
Sigrid lacht. ‘Misschien nog iets anders, je weet het nooit. Zullen we een paar baantjes trekken?’ Zonder zijn antwoord af te wachten laat ze zich in het water zakken.
Hij zwemt met haar mee. Ze gaan gelijk op.
‘Waar kwam de opmerking vandaan over dat respect?’ vraagt Engel.
Sigrid verhoogt haar tempo. ‘Zomaar.’
‘Waarom ga je sneller zwemmen?’
Ze vindt zijn vragen hinderlijk. ‘Ik hou het voor gezien, er moet ook nog gewerkt worden,’ zegt ze.
‘Geen chocolademelk?’ Er zit teleurstelling in zijn stem.
Ze zwemt naar de trap en klimt naar boven. ‘Doei!’

Ze ziet hem pas als ze bijna bij haar auto is. Hij komt op haar af en aan zijn houding is te zien dat hij aarzelt. Nu geen zwakke knieën krijgen, denkt ze.
Engel staat stil. ‘Je zit in mijn hoofd, ook ’s nachts.’
‘Neem me niet kwalijk.’ Sigrid kan een glimlach niet onderdrukken.
Hij doet een stap in haar richting. ‘Ik voel me een puber die nog nooit een meisje heeft aangesproken. Heb je dat effect vaker op mannen?’

Sigrid spreidt haar handen. 'Ach...' Hij vertedert haar.

'Stelde ik verkeerde vragen?' wil hij weten.

'Natuurlijk niet, maar je raakte iets aan waar ik niet graag aan herinnerd wil worden.' Nu doet ze ook een stap in zijn richting. 'Geen verkeerde vragen, echt niet.'

Hij lijkt opgelucht te zijn. 'Ik dacht eerlijk gezegd dat je geen contact meer zou willen hebben nadat ik had verteld dat ik al twee exen heb. Dat zou ik me ook wel kunnen voorstellen. Maar ik wil jou graag vaker zien.'

Ze kijkt hem aan. Hij heeft goede ogen. 'Ik maak thuis wel chocolademelk voor je,' zegt ze.

15

Ze liggen allebei op hun zij, met hun gezicht naar elkaar toe.

'Ik vind je zo verschrikkelijk mooi,' zegt Engel. 'Nee, niet tegenspreken. Je hebt niet alleen een prachtig lijf, je straalt iets uit wat goed voelt. Iets puurs, je krijgt bij jou wat je ziet. Ik heb dit nooit eerder zo sterk in een vrouw gevonden.'

'Ik voel me niet altijd puur,' bekent Sigrid. 'Zeker vandaag niet.' Ze schrikt een beetje van haar eigen woorden.

'Wat is er gebeurd?'

Wat maakt het ook uit, denkt ze. Hij is leuk, hij voelt goed, tot nu toe is hij eerlijk. En het verlies van mijn moeder is geen groot geheim.

Het lijkt of ze weer in die kamer staat, of ze de lichte kist kan aanraken, of het gezicht van haar moeder hier ter plekke onherkenbaar verandert. Ze vertelt wat er een paar dagen eerder is gebeurd.

Er hangen weer slingers, mama's stoel is versierd, er staat een prachtig verpakte doos op tafel en Sigrid is trots dat niemand het geheim van het cadeau heeft verklapt. Maar ze is vooral trots omdat zij aan tante Ineke heeft verteld dat mama in de stad heel lang voor een etalage heeft staan kijken naar een jurk en dat zij die jurk een paar dagen later samen met haar tante van haar spaargeld heeft gekocht. In het geheim, mama mocht er niets van weten.

Ze voelt haar hart bonken van opwinding als mama de strik

losmaakt van het zilveren lint dat om de doos zit en ze hoort haar zeggen dat ze werkelijk geen idee heeft van wat ze nu krijgt. Ze ziet de mond van haar moeder openvallen als ze onder het roze papier de jurk vindt en hem optilt. Haar moeder kijkt haar aan en ze heeft tranen in haar ogen. 'Lief kind toch,' zegt ze.

'Het was haar vijfendertigste verjaardag. Ze had chocoladetaart en appeltaart gebakken, mijn zusje en ik hadden geholpen. We mochten altijd helpen als ze ging bakken en het leukste was natuurlijk dat we de beslagkom mochten uitlikken. We waren vrolijke kinderen.'

Engel raakt met een vinger haar wang aan. 'En wat gebeurde er toen?'

Ze kruipt dichter tegen hem aan. 'Ze moest van ons de jurk aantrekken om te kijken of hij paste en hoe hij stond. Hij paste perfect en ik vond haar zó prachtig. Maar ze trok hem weer uit, omdat ze bang was dat ze met iets zou knoeien. Ze beloofde dat ze de jurk de eerstvolgende zondag zou aantrekken en dat ze hem dan de hele dag zou aanhouden. Ze droeg hem inderdaad die zondag. In haar kist.'

Ze kijken elkaar aan. Sigrid ziet tranen in Engels ogen. Ze trekt zijn gezicht naar zich toe en kust hem. 'Ik vind het lief dat dit je raakt. Het heeft jaren geduurd voordat ik hier zelf met droge ogen over kon praten, als ik er al over sprak.'

'Wanneer stierf ze?' vraagt Engel.

'Op die verjaardag, in de namiddag. Ze was naar de keuken gegaan en kwam niet terug. Mijn vader ging kijken en hij vond haar. Groot hartinfarct. Het alarmnummer werd gebeld, er kwamen twee ambulances met loeiende sirenes de straat in, ze probeerden haar te reanimeren. Ik vergeet nooit het verslagen gezicht van de ambulancebroeder toen hij de kamer in kwam waar iedereen zat. En de verbijstering van ons allemaal. De intense schrik, de genadeloze stilte.'

‘Hoe oud was je toen?’

‘Ik was twaalf, mijn zusje was negen. Dat zijn geen leeftijden waarop je je moeder moet verliezen. Heb jij nog een moeder?’

‘Nee, ze is dood.’

‘En een vader?’

‘Dat zou kunnen. Ik heb officieel geen vader. Ik ben een cadeautje dat mijn moeder overhield aan een vakantie in Zweden. Mijn moeder had een sterke kinderwens maar kwam niet de juiste man tegen. Toen heeft ze besloten om zich te laten bevruchten door de eerste de beste die haar beviel. Dat werd een Zweed die ze één keer heeft ontmoet en die ze daarna nooit meer heeft gezien. Ik weet dus niet wie mijn biologische vader is en dus ook niet of hij nog leeft.’

Sigrid moet deze informatie even tot zich laten doordringen.

‘Jij hebt in elk geval een vader overgehouden,’ stelt Engel vast.

‘Ach…’ zegt ze.

Sigrid is bijna klaar met de redactie van een debuutroman. Ze vindt het een bevalling, omdat het verhaal haar totaal niet aanspreekt. Wollig taalgebruik, dikdoenerig proza, ontzettend veel overbodige uitweidingen. Een slaapverwekkend verhaal, vindt ze. Maar de uitgever die de redactieopdracht heeft gegeven ziet er blijkbaar iets anders in. En zij is alleen ingehuurd om ervoor te zorgen dat het verhaal in correct Nederlands gepubliceerd kan worden, zelfs al slaat het voor haar gevoel nergens op.

Ze kan zich moeilijk concentreren, omdat haar gedachten steeds afdwalen naar Engel. Toen hij vertrok heeft hij gevraagd of hij haar telefoonnummer en mailadres mocht hebben en of ze elkaar snel weer konden zien. Ze hebben nummers en adressen uitgewisseld en afgesproken om over drie dagen ergens samen te gaan eten.

Was dat verstandig, vraagt ze zich af. Hij heeft iets wat haar aanspreekt en waar ze ook een beetje van in de war raakt. Na

Jeroen is er maar één man geweest die deze gevoelens bij haar opwekte. Maar die man zocht een vrouw die hem vader wilde maken en daarom verloor ze hem. Geen van de mannen met wie ze daarna een of meerdere keren het bed deelde kwam in aanmerking voor nader contact. En nu heeft Engel haar mobiele nummer en haar mailadres.

De redactie is afgerond, het document is teruggestuurd naar de uitgever. Nu maar eerst kijken of er post is.

Haar hart slaat een paar slagen over als ze de envelop ziet liggen met het bekende handschrift.

Haar vingers trillen als ze hem openscheurt.

Ze vist eerst het briefje eruit.

Beste mevrouw Fortuin,
Hierbij treft u weer een aantal hoofdstukken van mijn manuscript. Ik weet zeker dat een en ander u bekend voorkomt. Neem de tijd om alles te lezen, maar houd er rekening mee dat uw tijd niet onbeperkt is. Vragen, opmerkingen en eventuele suggesties kunt u mailen naar hansje@gmail.com
Vriendelijke groet, Hansje de Wit
PS Discussie is niet mogelijk.

Ze moet even gaan zitten.

16

Het is belangrijk om niet in paniek te raken. Wat is er aan de hand?

Er worden teksten gestuurd die de indruk wekken dat een geheime liefde van Freddy niet in staat is om haar dood een plaats te geven en dat deze persoon er behoefte aan heeft om een verantwoordelijke voor dit verlies aan te wijzen. Mensen kunnen vreemd reageren als ze iemand moeten missen. Meer is het niet.

Sigrid wil niet de hele dag aan de persoon denken die de teksten stuurt maar de vraag wie Hansje de Wit zou kunnen zijn houdt haar toch bezig. Ze heeft nu een mailadres.

Zou het de bedoeling zijn dat ze een mail stuurt?

Ze tuurt naar de zin die haar een vervelend gevoel geeft.

Discussie is niet mogelijk.

Wil Hansje de Wit haar met deze woorden ongerust maken? En gaat zij deze auteur in dit opzicht tegemoetkomen?

Ze heeft toen ze eenmaal niet meer thuis woonde besloten om zich nooit meer zo erg door iemand te laten opfokken dat ze er moordneigingen van kreeg. Dat is niet altijd gelukt, maar dat besluit heeft wel voor meer rust in haar leven gezorgd. En nu gebeurt dit.

De hoofdstukken zitten weer in de envelop die het laatst werd bezorgd. Sigrid voelt zich beter als ze niet steeds tegen al die letters hoeft aan te kijken. Ze wil rust in haar hoofd en daarom heeft ze een besluit genomen.

Er wordt voorlopig niet gereageerd richting Hansje de Wit. Laat deze fantast maar geprikkeld worden om eerst meer te vertellen. Sigrid denkt dat Hansje bij het uitblijven van een reactie geïrriteerd kan raken en daardoor onvoorzichtig kan worden. Misschien volgt er dan een aanwijzing over deze persoon die een identificatie mogelijk maakt. Als het zover is kan ze bezoek verwachten en Sigrid weet al precies wat ze dan gaat zeggen.

Vijf

We botsten tegen elkaar op in de bioscoop en we schrokken allebei. Freddy herstelde zich direct en op haar gezicht verscheen een brede lach. 'Wat heerlijk om je te zien,' zei ze.

Ik probeerde niet te laten merken dat ik van slag was en grinnikte een beetje schaapachtig. 'Ben je met je man?' was het enige wat ik kon bedenken.

'Ja, hij haalt wijn. Met wie ben jij?'

'Ik ben alleen.'

Ze keek me aan met een onderzoekende blik.

'Ik leef weer alleen,' voegde ik eraan toe.

'Ik bel je snel,' beloofde ze. Daarna keerde ze zich om en liep in de richting van de bar. Een man reikte haar een glas aan. Hij boog zich voorover om iets tegen haar te zeggen. Ze legde een hand op zijn arm.

Ik keek snel de andere kant uit.

Mijn vrouw was drie dagen eerder opgestapt en ze had als reden mijn onverschillige houding ten opzichte van seks opgegeven. Ik wist dat ze gelijk had, maar toch miste ik haar aanwezigheid. Voor mij was gewoon samen zijn en nu en dan wat knuffelseks genoeg, maar voor haar gold dat niet. Ze verweet me dat mijn hart niet vrij was en vooral dat ik het niet vrij wilde maken. Ook daarin had ze gelijk.

Freddy zat veel te diep in me. Ze had plaatsgenomen in alle gedachten, in elke vorm van verlangen, ik voelde haar zelfs in mijn lijf zitten. Daardoor was er nog steeds geen ruimte voor een andere vrouw. Toch hield ik mijn fantasieën over haar in bedwang, want ik wist zeker dat ze na haar doodgeboren kind opnieuw zwanger zou willen worden. Ik wist ook dat het kind in haar buurt was en haar verlangen naar het moederschap bleef aanwakkeren. Ik kende haar goed genoeg om te beseffen dat ze zich in dat verlangen door niemand zou laten tegenhouden, zelfs niet door mij. Ik sprak met mezelf af dat ik geen afspraak met haar zou maken als ze belde, ik zou me juist onbeschoft gedragen. Er was voor haar geen plaats meer in mijn leven.

En toen belde ze en twee uur later lag ze in mijn bed en veranderden we allebei in niet te temmen woestelingen.

'Stuur me nooit meer weg,' smeekte ze.

Ze werkte drie dagen per week tot vier uur 's middags, maar op donderdag was ze vaak eerder klaar en dan kwam ze naar me toe. De jongste stiefdochter moest op donderdag na schooltijd turnen en de oudste zou Freddy's afwezigheid alleen maar toejuichen. Wat haar betrof kon haar stiefmoeder ook nooit meer thuiskomen.

Ik adviseerde Freddy om die puber duidelijk te maken wie de baas was en respect te eisen. Ze raakte opgewonden door mijn irritatie over het mormel Sanne en haar mond bezorgde me een sidderend, goddelijk hoogtepunt.

Daarna werd foeteren op die Sanne een manier om geil te worden. Ik kan nog altijd mijn handen niet in bedwang houden als ik aan Sanne denk.

17

Sigrid kan even niet verder lezen. Ze is misselijk en kwaad, geschokt en beledigd. Ze zou de vijf hoofdstukken die ze nu heeft gelezen het liefst door de papiervernietiger willen halen, maar ze weet niet of dat verstandig is. Ze weet ook niet of ze dit aan iemand moet laten lezen. De enige die er misschien voor in aanmerking komt is Wieke. Die heeft dezelfde jeugd gehad als zij, die heeft evenveel last gehad van het stiefwijf dat hun leven verziekte.

Ze weet nog goed wanneer de term 'stiefwijf' voor de eerste keer viel.

Het was een keer 's nachts, vier dagen later zou hun vader met Freddy trouwen. Sigrid werd wakker omdat er iemand aan haar arm stond te trekken. Het was Wieke en ze wilde bij haar in bed, want ze kon niet slapen van het lawaai in de slaapkamer van hun vader. Sigrid sloop naar de overloop om te luisteren naar wat er in die kamer gaande was. Ze deinsde terug voor het gehijg en het gekreun en ze had het gevoel dat haar maag achter haar oren terechtkwam toen ze de stem van Fokke hoorde kermen: 'Mijn wijf, mijn wijf, mijn wijf.' Ze liep terug naar haar bed en kroop naast haar zusje.

'Wat gebeurt daar?' fluisterde Wieke.

'Hij pompt het stiefwijf,' antwoordde ze.

Wieke lag in een stuip van het lachen.

'Vind je "stiefwijf" zo'n raar woord?' wilde Sigrid weten.

‘Nee,’ hikte Wieke, ‘ik moet zo lachen omdat je zegt dat hij haar pompt. Wat bedoel je daarmee?’

‘Ik bedoel neuken, maar dat vind ik een lelijk woord.’

Toen dacht ze dat haar zusje stikte.

Freddy kwam op donderdag altijd pas na zessen thuis. Wieke was dan nog niet terug van turnen en Fokke was er nooit voor halfzeven. Sigrid moest op donderdag om zes uur de jachtschotel die Freddy eerder had gemaakt in de oven zetten. Altijd jachtschotel.

Op zo'n donderdag vroeg ze tijdens het eten aan Freddy waarom ze op die dag altijd zo laat thuis was, omdat ze toch maar tot vier uur werkte.

Freddy wilde net een hap nemen, maar ze legde haar vork terug op haar bord. ‘Hoezo, altijd zo laat? Wat wil je daarmee insinueren?’

‘Ik wil niets insinueren, ik stel alleen een vraag,’ antwoordde Sigrid. Ze weigerde haar ogen neer te slaan.

‘Dat is geen vraag, dat is een verdachtmaking en ook een leugen. Waarom lieg jij zo?’

Het liegen was een grote bron van ellende, vooral het ervan worden beticht. Het veroorzaakte een machteloze woede bij Sigrid. Ze begon te protesteren, maar Fokke snoerde haar de mond. Hij verbood haar om nog iets te zeggen, tenzij het de waarheid was.

Sigrid kreeg de rest van de maaltijd geen hap meer door haar keel.

Ze begint de laatste alinea van het vijfde hoofdstuk opnieuw te lezen. Als ze bedenkt dat Freddy en haar minnaar seksueel opgewonden raakten door negatieve associaties bij haar naam moet ze diep ademen en veel slikken. Toch leest ze verder. Dat zal moeten, omdat ze wil weten wie Hansje de Wit kan zijn en vooral wat hij van plan is. Of zij.

'Volgens mij wordt Freddy nooit moeder,' zei Sigrid tegen Wieke. 'Geen enkel kind wil uit haar geboren worden.'

Wieke antwoordde dat haar zusje niet zulke belachelijke dingen moest zeggen.

'Dat is niet belachelijk, ik heb erover nagedacht,' ging Sigrid verder. 'Ik heb pas iets gelezen over de keuze die ieder nieuw mens maakt ten opzichte van waar hij of zij terecht wil komen. Je kiest dus eigenlijk je eigen ouders.'

'Doe niet zo raar,' snauwde Wieke.

'Geloof het of niet, maar voor ons is dat goed nieuws. Als Freddy geen kinderen krijgt met papa gaat ze misschien op zoek naar een andere man. Ik weet zeker dat ze denkt dat het nooit aan haar kan liggen. Hoe dan ook, in dat geval zijn wij van haar verlost.' Sigrid werd blij van die gedachte. 'Het is de enige manier om van haar af te komen,' ging ze verder. 'Tenzij wij iets verzinnen.'

'Ze is veel te sterk voor ons,' meende Wieke.

'Niet voor mij,' zei Sigrid.

Zes

Ik wilde haar weer vaker zien en ik begon erop aan te dringen dat ze nu en dan een weekend voor zichzelf reserveerde. Ze vertelde dat Falco haar blindelings vertrouwde en dat hij haar in alle opzichten nodig had.

Ik vroeg niet naar een specificatie van 'in alle opzichten'.

Op een van onze donderdagen raakten we opnieuw in gesprek over het trauma van haar jeugd, toen ze door een vriendinnetje in het zwembad was geduwd en bijna was verdronken. Ze wist zeker dat ze nooit zou leren zwemmen.

Ik was ervan overtuigd dat ik haar van die angst kon verlossen door liefde en behoedzaamheid. Door vertrouwen. Ons eerste weekend samen brachten we door in een badplaats en het lukte me om Freddy mee te krijgen naar het strand. Maar ze bleef wel op grote afstand van de zee en zwaaide naar me toen ik in het water lag. Later bedankte ze me dat ik haar had meegenomen.

Ik zocht documentatie over mensen met watervrees en over situaties waarin iemand bijna was verdronken. Ik ontdekte dat een dergelijke angst heel diep kon zitten en vaak niet of nauwelijks kon worden weggenomen. In de meeste artikelen werd aangegeven dat praten over angst een goede manier was om er voor een deel afstand van te kunnen nemen. Dus ik stelde vragen, liet Freddy keer op keer vertellen wat er destijds in het zwembad was gebeurd, bleef herhalen dat ik haar trauma begreep en stelde geen eisen die in de richting kwamen van een oplossing. Maar het lukte niet om haar dicht in de buurt van water te krijgen.

Nadat ik had gehoord dat Freddy verdronken was in het zwembad bij een vakantiehuis in Frankrijk, ben ik veel gaan lezen over verdrinking. Toen ontdekte ik dat een verdrinkingsproces drie à vijf minuten duurt en dat degene die verdrinkt na ongeveer anderhalve minuut het bewustzijn verliest. Anderhalve minuut, dat is negentig seconden beseffen dat je gaat sterven. Negentig seconden schrik, negentig seconden angst, negentig seconden wanhoop.

Dat is haar overkomen.

18

Er moet iets gebeuren, dat staat vast. Sigrid wil te weten komen wie dit zogenaamde manuscript aan het schrijven is en welke acties er ondernomen dienen te worden. Ze merkt dat ze onrustig is en zich niet goed kan concentreren. Het is haar gelukt om de laatste twee hoofdstukken opnieuw door te lezen zonder misselijk te worden en ze weet nu zeker dat er een dreigende ondertoon in de tekst zit. Toch is ze niet van plan zich daardoor onderuit te laten halen. Wie dit ook schrijft en welke relatie deze persoon ook met Freddy gehad kan hebben, in de nacht dat Freddy verdronk waren alleen Fokke, Wieke en zij in de buurt. Freddy is door Fokke gevonden en door niemand anders. Alles wat tot nu toe ook maar enigszins lijkt op vermoedens is suggestief en dat zal het blijven. Het lichaam van Freddy is gecremeerd en de as is uitgestrooid. Er valt niets meer te bewijzen. Door niemand. Er valt ook niets meer over te zeggen. Ze hebben zeven jaar geleden in Frankrijk met elkaar afgesproken dat de dood van Freddy een gesloten boek is. Laat Hansje de Wit iemand anders uitzoeken die hij of zij kan opfokken.

Negeren is een goed besluit maar toch blijven de zes hoofdstukken door haar hoofd spoken. Ze heeft nu een mailadres, dus ze kan deze auteur laten weten dat ze niet beschikbaar is voor de redactie van dit document. Ze kan daaraan toevoegen dat nieuwe hoofdstukken zullen worden vernietigd.

Zou het beter zijn om hier met Wieke over te praten? Of met Fokke? Of met hen samen?

Fokke zei dat hij niet wist of Freddy tijdens de dagen dat ze vrij had van het gezin een andere man zag. Hij heeft daar nooit vragen over gesteld. Waarom stelde hij geen vragen? Was hij soms bang voor het antwoord? Wilde hij niets weten wat consequenties zou kunnen hebben?

Hij kwam in bed niets tekort.

Niet aan denken.

Mijn wijf, mijn wijf, mijn wijf.

Alweer braakneigingen.

Ze zou hier met Engel over kunnen praten. Hij kent de anderen niet en hij wordt niet gehinderd door herinneringen die zijn mening zouden kunnen beïnvloeden. Maar wat vertelt ze dan wel en wat juist niet? Hoe voorkomt ze dat hij verbanden gaat leggen tussen wat haar is overkomen in haar jeugd en wat Freddy overkwam?

Hoe overtuigt ze hem ervan dat de dood van Freddy een ongeluk was?

Daar moet ze eerst goed over nadenken.

Ze schrikt van het geluid van de bel. Snel stopt ze de hoofdstukken die ze net heeft gelezen weer in de envelop en legt hem in de la van haar bureau.

Ze schrikt weer als ze Mitzy voor de deur ziet staan. 'Is er iets gebeurd?' vraagt ze.

'Je vader stopt met onze relatie als ik niet met hem wil trouwen.'

Sigrid staart haar aan. 'Is hij gek geworden? Wat een puberaal gedrag, zeg.' Ze trekt Mitzy naar binnen. 'Wij gaan ernstig met elkaar praten. Jij laat je niet onder druk zetten door die man.'

'Hij denkt dat ik niet wil trouwen omdat hij...' Mitzy slaat een hand voor haar mond. 'Laat ook maar.'

Sigrid duwt Mitzy in de richting van de bank. 'Als je me iets in vertrouwen wil vertellen, kan dat. Ik heb nog nooit een geheim verraden en dat zal ik ook nooit doen.'

'Ook niet als het je vader aangaat?'

'Dan ook niet. Dat zweer ik op het graf van mijn moeder.'

'Hij denkt dat ik hem afwijs omdat hij een groot deel van zijn vermogen is kwijtgeraakt door verkeerde beleggingen. Het geld dat nog over is wil hij alleen aan Wieke en jou nalaten.'

Sigrid heeft nog nooit iets gehoord over geld dat verloren is gegaan en ze hoeft daar ook niets van te weten. 'Er is dus minder kapitaal te verdelen dan wij dachten, als we daar ooit aan hebben gedacht. Geloof me, mij interesseert het niet en ik denk dat Wieke er ook niet echt mee bezig is.'

Mitzy lijkt opgelucht te zijn. 'Hij schaamt zich enorm voor wat hij de grootste stommiteit noemt die hij in zijn leven heeft begaan.'

Sigrid antwoordt dat hij dan de echte stommiteit van zijn leven voor het gemak blijkbaar vergeet.

Ze zijn in de keuken gaan zitten en Sigrid smeert een paar boterhammen. Ze is boos op Fokke, want ze vindt nog steeds dat hij zich belachelijk gedraagt. Waarom moet die man in hemelsnaam trouwen met iedere vrouw die hij tegenkomt?

'Soms denk ik dat ik niet zo moeilijk moet doen,' zegt Mitzy. 'Maar na dat verschrikkelijke huwelijk heb ik met mezelf afgesproken dat ik me nooit meer door iemand zou laten dwingen tot wat dan ook. Sommige mensen beschouwen het huwelijk als de kroon op hun relatie en ik voel dat niet zo. Ik wil mezelf nooit meer wettelijk aan iemand verbinden, die weerstand zit heel diep. Je vader denkt dat zijn financiële positie mij zorgen baart, maar ik heb geld van mezelf en over een paar jaar krijg ik ook een deel van het pensioen van mijn ex. Ik heb net als jij en Wieke van mijn grootouders geërfd.'

Sigrid trekt haar wenkbrauwen op.

'Dat heeft je vader me in vertrouwen verteld,' zegt Mitzy.

Sigrid maakt met een handgebaar duidelijk dat het oké is.

'Wieke en ik kregen het erfdeel van onze moeder toen onze grootouders verongelukten. Dat gebeurde toen we allebei nog minderjarig waren en mijn vader heeft onze nalatenschap geregeld. Wij hebben de familie van mijn moeder vanaf het moment dat mijn vader zijn tweede vrouw introduceerde nooit meer gezien. Over die erfenis werd ons niets verteld, natuurlijk op commando van Freddy. Ik kwam er dus op mijn achttiende verjaardag achter dat ik een vette bankrekening had maar ook dat ik mijn opa en oma van mijn moeders kant nooit meer zou zien. We hoeven daar wat mij betreft niet geheimzinnig over te doen.'

'Ik weet zeker dat Fokke het niet goedvindt dat ik hier met jou over praat. Wil je er niets tegen hem over zeggen? Ik vertel liever zelf dat ik er weer eens iets heb uitgeflapt.'

Sigrid haalt haar schouders op. 'Niets om je druk over te maken maar wees gerust, ik zwijg. Wat kan ik nú voor je doen? Moet ik met hem gaan praten en hem duidelijk maken dat hij je beter niets kan opdringen?'

'Zou dat helpen?' wil Mitzy weten. 'Ik wil bij hem blijven en ik ben bang dat ik hem toch ga kwijtraken als ik niet toegeef.'

'Dat zou dan de derde stommiteit in zijn leven zijn.'

19

Engel heeft haar meegenomen naar een klein restaurant midden in de stad. ‘Mijn neef is de kok en de eigenaar van de zaak,’ vertelt hij als ze door een aardige vrouw naar een tafeltje bij het raam zijn gebracht. ‘Ik denk dat hij zich straks even vertoont, maar hij gaat zeker geen lastige vragen stellen.’

‘Welke vragen zouden lastig kunnen zijn?’ informeert Sigrid.

‘Nou, bijvoorbeeld of jij mijn nieuwe vriendin bent. Zo indiscreet is hij echt niet.’

‘En hoe ga jij me dan voorstellen?’

Engel pakt de kaart. ‘Als mijn nieuwe vriendin.’

Sigrid schiet in de lach. ‘Je doet maar.’

Hij buigt zich naar haar toe, grijpt haar hoofd beet en kust haar. ‘Ik meen het.’

‘Ik ook,’ zegt Sigrid. Ze begrijpt niets van zichzelf, maar daar gaat ze ook geen moeite voor doen. Dit voelt goed, hij voelt goed, laat het zo blijven. Het leven is momenteel ingewikkeld genoeg, ze moet dit goede gevoel niet laten lopen.

‘Je blijft me verbazen,’ antwoordt Engel. ‘Maar vertel eens: wat is er met je aan de hand? Ontken het maar niet, ik zie dat er iets is. Je bent niet ontspannen, volgens mij zit iets je behoorlijk dwars. Heeft het met je werk te maken? Of met je familie?’

Sigrid friemelt aan haar servet.

De neef heet Jesse en hij is een charmante man. Het eerste wat hij zegt is dat hij geen moeilijke vragen gaat stellen maar dat hij wel hoopt dat neef Engel snel een nieuwe vrouw vindt, omdat hij geen man is die goed alleen kan zijn.

Engel spreekt hem direct tegen. 'Alleen zijn lukt me prima, ik kook zelfs voor mezelf. Binnenkort kook ik voor deze schoonheid en wat ik op tafel ga zetten zal niet onderdoen voor wat ze hier op haar bord krijgt.'

'Het is serieus,' stelt Jesse vast. 'Hou hem in het gareel,' adviseert hij Sigrid. 'Mag ik een verrassingsmenu maken?'

Sigrid merkt dat de spanning in haar lijf afneemt. Ze voelt zich prettig in dit restaurant en ze krijgt het warm van de aandacht die Engel haar geeft. Het is te lang geleden dat ze zich openstelde voor meer dan seks. Jesse is weer terug naar de keuken en Engel houdt haar beide handen in die van hem geklemd. 'Vertel eens waar je mee bezig bent.'

'Ik ben een manuscript aan het lezen waar ik onrustig van word,' begint ze.

Het lekkere eten leidt de aandacht wat af van de spanning die tevoorschijn is gekomen vanaf het moment dat ze over het manuscript begon te vertellen. Engel constateert dat hij echt heel erg zijn best zal moeten doen om dit te overtreffen. Hij maakt lovende opmerkingen over het menu, waardoor de vragen die hij stelt minder beladen lijken te zijn. Hij luistert goed, en dat bevalt haar. Ze voelt zich daardoor uitgenodigd om uitgebreid te vertellen wat de teksten die ze tot nu toe heeft gelezen met haar doen. Als ze eerlijk is tegen zichzelf moet ze toegeven dat ze geprobeerd heeft te vermijden dat Hansje de Wit iets met haar deed, maar dat dit niet is gelukt. Ze is gespannen en geïrriteerd.

En ongerust.

'Waarom ongerust?' wil Engel weten.

'Er zit iets dreigends in die teksten,' legt ze uit.

'Valt er wat te dreigen?'

Sigrid zorgt ervoor dat aan haar stem niets te merken is als ze ontkent dat er wat te dreigen valt.

'Heb je dit al aan iemand laten lezen?'

Ze snijdt het laatste stuk entrecote doormidden. 'Jij bent de eerste aan wie ik hier iets over vertel. Wil je het lezen?'

'Ja. Maar uit wat je gezegd hebt leid ik af dat het niet alleen over je dode stiefmoeder, maar over jullie hele gezin gaat. Wil je dit niet met je vader en je zus bespreken?'

'Ik wil geen onrust zaaien, tenzij het niet anders kan.'

'Dan lees ik het eerst,' belooft Engel.

Ze kijkt naar zijn gezicht. Hij is niet alleen mooi, hij is goed. Hij klopt.

'Wat kijk je?' vraagt hij.

'Ik ben blij met jou,' zegt ze.

20

Ze hebben zich dicht tegen elkaar aan op de bank genesteld en Engel leest. Sigrid heeft een mooie fles rode wijn opengetrokken en nipt aan haar glas. Ze ligt met haar hoofd op zijn schouder en leest mee. De tekst is nog steeds een vijand.

Engel neemt rustig de tijd om te lezen en zegt niets. Nu en dan drukt hij een kus op haar hoofd, buigt zich voorover om zijn glas te pakken en een slok wijn te nemen en leest dan weer verder.

Hij is nu aan het zesde hoofdstuk begonnen. Dat heeft minder tekst dan de andere hoofdstukken. Sigrid tuurt naar de laatste zin.

Dat is haar overkomen.

Ze voelt de warmte van het lijf waar ze dicht tegenaan zit en toch heeft ze het een beetje koud. Ze wil het niet koud hebben.

Ze kijkt weer naar die zin. Het lijkt een nuchtere conclusie en toch voelen de woorden dreigend aan.

Engel legt de vellen papier op de salontafel. 'Ik neem aan dat Hansje de Wit geen bekende naam is? Heb je haar al gegoogeld? Ja? En niets gevonden? Dus echt een pseudoniem. De schrijfstijl en de woordkeuze lijken die van een vrouw, maar misschien is het juist de bedoeling dat je dat denkt.'

'Dat is ook al bij mij opgekomen,' geeft Sigrid toe. 'Ik denk ook aan een vrouw, maar als dat klopt en als het echt over mijn stiefmoeder gaat had ze dus een lesbische relatie.'

'Is dat een heel vreemd idee?' wil Engel weten.

'Het idee sluit niet aan bij het gedrag dat ze vertoonde. Ze was zo hitsig als ze groot was, mijn zusje en ik zijn heel wat keren wakker geworden van de herrie in mijn vaders slaapkamer. Lesbische relatie? Het is nooit in me opgekomen.'

'Weet je iets van de tijd voordat ze je vader ontmoette?'

'Weinig. Ruzie in de familie, geen contact met haar ouders en haar zus en een ex die geen kinderen kon verwekken. Maar daar zei ze heel sporadisch iets over.'

'Een ex die geen kinderen kon verwekken,' herhaalt Engel. Hij wijst naar de tekst op de salontafel. 'Dan zou de schrijver toch een man kunnen zijn. Misschien een feminien type. Of eigenlijk een nicht.'

'Mij is het nog niet duidelijk,' zegt Sigrid.

'Ik denk dat je er in de loop van het verhaal wel achter komt. Maar moet je dit serieus nemen? Klopt er misschien iets niet aan de dood van je stiefmoeder, iets waar jullie allemaal niets van weten?'

'Mijn stiefmoeder verdronk in een zwembad in Frankrijk. Ze kon niet zwemmen, was doodsbang voor water, maar ze is ergens midden in de nacht met haar dronken kop in dat bad terechtgekomen. Niemand heeft er iets van gemerkt. We hadden allemaal behoorlijk gedronken, we lagen zo'n beetje in coma. Mijn vader vond haar de volgende morgen.'

'Dan zou het dus mogelijk zijn dat een onbekende persoon haar in het zwembad heeft gegooid?'

Sigrid reikt Engel zijn wijnglas aan. 'Dat zou inderdaad mogelijk zijn en de politie heeft ons daar oeverloos vragen over gesteld. Je wil niet weten hoe je bij een dergelijk ongeluk behandeld wordt. We waren meteen verdachten, we werden apart verhoord door politiemensen die steenkolenengels spraken. We moesten allemaal ons uiterste best doen om te begrijpen wat die Franse agenten bedoelden om te voorkomen dat we antwoorden gaven die tegen ons gebruikt konden worden. Gelukkig meldde zich een gast uit een van de andere vakantiehuizen, een Nederlandse politieman die vloeiend Frans sprak. Hij kon als tolk fungeren. Er is geen spoor gevonden van geweld en de sectie wees uit dat ze een hoog alcoholpromillage in haar bloed had, dus uiteindelijk begrepen ze dat het echt om een ongeluk ging. Toen vastgesteld werd dat we onschuldig waren zijn we linea recta teruggegaan naar Nederland.'

'Toch zou het een misdrijf kunnen zijn en de schrijver van dit verhaal is daarvan overtuigd. Ik ben benieuwd welke kant dit op gaat. Die Hansje de Wit is wel een zweverig type, als je het mij vraagt.' Engel vist de vellen papier van de tafel. 'Wat dacht je bijvoorbeeld hiervan?' Hij houdt een bladzijde voor haar neus en wijst de zin aan die hij bedoelt.

Ik ga ervan uit dat ze die angst had meegenomen uit ervaringen in een vorig leven.

Hij laat zijn wijsvinger langs de tekst glijden. 'En dit dan?'

Misschien wil ze ook pas bij me in de buurt komen als ik wegblijf van plekken die ze kan associëren met haar doodsangst.

'Ik zag nog iets,' mompelt Engel. Hij bladert terug. 'Ja, hier. Kijk.'

Ze wilde ook nooit ingaan op mijn waarschuwingen voor het boze oog dat op haar was gericht.

'Volgens mij spoort Hansje de Wit niet helemaal, denk je ook niet? Of geloof jij in bovennatuurlijke elementen?'

'Ik geloof alleen wat ik zie,' zegt Sigrid.

Engel legt de bladen terug. 'Gelukkig zie je mij.'

De kus duurt lang maar Sigrid wil toch iets zeggen. 'Er zijn ook een paar briefjes.'

Engel leest de briefjes aandachtig en legt ze daarna op de salontafel. 'Ik hou niet van dit soort teksten,' zegt hij.

21

Sigrid weet dat ze vannacht niet alleen is en toch voelt ze zich eenzaam. De conclusie dat de auteur van het verhaal dat haar is opgedrongen een zweverige geest heeft die alle kanten op kan waaien stelt haar niet gerust. Ook de wetenschap dat er niets te bewijzen valt over mogelijke opzet bij de verdrinking van Freddy zorgt er niet voor dat ze zich kan ontspannen. Zelfs de intense seks van net zorgt er niet voor dat ze in slaap valt.

Ze was ook zo alleen toen Freddy aan haar en Wieke werd opgedrongen. Vanaf het moment dat ze de vrouw zag, voelde ze weerstand. Tante Neel zei een paar dagen later tegen haar dat ze niet moest vergeten dat haar moeder pas een halfjaar dood was en dat iedere vrouw die mogelijk haar plaats ging innemen een bedreiging zou zijn. Toch meende haar tante dat ze Freddy een kans moest geven, omdat het voor iedereen beter zou zijn als iemand voor het gezin ging zorgen. Tante Ineke en zij konden wel helpen, maar ze hadden allebei hun eigen gezin. Tante Neel wist zeker dat Sigrids moeder het goed zou vinden dat iemand zich over papa en de meisjes ontfermde.

Sigrid wist dat haar tante het goed bedoelde, maar ze had haar kunnen slaan. Ze begreep niet dat iedereen, inclusief haar vader, het als een normale zaak beschouwde dat een vreemde vrouw op de stoel van haar moeder ging zitten en binnen de kortste keren in haar moeders bed ging liggen. Als er in de buurt een sirene te horen was hoopte ze dat Freddy onder een vrachtwagen was gekomen. Toen Freddy een keer in de tuin struikelde over een losliggende tegel bad ze vurig dat ze in een onomkeerbaar coma terecht zou komen. Maar er overkwam Freddy niets en Sigrid werd geacht zich aan te passen.

Ze is naar beneden gegaan om warme melk met anijs te drinken. Dat maakte haar moeder altijd voor haar als ze na een drukke dag niet in slaap kon komen. Ze verlangt opeens heftig naar haar. Zal dat ooit overgaan?

Ze zit met haar ellebogen op tafel en steunt haar hoofd met beide handen. De melk is te heet, maar ze neemt toch kleine slokjes.

'Pas op, anders verbrand je je mond,' hoort ze haar moeder zeggen. 'Niet zo ongeduldig zijn, juffie.'

Ze zei vaak dat het niet erg was om iets niet te weten en dat vragen stellen een teken was van intelligentie. Ze zei ook dat eerlijkheid je ver zou brengen in het leven.

Sigrid ziet zichzelf op de rand van het trottoir zitten en het wisselgeld natellen dat ze heeft ontvangen nadat ze het broodbeleg in de supermarkt heeft afgerekend. Ze kijkt eerst op het bonnetje en rekent uit wat ze terug moest krijgen. Het bedrag klopt. Ze klemt de munten in haar hand en houdt die hand de hele weg naar huis goed gesloten. Freddy kan nu niet zeggen dat ze te weinig geld heeft teruggebracht en dat Sigrid dus snoep voor zichzelf heeft gekocht.

De herinnering veroorzaakt een pijnlijk gevoel op haar borst.

Het is toch gelukt om in slaap te vallen en ze heeft niet gemerkt dat Engel wegging. Er ligt een briefje op zijn hoofdkussen.

Moet vroeg beginnen, drie vergaderingen. Bel je vanmiddag.

Denk dat ik verliefd op je ben. Weet het wel zeker. XXX

De krant ligt op de mat bij de voordeur, naast een grote bruine envelop.

Sigrid scheurt hem direct open. Drie hoofdstukken.

Zeven

Ik ben altijd heel terughoudend geweest met mededelingen over mijn bijzondere gave. De eerste keer dat ik daar iets van merkte was ik een jaar of negen. Mijn vader en moeder kwamen me ophalen van school en vertelden dat de vader van mijn vader die middag plotseling was doodgegaan. We kwamen vaak bij deze opa, omdat hij geen vrouw meer had en niet goed voor zichzelf kon zorgen.

Hij had een koekoeksklok en op elk heel en half uur floepte er boven in de klok een deurtje open en kwam er een vogeltje tevoorschijn dat koekoek riep. Maar het vogeltje ging niet vanzelf weer naar binnen, je moest het een zetje geven. Ik vond het fascinerend.

Mijn ouders namen me 's avonds mee naar het mortuarium van het ziekenhuis waar mijn opa opgebaard lag. Er waren nog meer familieleden en iedereen huilde. Mijn oudste nichtje weigerde in de buurt van de kist te komen, omdat ze het eng vond. Ik was nieuwsgierig en ging zo dicht mogelijk bij mijn dode opa staan. Hij was niet eng, stelde ik vast. Hij was ook niet helemaal weg, want ik voelde dat hij naast me stond. Ik hoorde mijn moeder tegen mijn vader fluisteren dat hij me bij de kist moest weghalen, maar dat deed hij niet. 'Wees blij dat hij zich niet zo aanstelt als zijn nichtje,' zei hij.

Opa streelde mijn haar. Ik leunde tegen de kist.

'Niet aanraken,' adviseerde mijn moeder.

Opa drukte een kus op mijn haar.

Hij was de dagen daarna steeds bij me in de buurt en dat vond ik heerlijk. Maar ik zei er niets over, omdat ik aanvoelde dat dit niet in goede aarde zou vallen. Toen we met de hele familie rond het open graf stonden en de kist waarin opa lag langzaam zakte, zag ik hem weglopen. Vanaf die dag heb ik hem nooit meer gezien, maar ik wist vaak dat hij er was. Soms voelde ik zijn aanwezigheid op het moment dat het vogeltje van de koekoeksklok naar buiten kwam. Wij hadden de klok geërfd en later heb ik hem meegenomen. Mijn eerste vrouw vond het een afgrijselijk ding en eiste dat ik de klok in een doos op zolder legde. Daar ligt hij nog steeds.

De zolder van mijn huis ligt vol spullen die ik niet meer gebruik maar wel wil bewaren. Ik denk dat meer mensen last hebben van dat soort bewaardrift.

Na opa gebeurde er lange tijd niets. Ik dacht nog wel aan hem en ik werd blij als ik hem in de buurt voelde, maar er kwamen geen andere doden op bezoek. Ik dacht nauwelijks meer aan deze ervaring tot de dag aanbrak dat ik met een klasgenootje aan het spelen was. Ik zag iets in haar buurt wat ik niet begreep. Het was donker en er ging een zekere mate van dreiging van uit. Ik wilde het meisje waarschuwen, maar ik wist niet waarvoor of hoe.

Toen ik 's avonds met mijn ouders aan tafel zat kreeg ik geen hap door mijn keel. Mijn moeder wilde weten wat er aan de hand was, maar ik kon het niet onder woorden brengen. Ik kwam niet verder dan de mededeling dat het over 'iets zwarts' ging.

Daarna gebeurde dit vaker en elke keer raakte ik erdoor van slag. Ik wist niet wat het was, alleen dat het weinig goeds voorspelde. Een paar maanden nadat ik bij mijn klasgenootje iets had gezien, kwam ze op een ochtend niet op school. Ze was ziek, werd ons verteld. Ze verscheen ook de dag erna niet, ook de week erna niet. En opeens was ze dood. Toen ik ook iets zag bij een vriendin van mijn moeder en die vriendin later dodelijk verongelukte, begon ik dieper na te denken over het zwarte element dat ik geen woorden kon geven. Het keek naar mensen en het had iets te maken met de dood. Maar hoe moest ik het beschrijven? Ik voelde haarscherp aan dat anderen dit niet zouden begrijpen, dus ik sprak er met niemand over.

Ik noemde het verschijnsel het boze oog.

Ik zag het bij Freddy en ik wilde het niet zien. Daarom negeerde ik het. Maar het bleef tevoorschijn komen en ik besloot haar te waarschuwen.

Ze luisterde niet.

Ik probeerde haar duidelijk te maken wat ik zag en wat er al eerder was gebeurd.

Ze eiste dat ik erover ophield.

De eerste jaren dat ze met Falco was getrouwd verdween het boze oog dat naar haar keek naar de achtergrond. Maar het was altijd ergens, zelfs als ik het niet zag.

Ze zei eens tegen me dat ze soms een windvlaag voelde terwijl het windstil was en dat ze het dan erg koud kreeg. Ik loog dat dit iedereen wel overkwam, maar ik wist wat er werkelijk op zulke momenten gebeurde. Dan kwam het boze oog langs en het loerde naar haar.

22

Ze herleest de zin steeds weer.

Wees blij dat hij zich niet zo aanstelt als zijn nichtje.

Hansje de Wit is een man, terwijl zij er eigenlijk van overtuigd was dat dit verhaal is geschreven door een vrouw. Of is het toch de bedoeling om de lezer te misleiden?

Engel had gelijk: dit is het type zwever. Welke zwever maakte deel uit van de sociale omgeving van Freddy? Sigrid weet nog dat er twee vriendinnen waren met wie ze geregeld afsprak. Ze heetten Bernice en Nora. Bernice was getrouwd met Jochem, Nora was vrijgezel.

Zou Nora dit geschreven hebben? Of heeft Jochem hier iets mee te maken? Of zoekt ze totaal in de verkeerde richting?

Waar wonen ze? Leven ze nog?

Dat kan ze aan Fokke vragen.

Mitzy is vrolijk, zelfs een beetje opgetogen. 'Fokke is boodschappen aan het doen en ik denk dat hij met een taart gaat thuiskomen. Je komt op het juiste moment.' Ze duwt Sigrid de kamer in. 'Ik heb ja gezegd,' zegt ze stralend.

Sigrid weet even niet wat ze moet zeggen.

'Je vindt het toch wel goed dat we trouwen?' Mitzy grijpt Sigrids schouder vast. 'Hij leek zo ongelukkig, ik kon het niet meer aanzien. Ik heb mezelf ernstig toegesproken. Hij is een goede vent, beter krijg ik nooit meer. Misschien bleef ik toch te veel in het verleden hangen. Denk je ook niet?' De vraag heeft een onzekere ondertoon.

Sigrid slaat haar armen om haar heen. 'Rustig maar, Mitz, maak je niet zo druk. Je hebt een goed besluit genomen en ik weet zeker dat Wieke hier ook blij mee is.'

Mitzy maakt zich los uit de omhelzing. 'Dank je wel, lieverd. Daar maak je me echt heel gelukkig mee. Ik dacht natuurlijk wel... Nou ja, ik weet wat jullie hebben doorgemaakt met de eerste stiefmoeder. Ik hoop toch...'

'Stil!' gebiedt Sigrid. 'Het is een belediging aan je eigen adres om ook maar te denken dat wij jou associëren met dat secreet. Echt niet! Hoor je me goed? Echt niet. Ik vind het alleen jammer dat mijn vader jou destijds niet is tegengekomen. Maar nu ben je er en je wordt officieel mijn stiefmoeder. Ik wil taart. En champagne. Let op mijn woorden: hij heeft ook champagne bij zich.'

Mitzy maakt eerst twee cappuccino's. 'We hebben afgesproken het klein te houden,' vertelt ze. 'Alleen wij, jij, Wieke, Dies en Martijn. Na afloop van de ceremonie gaan we lekker samen borrelen en eten.'

'Ik hoor nooit iets over jouw familie.' Sigrid ziet dat het gezicht van Mitzy betrekt. 'Wil je liever niet dat ik daar vragen over stel?'

Mitzy zet de cappuccino's op tafel. 'Je mag me alles vragen. Ik heb ergens nog een zus, maar ik zou niet weten waar ze woont. We kregen ruzie over de erfenis van onze ouders. Dat zou je moeten kunnen uitpraten en dat heb ik eindeloos geprobeerd. Maar mijn zus is niet van het praten, nooit geweest. Ze is van het oordelen en vooral van het veroordelen. Na een tijdje besefte ik dat ik beter af was zonder haar dan met haar. Sindsdien zie ik ook haar man en haar twee zoons niet meer.'

'En je ex-schoonfamilie?'

Mitzy grijnst. 'Die zitten gelukkig allemaal in Italië. Mijn ex had negen ernstig katholieke broers en zussen en die hebben het mij verschrikkelijk kwalijk genomen dat ik hun broertje in de steek liet. Wat God verbonden heeft… Je kent dat wel. Dat ik regelmatig met een blauw oog rondliep en vaker wel dan niet een mitella moest gebruiken was niet interessant. Zulke dingen gebeuren, daar deden zij niet moeilijk over.'

'De rijen sloten zich,' stelt Sigrid vast.

'Dat kun je wel zeggen. Ik moest hier in Nederland helemaal opnieuw beginnen. Geen familie, geen vrienden. Aan vrienden heb ik nooit veel behoefte gehad, maar een familie heb ik altijd erg gemist. Nu heb ik jullie.'

Sigrid zou haar aanstaande stiefmoeder even willen knuffelen, maar ze weet niet of Mitzy dit wil. Ze moet haar toch wat beter leren kennen.

Mitzy schijnt niets te merken van de spanning die is ontstaan. 'Je vader wil op huwelijksreis, maar we zijn het nog niet eens over de bestemming. Ik wil graag naar Frankrijk, hij wil naar Italië. Hij wil zien waar ik heb gewoond, maar ik wil daar juist nooit meer komen. En hij ging altijd graag naar Frankrijk.'

'Nu niet meer, Mitz. Logisch, toch? Je weet wat daar is gebeurd.'

'Dat weet ik, maar ik denk dat het juist goed voor hem zal zijn om daar terug te keren in verband met een feestelijke gebeurtenis. Dat zou de negatieve herinnering toch kunnen overtreffen?'

Sigrids vingers spelen met een kartonnen onderzetter. 'Ik zou ophouden over Frankrijk, dan kun je ook van hém eisen dat hij ophoudt over Italië. Waarom zouden jullie het elkaar zo moeilijk maken? Ga lekker naar Portugal. Ik heb kortgeleden nog een reportage gezien over dat land. Prachtige natuur en een heerlijk klimaat, wat wil je nog meer? En voor niemand nare herinneringen.'

'Je hebt gelijk,' zegt Mitzy. Ze neemt een paar slokken van haar cappuccino. 'Ik ben erg oplossingsgericht en daarbij vergeet ik soms dat mijn goede bedoelingen averechts kunnen werken. Sorry. Ik vergeet overigens helemaal te vragen of er iets aan de hand is. Of had je gewoon zin om even langs te komen?'

Sigrid drinkt haar kopje leeg. 'Er is niet echt iets aan de hand, behalve dat ik denk dat ik verliefd ben.'

Mitzy springt van haar stoel. 'Echt waar? O, wat heerlijk. Dat is zulk goed nieuws! Kind, ik gun je zo dat je een leuke partner krijgt. Zit het erin dat het serieus wordt?'

Sigrid moet lachen. 'Rustig aan, het is nog pril, maar het voelt goed.'

'In elk geval goed genoeg om het te vertellen,' constateert Mitzy. 'Een extra reden om aan de champagne en de taart te gaan. Wat maak je me blij.' Aan haar stem is te horen dat ze geëmotioneerd is. 'Ik meen het, Sieg. Ik heb het nog nooit tegen je gezegd, maar nu zeg ik het. Ik hou van je. En ook van Wieke en ook van Dies en Martijn. Mijn besluit is goed, omdat ik daardoor een familie krijg.'

Ze horen de voordeur dichtslaan.

'Ik heb champagne,' roept Fokke.

23

Sigrid snijdt de taart.

'Niet te grote stukken, anders blijft er niets over voor de rest van de familie,' waarschuwt Fokke. 'Ik heb Wieke gebeld, ze haalt Martijn over een uur op van de crèche en dan komt ze direct hiernaartoe. Ze belt Dies ook.'

'Je hebt slagroomtaart meegenomen,' constateert Sigrid.

'Niet goed?'

'Mitzy en jij zijn toch gek op vruchtentaart?'

Fokke raakt haar hand aan. 'Stop even. Ik hoor negativiteit en dat wil ik niet. Wat is er mis met slagroomtaart?'

'Mama was dol op slagroomtaart. En Freddy beweerde dat ze niets liever at, nadat Wieke dat een keer had gezegd.'

'Je bedoelt dat Freddy je moeders voorliefde voor slagroomtaart confisqueerde.'

'Dat bedoel ik inderdaad.'

Fokke laat haar hand weer los. 'Ik weet het en ik begrijp dat mijn slimme dochter me weer direct doorheeft. Ik heb die slagroomtaart meegenomen als ode aan je moeder en met een lange neus naar je eerste stiefmoeder. Wij zijn doorgegaan met ons leven en we laten weer geluk toe. Dat leek me een mooie gedachte.'

'Dat is het ook. Sorry voor mijn scherpe reactie. Ik ben de laatste tijd erg met mama bezig. Daar moet ik jou niet mee lastigvallen.'

'Mij val je nooit lastig met praten over je moeder, onthoud dat goed. Ze heeft een plaats in mijn leven die door niemand kan worden ingenomen en ik denk dat dit ook voor jou en Wieke zal gelden. Ik ben zo blij met Mitzy, omdat zij die plek niet betwist. We praten regelmatig samen over je moeder.'

'Ook over Freddy?'

'Nauwelijks. Waarom wil je dat weten?'

'Zomaar.'

'Kom op, Sigrid, je denkt toch niet dat ik dat geloof?'

Ze kijkt Fokke recht aan. 'Er is iets aan de hand waar we over moeten praten. Niet nu, maar snel. Kun je morgen naar me toe komen?'

'Dat wordt dan morgenmiddag. Ik moet morgenochtend naar de tandarts. Een uur of twee? Je bent toch niet ziek of zo?' Fokke pakt een stapel gebakschoteltjes uit de kast.

'Ik ben niet ziek. Twee uur is goed. En slagroomtaart is ook goed,' zegt Sigrid.

Het is vier uur, de eerste champagnefles is leeg en Wieke is gebeld met de opdracht ergens een tweede fles te kopen.

Sigrid heeft twee glazen op en ze voelt zich aangeschoten. Ze is net aan haar tweede stuk slagroomtaart begonnen als haar mobiel begint te rinkelen.

'Is hij het?' informeert Mitzy.

'Wie is hij?' wil Fokke weten.

Mitzy legt een vinger tegen haar lippen.

'Wat mag ik niet weten?' roept Fokke.

'Hij is het,' meldt Sigrid. Ze noemt haar naam en zegt dat ze een beetje dronken is en aan de slagroomtaart zit.

'Valt er wat te vieren?' vraagt Engel.

'Mijn vader en Mitzy gaan trouwen, dus er valt inderdaad wat te vieren.'

'Waarom ben ik daar niet bij?'

'Hij vraagt waarom hij daar niet bij is,' zegt ze tegen Fokke en Mitzy.

'Laat hem komen,' antwoordt Fokke. 'Al weet ik niet over wie dit gaat. Vraag of hij ook nog een fles champagne meeneemt en zeg dat ik die direct terugbetaal.'

Sigrid herhaalt wat Fokke heeft gezegd en noemt het adres. 'Als ik geen drank ophad, zou ik dit nooit hebben gedaan,' bekent ze als ze de verbinding heeft verbroken. 'Hij heet Engel. Dat is een Duitse jongensnaam, zijn moeder was Duits.'

'Engel is welk-k-kom.' Fokke heeft de hik.

Sigrid wil opeens naar huis.

Ze had de hik.

'Ik heb nog nooit zo'n aanstelster gezien en ook nog nooit zo'n leugenaarster,' zei Freddy.

Ze was drie weken eerder aan Sigrid en Wieke voorgesteld en sinds een week sliep ze elke nacht in hun huis. In het bed van hun ouders, op de plek van hun moeder.

Het was op een vrijdag en ze hadden net gehoord dat Fokke die avond laat zou thuiskomen, omdat hij aanwezig moest zijn bij een crisisoverleg. Sigrid wist niet precies wat dat inhield. Het enige wat ze begreep was dat Fokke lange werkdagen had en dat Wieke en zij hem moesten ontzien als hij thuis was. Die conclusie kwam niet van hem, maar van Freddy. Ze eiste van Sigrid en Wieke dat ze hun vader met rust lieten en dat ze hun problemen met háár bespraken. Sigrid drukte Wieke elke dag op het hart dat ze niets over zichzelf aan Freddy moest vertellen en dat ze alles wat ze moeilijk vond of waar ze vragen over had aan háár voorlegde.

'Als we ergens niet uit komen, gaan we gewoon naar tante Neel of naar tante Ineke,' zei ze. 'Die staan altijd voor ons klaar.'

Freddy had een stamppot van spruitjes gekookt en Sigrid werd alleen van de geur van spruitjes al misselijk. Maar ze moest het eten, Freddy stond niet toe dat ze iets anders nam. Na de eerste hap kwam haar maag direct in opstand. Na de derde hap kon ze de omgekeerde bewegingen van haar slokdarm niet meer tegenhouden en spoog ze alles op tafel uit. Wieke gilde, Freddy sprong overeind, rende naar de keuken en kwam terug met een theedoek, die ze over het braaksel heen smeet.

Sigrid zat voorovergebogen en probeerde niet meer te kokhalzen.

'Wat bezielt jou, verwend monster?' schreeuwde Freddy.

'Ik kan niet tegen spruitjes en van mama hoefde ik ze nooit te eten,' huilde Sigrid.

Toen zei Freddy dat ze nog nooit zo'n aanstelster en zo'n leugenaarster had gezien. 'Haal het niet in je hoofd om je vader met deze onzin lastig te vallen als hij straks thuiskomt,' waarschuwde ze. 'Die man heeft al genoeg aan zijn hoofd.'

Later zei ze dat Sigrid een heel bord spruitjesstamppot had gegeten en dat ze het lekker vond.

'Dus je hebt je altijd een beetje aangesteld als het om spruitjes eten ging,' constateerde Fokke.

Toen kreeg Sigrid onbedaarlijk de hik.

Mitzy adviseert Fokke heel diep in te ademen en pas uit te ademen als het niet anders kan.

Sigrid zit doodstil op de bank en kijkt toe.

'Ik geloof dat het weer over is,' zegt Fokke.

'En ik geloof dat Wieke en Martijn eraan komen,' meldt Mitzy.

'De champagne kan door,' roept Fokke.

Acht

Ik moet de volgorde in mijn verhaal nog veranderen, maar dat komt later. Eerst maak ik tekst van wat in me opkomt, totdat alles eruit is.

Het schrijven windt me op maar het vermoeit me niet. Integendeel, ik krijg steeds meer energie. Ik kan bergen beklimmen, dalen passeren, marathons lopen. Mij krijg je niet moe zolang de woorden hun weg vinden in dit manuscript.

Ik weet waar ik het allemaal voor doe en ook wat ik moet gaan doen. Degene die dit als eerste leest moest eens weten onder welk woord ik dit document heb opgeslagen.

Vandaag leef ik me uit op Falco. Freddy was van mening dat hij de beste partij was die ze zich kon wensen. Hij zag er goed uit, was gemakkelijk te lijmen met alles wat ook maar in de buurt kwam van erotiek, verdiende veel, had een mooi huis en geloofde alles wat ze zei.

Haar opmerking over de erotiek stak me. Ik had visioenen van bezwete lijven in allerlei standjes, hitsige teksten en schreeuwende ontladingen. Ik had nooit willen weten dat Falco zich op elk uur van de dag en nacht wel wilde laten pijpen. Freddy had me nooit moeten vertellen dat hij zelf ook van wanten wist als het erop aankwam om een vrouw te bevredigen. Maar dat vertelde ze wel en daarna nam ik haar vaak ruw en hard. Dat vond ze geweldig.

Mijn weerstand tegen Falco begon wat af te nemen toen Freddy me fluisterend vertelde dat ze tijdens de seks met hem heel vaak fantaseerde dat ik het was die haar betastte en bevredigde en dat hij alleen nodig was als zaaddonor. Met zijn zaad was niets mis. Hij had al drie kinderen verwekt en al was het laatste niet levensvatbaar gebleken, het volgende zou dat zeker zijn. Freddy's wens om moeder te worden stond los van zijn persoon. Hij had iedere andere man kunnen zijn zolang hij geschikt was en bleef om goed zaad te doneren.

Ik kon niets anders doen dan dit met lede ogen aanzien en hopen dat ze ooit op een dag voorgoed bij me zou komen. Desnoods met kind.

In de tussentijd bleef ze aan me verbonden door seks. Zo veel mogelijk seks. Teder, uitdagend, spannend. Ik kocht handboeien, dildo's waar je een kaakontwrichting van zou kunnen krijgen en vele tubes glijmiddel. Ik schoor haar kaal aan de voorkant en de achterkant. Als ze naar lucht hapte op de dagen dat alleen haar achterkant beschikbaar was, en als ze riep dat ik voorzichtiger moest doen en meer glijmiddel moest gebruiken, ramde ik door.

Ze was van mij en dat had altijd zo moeten blijven.

24

Sigrid is vroeg opgestaan. Ze werd wakker met een enorm droge strot en heeft eerst een paar glazen ijskoud water gedronken. De champagne zat nog een beetje in haar benen, maar ze dacht dat dit gevoel wel zou wegtrekken na een paar koppen sterke koffie en wat eten.

Hoofdstuk acht ligt voor haar op tafel. Waarom moest ze dat zo nodig eerst lezen? Nu moet ze niet aan koffie of aan eten dénken. Ze kan alleen in elkaar gedoken blijven zitten waar ze zit en diep ademhalen.

Er is een geluid op de gang. Engel komt naar beneden. Hij heeft gisteren weinig gedronken en haar naar huis gereden. Maar hij bleef zeggen dat de kennismaking met haar familie hem heel goed was bevallen, ook al waren ze allemaal onder invloed.

Sigrid heeft de bladen met tekst net op tijd onder de krant geschoven. Ze wil niet dat Engel het achtste hoofdstuk leest en ze hoopt dat hij de krant niet gaat pakken. Maar nu ziet ze een stuk wit papier onder de krant uitsteken. Ze schuift het zo onopvallend mogelijk weg.

Engel gaat met een kop koffie in zijn hand tegenover haar zitten. 'Volgens mij heb jij een kater. Klopt, hè? Ga maar lekker een paar uur terug in bed. Pas je een beetje op jezelf? Ik ga vanavond squashen met een paar vrienden. Dat wordt meestal laat. Ik bel je nog wel.' Hij drinkt zijn koffie op en zet het lege kopje op het aanrecht.

Ze volgt zijn bewegingen. Hoelang kent ze hem nu? Een paar weken. En wat is kennen? Toch is zijn aanwezigheid hier volkomen vanzelfsprekend. 'Ik vind het fijn dat je er bent,' zegt ze.

'Maar nu ga ik weer,' grapt hij. 'Maak je geen zorgen, ik kom terug. Mits dat op prijs wordt gesteld.'

Ze strekt haar armen naar hem uit en smoort hem bijna in een omhelzing. 'Anders kom ik je halen,' fluistert ze in zijn oor.

'Pas op, schoonheid, ik kan me moeilijk beheersen.' De kus die volgt vertelt direct wat hij bedoelt.

Engel maakt zich als eerste los. 'Over drie kwartier staat mijn eerste cliënt voor de deur. Ik ben weg. Nog één kus.'

Als ze de voordeur hoort dichtslaan, haalt ze hoofdstuk negen tevoorschijn.

Negen

Ik heb vandaag een slechte dag. Alles mislukt, niets is prettig. Ik word achtervolgd door heimwee.

Ze hebben de as van Freddy op een openbare plek laten uitstrooien. Het was blijkbaar te veel moeite om zelf iets te ondernemen en haar weg te laten gaan vanaf een plek waar ze altijd graag kwam. Zulke plekken moeten Falco, Sanne en Wytske kennen, ook al hebben ze zich nooit verdiept in wat Freddy fijn vond. Dat was vooral te wijten aan haar oudste stiefdochter, die vanaf het moment dat Freddy in haar leven verscheen geen gelegenheid onbenut heeft gelaten om haar duidelijk te maken dat ze niet welkom was.

Freddy heeft mij niet voor niets als haar grote liefde gekozen, daar ben ik van overtuigd. Sinds ik schrijf is ze dichter in de buurt en ik ben nog nooit zo blij geweest met de gave die ik heb. Al blijft ze op afstand en nog onbereikbaar, ik weet dat ze er is.

En wat ze van me verwacht.

Ik denk dat ze direct op zoek is gegaan naar de kindjes die ze heeft verloren. Ze sprak daar vaak over en ik wist dat ze altijd aan ze dacht. De eerste baby was levensvatbaar geweest toen ze hem verloor. Ze was ruim zeven maanden zwanger en het was een volkomen normale zwangerschap. De enige wanklank in het geheel was Sanne die het feit dat ze een broertje of zusje kreeg negeerde, zelfs ontkende. Het was geen kind van haar moeder, redeneerde ze, dus het kon nooit een broertje of zusje zijn. De rol van haar vader deed niet ter zake.

Freddy heeft me vaak verteld dat het een drukke baby was, die van haar bolle buik regelmatig een soort stuiterbal maakte. Tot de dag aanbrak waarop hij lang leek uit te slapen en ze tegen de middag ongerust begon te worden. Ze belde de verloskundige en die kwam meteen. Falco werd gebeld, er kwam een ambulance voorrijden, iedereen sprak met ernstige gezichten geruststellende woorden en in het ziekenhuis werd haar verteld dat de baby niet meer leefde. De weeën werden opgewekt en 's avonds beviel ze van een dood jongetje. Alles zat erop en eraan, hij was klaar en gaaf, hij had alleen nog een week of zes moeten doorgroeien en dat deed hij niet.

Falco was lief en zorgzaam, hij hield iedereen uit haar buurt, behalve Wytske. Die was oprecht verdrietig en aangeslagen. Sanne daarentegen had opeens veel feestjes en andere bezigheden met vriendinnen, maar dat kwam Freddy goed uit. De grijns op de smoel van dat kreng was onverteerbaar.

Ik heb alles pas veel later gehoord, ik kon haar pas later troosten. Maar toen dat eenmaal mogelijk was, heb ik me niet onbetuigd gelaten. Vanaf de eerste keer dat Freddy weer in mijn armen lag wist ik dat ik haar zou krijgen. En ik heb toen al besloten dat ik iedereen die me daarbij in de weg stond zou opruimen.

Waarvan akte.

Deze slechte dag heeft een kentering nodig. Ik bedacht een paar minuten geleden dat ik het moet zoeken in een eenvoudige oplossing en die heet: de kam.

Freddy vertelde dat Sanne de kam van haar moeder wilde hebben en dat Falco van mening was dat zijn oudste dochter recht had op dat erfstuk. Maar mijn lief gunde die recalcitrante puber deze overwinning niet en daarom bracht ze de kam bij mij. We lachten samen om de onnozele ruzie die daarop volgde.

Ik kam mijn haar bijna elke dag met de kam van Freddy. Op sommige dagen doe ik dat een keer of tien, dan voel ik haar dichter bij me.

Ik moet vandaag vaak kammen.

25

Ze gaat niet terug naar bed. Ze gaat eerst het een en ander op een rijtje zetten en een paar vragen beantwoorden die zich aan haar opdringen.

Vraag 1: Laat ik de hoofdstukken die ik tot nu toe heb ontvangen ook aan Fokke en Wieke lezen?
Vraag 2: Moet ik de politie benaderen?
Vraag 3: Ga ik uitzoeken met wie Freddy bevriend was?
Vraag 4: Stuur ik een bericht aan Hansje de Wit?
Vraag 5: Vertel ik aan Engel dat ik weer nieuwe hoofdstukken heb ontvangen en mag hij die lezen?
Vraag 6: Moet ik rekening houden met een potentiële bedreiging?

Ze begint eerst na te denken over het antwoord op de zesde vraag. In sommige opzichten lijkt Hansje de Wit een beetje voorspelbaar te zijn. Een mooi voorbeeld daarvan is het gedoe met de kam. Sigrid rekende erop dat Hansje er nog meer over zou vertellen en voilà. Laat ze maar rustig tien keer per dag haar haren kammen als ze zich daar lekker bij voelt. De kam is allang niet meer van onschatbare waarde, zoals Hansje schijnt te denken. Dat zou hij geweest zijn als Freddy er met haar handen was afgebleven. 'Bedreiging' is een groot woord. Er lijkt meer sprake te zijn van een enorme geldingsdrang. Sigrid kan volstaan met goed op te letten. Maar ze zou toch voor de zekerheid aangifte van bedreiging kunnen doen. En ze kan het bespreken met iedereen die hierbij betrokken zou kunnen raken.

De aangifte is beslist de laatste optie, want niemand zit te wachten op moeilijke vragen van de politie. Sigrid maakt zich in dit opzicht niet veel zorgen over Fokke, maar ze weet dat haar zusje zonder enige twijfel de zwakke schakel zal zijn. Wieke kan onder een te grote druk bezwijken en mogelijk details prijsgeven die beter niet genoemd kunnen worden. De politie is voorlopig niet aan de orde. Daardoor is direct vraag 2 beantwoord.

Wat de dreiging betreft lijkt het duidelijk dat ze goed moet opletten en vooral goed moet lezen wat er in de hoofdstukken wordt bekendgemaakt. Tussen de regels door naar herkenningspunten zoeken, speuren naar aanwijzingen dan wel opmerkingen die naar iemand kunnen leiden. In dat opzicht is vraag 3 ook beantwoord. De schrijver weet veel en vermoedt te veel. Dus wie is die schrijver?

Misschien valt er niet te ontkomen aan een reactie in de richting van Hansje de Wit. Maar het is nog te vroeg, met snel reageren zal ze de indruk wekken dat ze bang is. Hoofd koel houden. Vraag 4 is beantwoord. Dan blijven vraag 1 en vraag 5 over.

Sigrid is ervan overtuigd dat het verstandig is om wat er gaande is niet in haar eentje op te lossen. Engel heeft al hoofdstukken gelezen, maar die vormden nog geen aanleiding voor vragen die moeilijk te beantwoorden zijn. Dat gaat wel het geval worden als hij de laatste drie hoofdstukken te lezen krijgt.

Ze is van deze man onder de indruk, ze heeft hem al aan haar familie voorgesteld, ze moet er niet aan denken dat het nu opeens voorbij zou zijn, ze wil hem vertrouwen, maar ze kent hem desondanks te kort om zeker te kunnen zijn van zijn goede intenties. Engel leest voorlopig niets. Ze zal hem vertellen dat er geen nieuwe hoofdstukken zijn gekomen nadat ze de onbekende schrijver per mail heeft verzocht om een andere redacteur te zoeken.

Blijft over: vraag 1. Als ze alles aan Fokke en Wieke laat lezen zal vooral het achtste hoofdstuk een enorme weerstand opwekken. Ze zou dit hoofdstuk het liefst willen vernietigen. Het is te banaal voor woorden, maar het geeft ook heel goed weer hoe berekenend Freddy was. Misschien is het een goed idee om het eerst alleen aan Fokke te laten lezen en dan samen te besluiten wat ze ermee doen. Ze kunnen het bespreken als hij er vanmiddag is.

Hij zal niet vrolijk worden van hoofdstuk acht, maar zij is ook nooit vrolijk geworden van zijn keuze voor een stiefmoeder.

Zal ze daar ooit niet meer boos om kunnen zijn?

26

Fokke staat om klokslag twee uur voor de deur. 'Wat een dag was dat gisteren. Ben jij al geland? Ik viel in slaap bij de tandarts! Toen ik wegging lag Mitzy nog in coma en als ik straks thuiskom is ze weer naar haar eigen huis. Wat zal ik blij zijn als ze definitief bij me woont. Maar het was leuk, hè? Toch?'

Sigrid mompelt iets wat op een bevestiging kan lijken.

Als ze twee espresso's staat te maken overweegt ze toch nog om hem alleen te vertellen wat er gaande is en hem niets te laten lezen. Maar welke logische verklaring kan ze geven om hem dat te weigeren?

Fokke zit aan de eettafel. Zijn handen liggen op het houten tafelblad. Hij ziet er nog altijd goed uit, ook al wordt hij binnenkort vijfenzestig. Hij heeft een volle bos haar die nog niet helemaal grijs is. Terwijl sommige van zijn vrienden een steeds dikkere buik krijgen, is die van hem hooguit iets minder plat dan toen hij jonger was. De vale gelaatskleur die hem ouder deed lijken is verdwenen en heeft plaatsgemaakt voor een bruine teint die duidelijk maakt dat hij veel in de buitenlucht is. Hij fietst elke dag een uur, welk weertype het ook is. Hij noemt dat 'zijn uitwaaibehoefte de ruimte geven'. Mitzy vindt het stoer. Wieke noemt hem soms gekscherend een oude uitslover.

Sigrid heeft er nog nooit iets over gezegd en ook geen vragen gesteld. Maar ze vraagt zich wel regelmatig af wat hij wegfietst.

'Ik word te oud om op één dag zo veel te drinken,' meent Fokke. 'Geloof me maar, de alcoholtolerantie neemt af als je de zestig bent gepasseerd. Voorlopig geen champagne of iets wat daarop lijkt. We hebben wel drie flessen soldaat gemaakt!'

Sigrid gaat tegenover hem zitten.

'Zo,' zegt Fokke. 'Jij zit. En vertel nu maar wat je aan me kwijt wil.'

Hij leest en zij kijkt toe. Zijn gezicht staat strak, nu en dan zucht hij diep. Hij kijkt geen enkele keer naar Sigrid, het lijkt of de woorden op het papier zijn ogen hebben gehypnotiseerd.

Nu begint hij aan hoofdstuk acht. Sigrid volgt zijn ogen en zijn ademhaling.

De blik in zijn ogen verhardt, hij houdt een paar seconden zijn adem in. Daarna leest hij verder. En hij kijkt nog steeds niet op.

Hij begint aan hoofdstuk negen.

Ze ziet dat hij klaar is met lezen, maar naar het papier blijft staren.

Op het moment dat ze wil vragen wat hij ervan vindt, pakt hij de bladen op en legt ze op de hoek van de tafel. 'Wat een shit krijg jij te redigeren,' zegt hij.

Sigrid haalt de twee brieven tevoorschijn die Hansje de Wit heeft bijgesloten. Fokke leest ze en geeft ze weer terug.

'Het is gebaseerd op een waargebeurd verhaal, de naam van de hoofdpersoon is haar echte naam, de andere namen zijn gefingeerd maar daar is wel de echte voorletter van de eigen naam voor gebruikt,' meldt Sigrid. 'Het gaat hier over Freddy, Falco, Sanne en Wytske. Er was eens een gezin dat bestond uit Freddy, Fokke, Sigrid en Wieke. Zou dat toeval zijn?'

'Natuurlijk,' snauwt Fokke. 'Je gaat me toch niet vertellen dat je dit serieus neemt? Zelfs al zou iemand ons gezin op het oog hebben toen dit werd geschreven, dan weet jij toch ook wel dat hier niets van klopt?'

Er valt een diepe stilte.

Sigrid is de eerste die weer iets zegt. 'Ik weet niet wie dit schrijft, maar ik denk dat wij daarachter moeten zien te komen. Niet dat iemand ook maar het geringste bewijs tegen ons kan leveren, maar daar gaat het wat mij betreft niet om. Het gaat om wat deze idioot van plan is. Over of wij bedreigd worden en waarmee. Over wat wij willen toestaan. En vooral over wat wij niet willen toestaan.'

'En wie zijn die wij?' vraagt Fokke.

'Jij, Wieke en ik. Ik wil met je afspreken dat we hier verder niemand bij betrekken, zelfs Mitzy niet. Ik laat dit aan jou lezen, maar niet aan Wieke. Nog niet. Pas als het niet anders kan moet zij hier ook van op de hoogte worden gebracht. Je weet hoe ze is, hoe snel ze in paniek kan raken. En paniek kunnen we niet gebruiken.'

'Ik stel voor om hoofdstuk acht te vernietigen,' zegt Fokke.

Sigrid denkt even na. 'Dat voegt inderdaad weinig toe, behalve nog meer ranzigheid. Laten we maar tegen de anderen zeggen dat de auteur na hoofdstuk zeven hoofdstuk negen stuurde en dat Freddy's grote fan blijkbaar niet eens tot tien kan tellen.'

'Hoe verzin je het,' zegt Fokke. 'En wat de rest betreft: Freddy is midden in de nacht met haar dronken kop naar buiten gegaan en in het zwembad terechtgekomen. Ze kan gestruikeld zijn en over de rand gevallen, ze kan er gewoon in zijn gesprongen in de overtuiging dat een van ons haar eruit zou halen. Dat ik haar eruit zou halen. En dat is niet gebeurd.'

'Maar heb jij dan niet gehoord dat ze naar buiten ging?' wil Sigrid weten.

'Ik heb gehoord dat ze in het huis rondscharrelde. Ze had nooit naar Frankrijk moeten komen, Sigrid. Ik had jullie meegenomen omdat ik er rekening mee hield dat ik die prostaatkanker niet zou overleven. Ik twijfelde er zelfs aan of ik wel door de operatie heen zou komen. Ons contact was slecht en ik wist goed dat ik grote fouten had gemaakt. Freddy was ervan op de hoogte dat ik van haar wilde scheiden, ook dat ik jou en Wieke als mijn enige erfgenamen had aangewezen. Ze kon alimentatie eisen en ze zou later een deel van mijn pensioen krijgen. Meer zat er niet in en dat zinde haar niet. Ze kwam ons alleen achterna om mijn poging tot verzoening met jullie te dwarsbomen en te verzieken. Ze had thuis moeten blijven.' Hij kijkt Sigrid recht aan. 'Ze is in dat zwembad gevallen en verdronken.'

'Ze is in dat zwembad gevallen en verdronken,' gehoorzaamt Sigrid.

27

'Ik heb een huis gehuurd in het hartje van de Provence,' vertelde Fokke. Hij was samen met Wieke naar Sigrid gekomen omdat hij iets met zijn dochters wilde bespreken. 'Een ruime villa in Barjols. Het is een huis voor acht personen, met drie toiletten, drie badkamers en vier slaapkamers, dus we zullen elkaar niet voor de voeten lopen. Rondom het huis is een grote tuin en een zwembad. Dat is beslist ook niet klein. Ik zou daar graag veertien dagen samen met jullie naartoe gaan.'

'En Freddy?' wilde Sigrid weten.

'Freddy blijft thuis. Ik heb besloten dat ik wil scheiden.'

'Wil Freddy dat ook?'

'Nee, maar ze weet dat het toch gaat gebeuren.'

'Waarom pas nu? Waarom niet eerder?'

De zenuwtrek rond Fokkes mond maakte overuren. 'Ik had veel eerder moeten scheiden, ik had zelfs nooit met Freddy moeten trouwen. En ik heb er veel te lang over gedaan om tot dat inzicht te komen.'

'Je kunt onze verpeste jeugd er niet mee terugdraaien,' zei Sigrid. Ze zag dat zijn handen trilden.

'Daar ben ik me van bewust,' antwoordde Fokke. 'Ik zou daar uitgebreid met jullie over willen praten, ik hoop dat het daarvoor niet te laat is.'

'Het is niet te laat,' verzekerde Wieke hem. Ze keek naar Sigrid. Fokke keek ook.

'Dat zal moeten blijken,' meende Sigrid.

'Dus je gaat mee?'

'Misschien. Ik wil er een paar dagen over nadenken.'

'Ik ga zeker mee,' beloofde Wieke.

'Niemand had iets anders verwacht,' sneerde Sigrid.

Fokke had een folder bij zich van het huis en van de streek. Het huis werd aangeprezen als bijzonder sfeervol en luxueus. Het privézwembad was 10.50 bij 4.60 meter. Het huis lag op vijf minuten rijden van Barjols, een stadje met een rijke historie dat bekendstond om zijn tweeënveertig fonteinen en vier rivieren. De Middellandse Zee en Saint-Tropez waren in een uur bereikbaar en wandelaars konden hun hart ophalen aan de diverse wandelroutes.

'We hoeven ons daar niet te vervelen,' beweerde Fokke.

'We gaan er toch heen om te praten?' zei Sigrid.

Wieke maande haar om wat vriendelijker te zijn. Volgens haar bedoelde Fokke het goed.

'Ik zou het fijn vinden om met de hele familie veertien dagen naar een groot vakantiehuis te gaan,' zegt Fokke. 'In Spanje of in Portugal. Misschien in Griekenland. Dat mogen jullie bepalen. Je vriend is ook welkom. Engel was het toch? Wat voor werk doet hij?'

'Hij is architect en hij heeft een eigen bedrijf. Maar laten we het nu even niet over een vakantie hebben. Er is iets aan de hand waar we onze ogen niet voor kunnen sluiten. Ik wil weten wie Hansje de Wit is. Het moet iemand zijn die Freddy goed heeft gekend. Heel goed, kun je wel zeggen. Ze blijkt tijdens jullie huwelijk stevig in de weer te zijn geweest met een andere man. Of vrouw. Eigenlijk heeft het laatste deel van het negende hoofdstuk me ervan overtuigd dat de schrijver een vrouw is. Waar heb ik het?' Sigrid pakt de laatste bladzijde van het document. 'Dit bedoel ik.'

Ik kam mijn haar bijna elke dag met de kam van Freddy. Op sommige dagen doe ik dat een keer of tien, dan voel ik haar dichter bij me.

Ik moet vandaag vaak kammen.

'Dit doet een man niet en dit schrijft een man niet. Het zal me niet verbazen als Hansje de verwijzing naar een mannelijk persoon gebruikt om mij en nu ons op het verkeerde been te zetten. De vraag is dus: wie kan dit zijn? Wie zag Freddy vaak toen jullie nog getrouwd waren?'

Fokke haalt een hand door zijn haar. 'Ze had vriendinnen met wie ze had samengewerkt in de bibliotheek, maar er kwamen er maar twee ook bij ons.'

'Bernice en Nora,' beaamt Sigrid. 'Nora had geen man, Bernice was volgens mij samen met Jochem.'

'Klopt,' zegt Fokke. 'Maar die hebben wij nooit gezien.'

'Freddy was regelmatig een weekend weg en ze kwam ook vaak later thuis op donderdag. Dan was ze bij vriendinnen, maar het is mij nooit duidelijk geweest of ze dan bij Nora of Bernice was.'

'Mij ook niet. Ze werd boos als ik te veel vroeg over wie ze zag en sprak, ze begon me dan te beschuldigen van misplaatste achterdocht en inbreuk op haar privacy. Ik ben uiteindelijk opgehouden met vragen stellen en liet haar gaan. Ik dacht dat ze die uitstapjes nodig had om te verwerken dat het ons niet lukte om een kind te krijgen. Geen levend kind, in elk geval.'

'Hebben Nora en Bernice een rouwkaart gehad?'

'Ja, dat weet ik zeker.'

'Heb je ze daarna nog gezien?'

'Nee, maar Nora stuurt nog elk jaar een kerstkaart. En Bernice heeft me na Freddy's dood nog een paar keer een verjaardagskaart gestuurd. Ik kan me niet voorstellen dat een van hen een seksuele relatie had met Freddy.'

'Hoe bedoel je: een van hen met Freddy? Het was toch geen eenrichtingverkeer? Ga je Freddy nu vrijpleiten?' Ze hoort hoe vinnig ze is.

Fokke duikt in elkaar.

‘Ze blijft tussen ons staan,’ stelt Sigrid vast. Ze wacht op een antwoord. Maar er komt geen antwoord. ‘Ander onderwerp. Je hebt dus hun adressen.’

‘Ik weet niet of die nog kloppen,’ zegt Fokke. Hij kijkt haar niet aan.

‘We zoeken het uit,’ beslist ze.

28

Ze gaat meestal 's morgens zwemmen, maar vandaag maakt ze een uitzondering. Sigrid verlangt naar het warme water en het ontspannen gevoel dat ze altijd in het zwembad krijgt. Maar als het te druk is, keert ze om. Ze heeft geen zin in een overvol bad met schreeuwende kinderen.

Het valt mee. Er zijn wel kinderen, maar die schreeuwen niet. Ze maken geen enkel geluid en ze zwemmen op een elegante manier.

Er zit een vrouw op de rand van het bad. 'Wat zwemmen ze mooi, hè?'

Sigrid wil niet praten. Ze maakt met een hoofdknik duidelijk dat ze het hiermee eens is en duikt in het water. Nu niet denken aan een bad bij een vakantiehuis in de Provence. Niet voor je zien dat Fokke en Wieke stoeiden in het water. Niet Fokkes hand zien die zwaaide en uitnodigde. Alleen beseffen dat die vakantie een keerpunt was en de weg werd ingeslagen naar een mogelijk herstel van de relatie met haar vader.

Fokke heeft beloofd om de huisadressen, de telefoonnummers en als het mogelijk is de mailadressen van Bernice en Nora te mailen. Daarna zal Sigrid bekijken op welke manier ze contact gaat zoeken.

Ze had ook aan Fokke willen vragen of hij nog gegevens heeft van de tantes. Zijn zussen waren wel ouder dan hij, maar het is heel aannemelijk dat ze nog leven. Ze kan zich ook niet voorstellen dat het nog nooit in hem is opgekomen om weer contact met hen te zoeken. Familie is toch belangrijk, wat er ook is gebeurd.

Sigrid heeft het onderwerp tantes voor het laatst aangehaald toen ze een jaar of zeventien was. De vraag die ze stelde ontketende een enorme ruzie met Freddy. Nu weet ze dat ze haar stiefmoeder geen kans had moeten geven om hen ervan te weerhouden contact op te nemen met de zussen van Fokke, maar destijds liet ze zich verbaal overmeesteren. Ze was voorzichtig, vermeed risico's en dacht snel dat ze ergens in werd geluisd. Ze reageerde nooit spontaan en als ze iets beweerde bleef ze benadrukken dat ze echt niet loog. Toen ze Nederlands studeerde vroeg een studiebegeleider een keer aan haar wie haar zelfvertrouwen zo vakkundig om zeep had geholpen.

Ze wil helder denken, maar de herinneringen dringen zich te nadrukkelijk aan haar op. Toch maar doorzwemmen, nog een keer tien banen. Op de buik, op de rug. Beetje watertrappelen. Proberen ook op een elegante manier te zwemmen. Tussendoor aan Engel denken.

Als hij vraagt of er nog nieuwe hoofdstukken zijn zal ze tegen hem moeten liegen. Afspraak is afspraak. Later vertelt ze het misschien.

Ze is moe, maar nog steeds niet ontspannen. Ze hoort Fokke weer zeggen dat Freddy in dat zwembad is gevallen en verdronk.

Het is in alle opzichten het beste dat ze dit ook gaat geloven.

Zodra ze binnenstapt kijkt ze naar de mat. Er liggen een paar folders, verder niets. Toch nog een keer extra goed kijken.

Ze zou opgelucht moeten zijn.

Fokke heeft een mail gestuurd met de adressen van Nora en Bernice en ook het mailadres van Nora.

Sigrid antwoordt direct om hem te bedanken en te vertellen dat ze de vriendinnen gaat benaderen en hem op de hoogte zal houden. Ze vraagt ook of hij nog ooit contact heeft gehad met zijn zussen.

Fokke reageert snel. De zussen zijn helemaal uit beeld. Hij meldt dat Mitzy en hij over drie maanden willen trouwen. Hij heeft dat ook al aan Wieke verteld. Mitzy en hij zouden graag willen dat Wieke en Sigrid hun getuigen zijn. In een PS vermeldt hij nog dat Mitzy op huwelijkse voorwaarden wil trouwen en van hem eist dat hij zijn dochters als enige erfgenamen handhaaft. En dat ze eindelijk haar huis te koop gaat zetten.

Als ze naar bed gaat, kijkt ze toch nog een keer of er niets op de mat ligt. Niets. Misschien morgen.

29

Waar is de bodem gebleven? Als er een bodem is, kan ze zich afzetten en weer opstijgen. En als haar hoofd boven water komt, kan ze om hulp schreeuwen. Ze probeert naar beneden te kijken om te zien waar haar voeten de grond kunnen raken, maar de druk van het water is te groot. Het lukt niet om haar hoofd te buigen.

Er doemt iets voor haar op, het is een rond ding met cijfers. Het lijkt een klok, maar zonder wijzers. De cijfers veranderen steeds. Nu ziet ze het getal zestien. Zeventien, achttien, negentien, twintig.

Ze blijft maar dalen en ze moet omhoog. Het lukt haar om haar benen te bewegen, maar daardoor stijgt ze toch niet op.

Vierentwintig, vijfentwintig.

Anderhalve minuut, dat is negentig seconden beseffen dat je gaat sterven. Negentig seconden schrik, negentig seconden angst, negentig seconden wanhoop.

Dit klopt niet, iemand moet begrijpen dat niet zij hier in het water moet liggen. Waar is iedereen?

Benauwd! Lucht, lucht, lucht!

Geen paniek, rustig blijven. Paniek is de vijand.

Zesenveertig, zevenenveertig, achtenveertig.

Help me, help me toch!

Duizelig, en steeds benauwder.

Ze daalt niet meer. Nu de benen bewegen en naar boven. Snel, snel, snel! Ze stijgt, o god, ze stijgt. Waar is de buitenlucht?

Harder trappelen!

Vijfenzeventig, zesenzeventig, zevenenzeventig. Nu moet ze ademhalen, nu moet het echt. Ze opent haar mond.

Het water vult haar, het is niet meer tegen te houden. Waarom komt niemand helpen?

Negenentachtig, negentig.

De telling stopt.

Het is donker, het is stil, het is koud.

Sigrid is totaal verkrampt en houdt haar adem in. Pas als ze beseft dat ze in haar eigen bed ligt kan ze weer ademhalen.

De klok op het nachtkastje geeft aan dat het halfzeven is. Ze wil nog slapen, maar na een paar minuten begrijpt ze dat dit niet gaat lukken.

In de keuken zet ze een grote pot thee. Over een halfuur is het zwembad open, maar ze moet nu even niet aan zwemmen denken. Deze nachtmerrie was te heftig. Later op de dag misschien.

Ze heeft nooit eerder stilgestaan bij wat Freddy gevoeld zou kunnen hebben toen ze verdronk en ze wil daar ook niet aan beginnen. Maar de verdrinkingservaring die ze net in een droom heeft beleefd is halsstarrig. Ze denkt aan de woorden van haar vader.

Ze is in dat zwembad gevallen en verdronken.

Dat klopt. Daar is geen speld tussen te krijgen.

'Ik vind het stom dat jij niet kunt zwemmen,' zei ze tegen Freddy. 'Als je in het water valt kun je verdrinken.'

Freddy bekeek haar met de bekende minachtende blik in haar ogen. 'Weet jij wat ík stom vind? Dat jij nog steeds schijnt te denken dat je mij kunt imponeren. Het interesseert mij totaal niet wat jij vindt, wanneer wordt dat eens duidelijk? Als je zo doorgaat, zal ik toch serieus met je vader moeten bespreken of je hier wel kunt blijven wonen. Straks hebben we een baby en dan moet het hier ordelijk en stabiel zijn.'

'De baby is doodgegaan,' antwoordde Sigrid.

'Maar er komt een nieuwe.' Freddy lachte schel. 'We hebben gewoon een nieuwe gemaakt. En daarna komen er nog meer, of denk je soms dat jij dat kunt tegenhouden? En alle baby's zullen veel belangrijker zijn dan jij.'

'Mijn vader vindt ons wél belangrijk,' schreeuwde Sigrid.

'Je vader vindt je zusje zeker belangrijk, maar jij liegt te veel. Daar houdt hij niet van.'

'Ik lieg niet, jij liegt altijd!'

Freddy lachte.

Ze krijgt het warmer door de hete thee. Ze kan beter ook iets eten.

Zou Engel nog gebeld hebben?

Ze ziet dat er op haar mobiel een bericht is ingesproken.

'Ha schoonheid, ik denk dat je al slaapt. Ben net terug van squashen en ik ben kapot. Zal ik morgen voor je koken? Bij jou of bij mij? Laat maar weten. Kus, kus, kus.'

De stem van de voicemail meldt dat ze voor direct terugbellen een één moet toetsen. Ze toetst een één. 'Nu slaap jij nog en zit ik al in de keuken. Het is drie minuten over zeven, ik ben een beetje uit bed gevallen. Kom maar naar mij, als ik iets in huis moet halen hoor ik het wel. Ik ben de hele dag thuis. Kus terug.'

Ze gaat nergens heen. Ze wacht op de post. Eventueel maakt ze een bericht voor Nora. Ze moet maar afwachten of ze daar een reactie op krijgt, want deze vriendin van Freddy zal zeer eenzijdig zijn ingelicht.

Mocht ze wel een antwoord krijgen, dan zal ze in elk geval goed opletten of de schrijfstijl van Nora lijkt op die van Hansje de Wit.

Daarom gaat ze de hoofdstukken die ze tot nu toe heeft ontvangen nog een keer heel goed doorlezen en zal ze aantekeningen maken over zinsbouw en stijl. Ze is niet voor niets een ervaren redacteur.

En ze laat haar leven niet overhoophalen door een gefrustreerde minnaar of minnares van de meest foute vrouw die ze tot nu toe is tegengekomen.

Nooit meer.

De vetgedrukte tekst schreeuwt de woorden in haar gezicht.

GETUIGE BLIJFT ONTKENNEN DAT HIJ LOOG.

Sigrid spreidt de krant op tafel en leest het artikel over een man die verdacht wordt van de moord op zijn moeder. Er zijn verschillende getuigenissen die tegen hem pleiten maar hij wil niet toegeven dat hij een valse verklaring heeft afgelegd. Hij beweert dat hij al zijn hele leven ten onrechte wordt beschuldigd van liegen en dat hij zich daartegen zal blijven verzetten.

Het artikel hakt erin. Zal de pijn van alle valse beschuldigingen en vooral de onmacht die ze voelde ooit overgaan? Zal ze de gekmakende woede ooit kunnen vergeten?

Soms blijft het gefrustreerde gevoel een paar weken weg maar sinds Hansje de Wit haar lastigvalt met dat onzinnige verhaal lijkt het zich aan Sigrid te hebben vastgeklemd. De machteloosheid, het verzet, de neiging om te schreeuwen dat ze wél eerlijk is, de behoefte aan waardering, alles walst over haar heen en maakt haar kwetsbaar.

Ze vouwt de krant dicht, loopt naar de keuken en gooit hem in de papierbak.

'Ze is opgeruimd, weet je nog?' zegt ze tegen zichzelf.

30

Het is al middag en ze heeft nog niets uitgevoerd. Dit wordt een duffe dag.

Er ligt een grote bruine envelop op de mat, met het bekende strakke handschrift. Als Sigrid hem oppakt, merkt ze dat er weinig in kan zitten. Ze scheurt hem open en kijkt. Geen witte vellen papier, alleen een briefje.

Beste mevrouw Fortuin,
Het schrijven gaat me momenteel niet goed af.
De confrontatie met deze geschiedenis is te heftig.
Daar zult u zich mogelijk niet druk over willen maken,
maar ik adviseer u dat tot u te laten doordringen.
U begrijpt waar dit alles over gaat. Oorzaken hebben gevolgen.
Denk daarover na.
Hansje de Wit.

PS Hebt u al iets aan uw familie laten lezen? Ik ben zeer benieuwd wat uw vader en uw zus van het verhaal tot nu toe denken. Zal ik hun vragen of ze willen fungeren als meelezer?

Sigrid maakt een prop van het stuk papier en smijt het van zich af. 'Kreng!' sist ze.

De stem van Fokke klinkt slaperig. ‘Ik lag op de bank. Dat doen oude mannen soms, vooral als ze twee dagen achter elkaar te veel alcohol hebben gedronken. We hadden gisteravond bezoek van een oud-collega van me en die had een excellente fles wijn meegenomen. Dan weet je het wel. Is er iets aan de hand?’

Sigrid heeft de prop papier weer recht gestreken. ‘Is Mitzy thuis?’

‘Nee, die is naar de markt. Er is iets, hè? Je bent toch niet ziek?’

‘Ik dacht dat er nieuwe hoofdstukken waren gekomen, want er lag weer een grote envelop op de mat. Maar er zat alleen een briefje in. Ik zal het je voorlezen.’

Als ze het briefje heeft voorgelezen blijft het even stil aan de andere kant.

‘Wie is dit monster?’ vraagt Fokke. ‘En wat doen we hiermee?’

‘Ik stel voor dat we met Wieke praten voordat dit secreet haar benadert.’

‘En vragen we haar dan om er niet met Dies over te praten?’

‘Dat kunnen we niet van haar vragen, omdat we weten dat ze dit niet redt. Wieke verdraagt weinig spanning, dat weet je toch? En zwijgen tegen Dies betekent spanning. Laten we het gewoon maar opengooien.’

‘Je hebt gelijk,’ geeft hij toe. ‘Zal ik het dan ook maar gewoon aan Mitzy vertellen?’

Sigrid aarzelt. ‘Zou Mitzy hierdoor niet op rare ideeën komen? Over jou? Over ons?’

‘Je bedoelt dat ze ons ergens van gaat verdenken en dan niet met me trouwt? Dat zal wel meevallen. Onthoud goed dat wij niets te verbergen hebben, wat een doorgedraaide nepauteur ook insinueert. Laat je alsjeblieft niet gek maken door een idioot.’

Ze vouwt het gekreukelde papier weer op. ‘Je hebt gelijk. Morgen is het Wiekes vrije dag, zullen we bij haar afspreken? Dan hoeft ze niet te gaan zeulen met Martijn. Ik bel haar wel. Zonder tegenbericht een uur of twee. Ik neem alle hoofdstukken mee, behalve acht. Goed?’

'Goed,' zegt Fokke. 'En ik bewonder jouw onverstoorbaarheid.'

Sigrid zit nog steeds met het stuk papier in haar handen. Het is al halfvier en ze heeft geen energie. Het komt door dat woord, denkt ze. *Onverstoorbaarheid.* Of komt het juist door twee andere woorden, door *ik bewonder*?

Heeft hij die woorden ooit eerder tegen haar uitgesproken?

'Je moet je gezag wat meer laten gelden,' brieste Freddy. 'Dat pubergedrag loopt nu toch echt uit de hand. Naar mij luistert ze niet, dus doe jij eens wat. Of ben je soms bang voor haar?'

Fokke reageerde woedend. 'Bang? Hoe kom je erbij? Bang voor een puber? Laat je nakijken. Als ik zeg dat iets niet gebeurt, gebeurt het niet. Al jankt ze de hele straat bij elkaar, ze gaat niet naar dat discofeest, zo eenvoudig is het. En hoe meer je dat benadrukt, des te erger zal ze zich verzetten, dus hou erover op.'

'Dat wil toch niet zeggen dat ze mij elke dag een grote bek kan geven?'

'Zeker niet en dat is vanaf nu afgelopen.' Fokke wendde zich tot Sigrid, die op de bank zat. 'Vanaf nu ga jij je fatsoenlijk gedragen tegen je moeder, heb je dat begrepen?'

Sigrid keek hem aan. 'Ze is mijn moeder niet, wanneer ga jij dat eens begrijpen?'

Fokke deed een stap in haar richting en hief zijn hand op. Maar hij bedacht zich. 'Ik laat me niet uitlokken tot geweld, door niemand. Je hebt een week huisarrest. Na school kom je meteen naar huis en als er ook nog maar één onvertogen woord uit je mond komt, ga je naar je kamer. Je zult je gedragen, jongedame. Je hebt de sfeer in huis nu wel genoeg verpest.'

'Moet je dat nou zien zitten,' zei Freddy. 'De onverstoorbaarheid in eigen persoon. Denk je dat we daarvan onder de indruk zijn?'

Sigrid zweeg.

'Ik wacht op een excuus,' ging Fokke verder.

'Dan kun je lang wachten,' antwoordde Sigrid. Ze stond op. 'Je hoeft me niet naar mijn kamer te sturen, ik ga zelf wel. En graag. De onverstoorbaarheid groet haar familie.' Ze stond bij de deur en draaide zich nog een keer om. 'Dus twee personen in deze kamer.'

Wieke begon nerveus te lachen. Die moest ook naar boven.

Ze leest het bericht dat ze heeft gemaakt zorgvuldig door. Het moet duidelijk zijn, maar vooral uitnodigend. Vriendelijk, een beetje voorzichtig, maar zeker niet onderdanig. Sigrid gaat ervan uit dat Nora niet staat te juichen als ze leest van wie ze een mailbericht heeft ontvangen. Dat hindert niet, als ze maar antwoord geeft. Als Sigrid haar maar kan ontmoeten. Deze vrouw zou Hansje de Wit kunnen zijn. In dat geval zal ze waarschijnlijk afwijzend reageren. Het is ook mogelijk dat ze weet met wie Freddy geheime ontmoetingen had. Is ze zover te krijgen dat ze daar iets over gaat vertellen? Geen van deze vragen kan worden beantwoord als er geen contact is met Nora.

Beste Nora,
Het is al een tijd geleden dat we elkaar voor het laatst zagen en misschien moet ik even uitleggen wie ik ben. Sigrid Fortuin, de oudste stiefdochter van Freddy Hasselaar.
Je weet dat Freddy niet meer leeft. Ze is verdronken tijdens een vakantie in Frankrijk. Een afschuwelijk ongeluk.
Wij hebben als gezin geen gemakkelijke jaren gehad, zeker niet de eerste tijd nadat Freddy bij ons kwam. Jij was een van haar vriendinnen en ze zal je daar ongetwijfeld iets over hebben verteld. Ik hoop dat je er rekening mee wilt houden dat elk verhaal twee kanten heeft, maar ik wil je niets opdringen.

Waarom ik je mail? Dat wil ik graag uitleggen.
Het verleden is voor mij niet goed afgerond. De relatie tussen Freddy en mij werd minder problematisch toen ik eenmaal het huis uit was. Ik ging heel jong samenwonen en was na vier jaar weer alleen. Dat was heftig, maar toen leerde ik haar wel van een andere kant kennen. Dat heeft tussen ons veel goed gemaakt en het had nog beter kunnen worden als dat verschrikkelijke ongeluk niet had plaatsgevonden. Maar het gebeurde wel. Freddy verdronk en er werd niets goed afgerond.
Ik zou graag met mensen in contact komen die haar hebben gekend en die me wat meer over haar jeugd en haar persoonlijkheid kunnen vertellen. Ik denk dat ik daardoor mijn eigen jeugd en de rol die Freddy daarin had beter een plaats kan geven en als het ware de cirkel rond kan maken. Daarom stuur ik je dit bericht.
Ik hoop dat je hierover wilt nadenken en we een keer bij een goed glas wijn met elkaar kunnen praten.
Vriendelijke groet, Sigrid Fortuin.

Ze leest de tekst nog een keer goed na. 'Ik ben niet in mijn eerste leugen gestikt,' mompelt ze, en ze drukt op Verzenden.

31

Het is halfzeven en Engel is er nog niet. Sigrid heeft al een paar toastjes met smeerkaas gegeten en zoekt in een van de keukenkasten naar chips. Ze vindt nog een halve zak Lay's Naturel en opent hem.

Ze schenkt ook alvast een glas witte wijn in en zet een extra fles in de koelkast. Ze neemt zich voor om te wachten tot zeven uur en hem dan te bellen.

Het is vijf voor zeven als ze haar mobiel hoort overgaan. Nummer onbekend. Dat kan weer een telefonisch verkooppraatje zijn en daar heeft ze geen zin in. Ze drukt de oproep weg.

Vijf over zeven. Weer een oproep, weer onbekend. Zuchtend neemt ze op. Er meldt zich een man die zegt dat hij Conrad heet en een goede vriend van Engel is. Ze hadden vanmiddag een afspraak, en Engel voelde zich niet goed.

De chips die ze tussen duim en wijsvinger houdt blijven ergens in de buurt van haar kin hangen.

'Engel heeft gevraagd of ik je wilde bellen omdat je op hem zit te wachten,' gaat Conrad verder. 'Hij werd steeds beroerder en ik vertrouwde het niet. Daarom heb ik hem naar zijn huisarts gebracht. Die heeft direct een ambulance gebeld en hij wordt nu geopereerd.'

'Wat is er met hem aan de hand?' Sigrid ziet de chips op de grond vallen.

'Acute blindedarmontsteking. Waarschijnlijk een geperforeerde. Hij heeft me op het hart gedrukt dat ik je duidelijk moest maken dat het allemaal weer goed komt. Maar hij kan dus niet voor je komen koken.'

'Ben je in het ziekenhuis?' Sigrid raapt de chips op en loopt naar de keuken.

'Ja, ik wacht tot de operatie voorbij is. Dat heb ik hem beloofd. Maar ik denk dat hij liever jou ziet als hij uit de narcose komt.'

'Ik kom eraan,' zegt ze.

Dit is anders, denkt ze als ze haar jas van de kapstok grist en haar autosleutel pakt. Dit is een ander gevoel. Beter, intenser. Ik ben zelf anders. Niet meer wanhopig, niet meer eenzaam. Zeker niet meer eenzaam. Dit gaat over Engel, niet over Jeroen.

'Ik ben met mijn geschiedenisdocent naar de film geweest,' vertelde ze aan Wieke. 'Hij heet Jeroen en hij is erg aardig.'

'Aardig?' herhaalde Wieke. 'Alleen aardig?'

'Wijsneus,' lachte Sigrid. 'Misschien een beetje meer, maar dat weet ik nog niet.'

'Zorg dan dat je daarachter komt,' adviseerde Wieke. 'Mag dat wel, een docent met een leerling?'

'Ik ben meerderjarig,' antwoordde Sigrid. 'En over een maand doe ik eindexamen. Tot die tijd houden we het geheim.'

'En dus ga je lekker samen naar de film,' constateerde Wieke.

'Natuurlijk zijn we naar een bioscoop in een andere stad geweest,' snauwde Sigrid.

Sigrid wist dat Jeroen smoorverliefd op haar was. Hij kon heel goed tekenen en hij stopte regelmatig tekeningetjes in haar tas. Hij woonde op kamers maar hij had een erg bemoeizieke hospita, een oude vrouw die meisjesbezoek niet op prijs stelde. Daarom waren ze veroordeeld tot seks in de auto en nu en dan een paar uur in een hotelkamer. Hij was lief, maar onhandig. Ook al was hij tien jaar ouder dan Sigrid, hij was even onervaren in de liefde als zij. Maar ze was graag met hem samen en toen hij aandrong op een kennismaking met haar familie nam ze hem mee naar huis.

Fokke zei dat het een aardige vent was, een fatsoenlijke kerel. Freddy sprak ook lovende woorden over hem, zolang Fokke in de buurt was. Zodra ze zeker wist dat hij niet kon horen wat ze zei noemde ze Jeroen een slapjanus die bij gebrek aan belangstelling van volwassen vrouwen zijn heil zocht bij leerlingen. 'Maar beter zul jij ook niet kunnen krijgen,' voegde ze eraan toe.

Sigrid was niet verliefd, maar ze wilde wel heel graag ergens wonen waar Freddy niet was. Ze was net achttien en kon zelfstandig beschikken over de erfenis van haar grootouders. Ze had al plannen om een appartement te kopen en Jeroen stimuleerde dat idee.

Een paar dagen nadat ze eindexamen had gedaan nam hij haar mee naar een restaurant, omdat hij wilde vieren dat ze was geslaagd. Toen ze zaten te wachten op het dessert werd er een schoteltje voor haar neergezet waarop een rode roos lag waar een kaartje aan zat. Ze pakte het op en las: *Voor de liefde van mijn leven.* Op dat moment schoof Jeroen zijn stoel achteruit, stond op, liep naar haar toe en knielde. Hij haalde een klein doosje uit de zak van zijn colbert en bood haar een prachtige ring aan. 'Wil je met me trouwen?' vroeg hij.

Sigrid zat verstard op haar stoel en ze was zich bewust van de ogen die op haar waren gericht. Ze zag dat de man achter de bar stilstond, evenals de obers, en dat ze allemaal in hun richting keken.

Jeroen herhaalde zijn vraag, maar er kwam geen geluid uit haar keel. Dat wilde ze ook niet. Ze wilde ergens zijn waar niemand kon horen dat ze nee zei.

'Wie zwijgt, stemt toe,' constateerde Jeroen. Hij drukte zijn lippen op die van haar en fluisterde dat hij begreep dat ze geschrokken was. Om hen heen brak een applaus los. Daarna werd de ijscoupe geserveerd die ze had besteld. In het ijs stond een stokje dat flonkerende sterretjes produceerde en er zat opeens een ring om de ringvinger van haar rechterhand.

'Je bent wel erg jong om al te trouwen,' meende Fokke, 'maar het scheelt natuurlijk dat Jeroen tien jaar ouder is. Jij kunt een appartement kopen en toch beginnen aan je studie. Dat ben je toch wel nog steeds van plan?'

'Misschien wil Sigrid snel een kindje,' zei Freddy. 'Straks heeft ze nog eerder een baby dan wij.'

'Met ons komt het wel goed, lieve,' troostte Fokke.

'Neem alsjeblieft snel een kind,' adviseerde Wieke. 'Dan ben je haar eindelijk de baas.'

Sigrid kocht een appartement en ze maakte kennis met de ouders van Jeroen. Haar aanstaande schoonmoeder was bijna in tranen toen ze vertelde dat ze nu eindelijk de dochter kreeg die ze altijd zo graag had willen hebben.

Sigrid had het de hele dag benauwd en ze probeerde Jeroen keer op keer duidelijk te maken waarom ze nog niet wilde trouwen maar alleen wilde samenwonen. Dat beschouwde ze als een prima alternatief voor nog langer in het huis moeten wonen waar ze elke dag haar moeder meer begon te missen en waar ze steeds vaker nadacht over manieren waarop ze haar stiefmoeder kon vermoorden. Samenwonen met Jeroen was een goed besluit. Ze had nog nooit alleen gewoond en Jeroen was veilig. Hij gaf in plaats van te eisen, hij stimuleerde in plaats van af te remmen en hij bevestigde in plaats van af te kraken. Ze spraken af om het onderwerp trouwen voorlopig niet op de agenda te zetten. Maar al snel besefte ze dat een belangrijk gevoel ontbrak. Niet bij hem, wel bij haar. En dat was liefde.

De confrontatie met dat gemis kwam tevoorschijn op de avond dat hij thuiskwam en vertelde dat hij zich ontzettend beroerd voelde. Ze woonden intussen vier jaar samen. Sigrid was net aan haar laatste studiejaar begonnen en ze was van plan om eerst een tijdje bij een uitgeverij te gaan werken. Jeroen adviseerde haar voortdurend om les te gaan geven, omdat ze dit werk gemakkelijker kon blijven doen als ze kinderen kregen. Als hij dergelijke dingen zei controleerde zij 's avonds minstens drie keer of ze de pil wel had ingenomen.

Hij had buikpijn en was misselijk. De pijn werd elk kwartier erger en Sigrid besloot de huisartsenpost te bellen. Een uur later reed ze achter de ambulance aan die Jeroen met gillende sirenes naar het ziekenhuis bracht. Hij had waarschijnlijk een blindedarmontsteking en moest direct worden geopereerd.

Het ging allemaal zo snel dat ze nauwelijks tijd had om na te denken, zelfs niet om bang te zijn. Toen ze in de wachtkamer zat terwijl Jeroen werd geopereerd, kwam er opeens een weldadige rust over haar heen.

Misschien gaat hij dood, dacht ze. Dan ben ik vrij. En als hij niet doodgaat, pak ik mijn vrijheid terug.

Drie weken later woonde ze alleen.

Ze rijdt veel te hard, maar ze wil geen minuut verliezen. 'Laat hem niet sterven, laat het niet te laat zijn, neem hem niet van me weg,' smeekt ze niemand in het bijzonder en tegelijk de hele wereld.

Dit is echt heel anders dan destijds met Jeroen.

32

De klok slaat drie keer als ze de voordeur achter zich sluit. Ze is uitgeput. Hoe komt ze de trap op?

Als ze haar schoenen uittrekt, stoot ze haar hoofd tegen de muur. De schrik en de pijn veroorzaken een enorme tranenvloed.

Het is nu in orde, probeert ze zichzelf te sussen. De operatie is geslaagd, een geperforeerde blindedarm is goed te behandelen, er is geen sprake van complicaties. Dit soort operaties wordt vaak uitgevoerd, daar raakt niemand door van slag, daarna kun je weer gewoon ademhalen.

Maar dat lukt nog even niet. De schrik, de verlamming en de wanhoop zijn nog te sterk aanwezig. Ze realiseert zich dat ze zich vanaf het moment dat Conrad belde heeft ingesteld op verlies en dat besluit heeft er enorm ingehakt. Ze moet huilen, al valt er geen dode te betreuren, zelfs al weet ze goed dat ze Engel al heeft aangeraakt en al heeft ze zijn warme lijf gevoeld. Ze probeert zichzelf ervan te overtuigen dat ze overdrijft, dat het natuurlijk jammer zou zijn als Engel nu zomaar uit haar leven verdween maar dat ze nog niet genoeg samen hebben opgebouwd om daar een soort nationale ramp van te maken. Toch helpt dat niet en blijven de tranen over haar wangen stromen. Haar hele lijf doet pijn, het lijkt wel of ze een enorm pak slaag heeft gehad. Het zal niet lukken om nu in slaap te komen, dus ze moet iets verzinnen om zich te ontspannen. Drank? Geen drank. Eten? Vooral geen eten. Een warm bad is een beter idee.

Het water is eigenlijk nog een beetje te heet, maar toch stapt ze erin. Ze beweegt haar benen en drijft tegelijk de warmte uiteen met haar handen. Daarna laat ze zich heel voorzichtig in het water zakken.

Ze heeft een flinke lading lavendelbadschuim gebruikt en snuift de heerlijke geur op. In de tuin van haar ouderlijk huis stonden vroeger verschillende rijen lavendel. Haar moeder was daar dol op. Later liet Freddy ze door een tuinman weghalen. Want Freddy kon niet tegen de geur van lavendel.

Sigrid leunt met haar hoofd tegen de rand van het bad en merkt dat de spanning verdwijnt. Haar oogleden voelen zwaar aan, ze zou hier nu in bad in slaap kunnen vallen. Ze trekt de stop uit de afvoer en blijft nog even zitten terwijl het bad begint leeg te lopen. Heel langzaam komt ze overeind en stapt op de mat. Nu slapen. Het is kwart voor vier. Mobiel op stiltestand, het warmste slaapshirt aantrekken dat ze heeft en onder het dekbed kruipen.

Nergens meer aan denken.

De klok in de woonkamer slaat vier keer. Ze rolt zich op en trekt de rand van het dekbed in haar nek. Ik had Wieke moeten bellen, denkt ze. Zou Nora al antwoord hebben gegeven?

'Wij hebben nog wat af te handelen,' zegt Freddy. Ze heeft alleen een stem.

'Jij bent dood, dus donder op,' snauwt Sigrid.

'Ik donder pas op als het mij uitkomt en voorlopig is daar geen sprake van. Jij denkt zeker dat je veilig bent? Geloof het maar niet. Er waren mensen die wisten hoe jij je gedroeg.'

Sigrid kruipt weer dieper onder het dekbed. 'Ga rustig door met je bezopen gedoe, mij krijg je niet gek. Niet meer. Ik zei het al: jij bent dood. En mocht er een hemel bestaan, dan ben je daar zeker niet in terechtgekomen. Voor mij mag je eeuwig branden in de hel.'

'Ik had allang voorzorgsmaatregelen genomen,' gaat Freddy

onverstoorbaar verder. 'Je denkt toch niet dat ik niet in de gaten had dat jullie allemaal bezig waren manieren te bedenken om mij te lozen? Daar heb ik dus een paar vrienden over ingelicht.'

'Heel fijn voor jou, ik hoop dat je er wat aan hebt in de eeuwigheid. Wij zijn hier niet meer met je bezig, we hebben wel betere dingen te doen.'

'Dat vraag ik me af,' zegt Freddy.

'Vraag je af wat je wil en hou nu je bek. Ik slaap.' Ze wacht op de volgende reactie, maar Freddy zegt niets meer.

Sigrid opent haar ogen. Het is halfnegen en ze zou nog een paar uur willen slapen. Wat is er net gebeurd?

Ze gaat overeind zitten en kijkt om zich heen. 'Ze was er niet echt,' zegt ze tegen de kamer. 'Ze zal er nooit meer zijn. Ze is in dat zwembad gevallen en verdronken. Goed onthouden.'

Nog even slapen, al is het maar een uurtje.

Haar moeder ligt naast haar en ze draagt de bordeauxrode jurk. 'Ik draag altijd deze jurk,' zegt ze. 'En dan denk ik aan jou. Je bent me toch niet vergeten?'

Sigrid moet een paar keer slikken voordat ze wat kan zeggen. 'Jou vergeten? Dat kan toch niet! Je bent er altijd, overal. Zelfs zonder ons fotoalbum weet ik nog precies hoe je eruitziet, hoe je stem klinkt, hoe je loopt, hoe je lacht, hoe je ruikt. Je zit in mij. Maar ik mis je nog steeds.'

'Het wordt tijd dat je gaat rouwen,' zegt haar moeder.

Sigrid schrikt wakker. Er was iets met haar moeder, maar het is haar brein uit geglipt. Het moet terugkomen.

Hoe laat zou het zijn? Ze tuurt naar de klok op het nachtkastje. Halfdrie?

Als ze haar mobiel van de stiltestand af haalt ziet ze dat ze vier oproepen heeft gemist. Twee van Fokke en twee van Engel.

Fokke heeft een bericht ingesproken. 'Waar hang je uit? Wij stonden bij Wieke voor de deur, maar die was niet thuis. Ben je soms vergeten haar te bellen? Bel even terug, we maken ons ongerust.'

Als ze terugbelt neemt Fokke snel op. 'Wat is er aan de hand? Waar ben je?'

Sigrid vertelt wat er is gebeurd en hij stelt voor om een nieuwe afspraak te maken. Hij voegt eraan toe dat ze ook kunnen afwachten of ze nog iets van die maffe schrijver horen en dat het hem verstandig lijkt als Sigrid de vriendinnen van Freddy voorlopig nog met rust laat.

'Ik heb Nora al een mail gestuurd,' bekent Sigrid. 'Ik zal even kijken of er al antwoord is.' Ze loopt naar de computer en start hem op.

Er is antwoord van Nora.

'Nog niets,' meldt ze.

'Wens Engel beterschap,' zegt Fokke.

Ze gaat tegen haar familie zeggen dat Hansje is opgehouden met hoofdstukken sturen. Voorlopig regelt ze deze kwestie zelf, als er tenminste iets te regelen valt.

Ze opent het bericht van Nora.

Beste Sigrid,
Natuurlijk weet ik wie je bent. Dank voor je bericht.
Ik begrijp je vraag, maar ik denk dat ik niet veel voor je kan betekenen, althans niet op korte termijn. Over drie dagen vertrek ik voor zes weken naar mijn zus in Canada. Daarna kunnen we wat mij betreft iets afspreken. Zal ik je mailen als ik terug ben?
Wat je opmerking over twee kanten van een situatie betreft: ik heb van wat Freddy vertelde niet altijd alles honderd procent serieus genomen. Ze had een grote fantasie, om het netjes uit te drukken.
Tot ziens! Groet, Nora.

Een grote fantasie? Zo kun je het ook noemen. Nora gaat in de wachtstand, nu maar snel Bernice benaderen.

Maar eerst Engel terugbellen.

33

Zijn stem is zwak, hij is nauwelijks te verstaan. Maar hij kan haar wel duidelijk maken hoe fijn het is om haar te horen. Is ze erg geschrokken? Wanneer komt ze?

'Straks,' belooft Sigrid. 'Praat maar niet verder, je hebt rust nodig. Kan ik iets voor je meenemen? Mag je al eten?'

'Als ik aan eten denk, begint mijn maag me heel erg lastig te vallen. Jij bent genoeg. Ik lig op de afdeling Chirurgie, kamer driehonderdachttien. Kom maar gauw.'

Er dwalen woorden door haar gedachten die ze niet te pakken kan krijgen. Ze hebben iets te maken met de droom over haar moeder, want ze weet nu wel dat die er is geweest. Waarom kan ze zich niet herinneren wat er gebeurde en wat haar moeder heeft gezegd? Toen ze pas dood was droomde Sigrid vrijwel elke nacht van haar en ze kon zich elke ochtend alle gesprekken herinneren die ze hadden gevoerd. Dat was heel troostend, daardoor had Sigrid het gevoel dat haar moeder er toch nog was.

Wieke droomde nooit, maar ze wilde steeds precies weten wat hun moeder had gedaan of gezegd. Fokke wilde niet naar die verhalen luisteren. En toen kwam Freddy en die verbood haar om nog langer over de dromen te praten. Ze was van mening dat Sigrid daar haar zusje mee van streek maakte en ze beschouwde die dromen als een bewijs van ontkenning, terwijl het duidelijk moest zijn dat er niets te ontkennen viel.

Het is allemaal al zoveel jaren geleden gebeurd en toch blijft ze hieraan denken. Laat die Hansje de Wit maar vastroesten in haar writer's block. Maar als ze niets meer stuurt komt Sigrid er dus nooit achter wie zich achter deze naam verschuilt.

Dat vindt ze een onaangename gedachte.

Hij slaapt. De man die in het bed naast hem ligt vertelt dat Engel veel pijn had en een pijnstiller via het infuus heeft gekregen. 'Die is volgens mij voorlopig onder zeil,' zegt hij.

Sigrid gaat naast het bed zitten en streelt zacht Engels hand. Ze kijkt naar zijn gezicht en naar zijn rustige ademhaling. Ze zou even bij hem willen kruipen.

Dat vroeg Jeroen toen hij in het ziekenhuis lag, herinnert ze zich. 'Kom even lekker bij me liggen.'

Ze wilde hem niet kwetsen maar ze wilde ook niet bij hem liggen. De wetenschap dat ze het niet verschrikkelijk zou hebben gevonden als hij was doodgegaan gaf haar geen prettig gevoel. Ze schaamde zich daarvoor. Maar het maakte wel duidelijk dat ze moest stoppen met deze relatie.

Jeroen stuurde zijn moeder op haar af. Die pleitte voor relatietherapie en probeerde Sigrid ervan te overtuigen dat liefde moest groeien. 'Je bent heel jong gaan samenwonen, maar je bent slim genoeg om dat te begrijpen,' zei ze.

'Iets wat er niet is kan ook niet groeien,' antwoordde Sigrid. Toen dacht ze even dat haar schoonmoeder haar ging slaan.

Jeroen pakte na een paar weken zijn spullen en ging voorlopig bij zijn ouders wonen. Later hoorde ze dat hij met een alleenstaande moeder van twee kinderen was getrouwd. Toen voelde ze zich opgelucht.

Engel begint een beetje te snurken. Zijn buurman steekt lachend een vinger op en grijpt de koptelefoon die boven zijn bed hangt.

Sigrid kust zachtjes Engels hand en buigt zich daarna over zijn gezicht. 'Ik kom later terug,' fluistert ze.

Ze ziet de envelop direct liggen als ze haar huis binnenstapt. Als ze hem oppakt voelt ze dat hij nu wel is gevuld.

Tien

Het leek of ik me al had leeg geschreven, maar niets blijkt minder waar. Ik had alleen ruimte nodig om even tot mezelf te komen. En nu kan ik verder.

Ik heb het album dat Freddy me ooit gaf om te bewaren weer een keer doorgebladerd. Het is het familiealbum van haar man en zijn gezin toen zijn eerste vrouw nog leefde. Die vrouw had een aardige uitstraling en het is jammer dat haar oudste dochter op haar leek. Dat zei Freddy ook vaak. Sanne herinnerde Falco erg aan zijn overleden vrouw en hij heeft toegegeven dat hij dat het meisje kwalijk nam. Hij werd snel boos op haar en dat was dan weer een voordeel, volgens Freddy.

Op veel foto's staan alleen de moeder en de kinderen en ze stralen allemaal vrolijkheid uit. Het jongste meisje lijkt me een schatje, met haar had Freddy ook minder moeite. Als ze al eens tegen Freddy ageerde deed ze dat onder invloed van haar zusje.

Freddy vertelde me dat ze het album had verwijderd omdat de oudste haar zusje steeds vaker meetroonde om samen foto's te kijken en dan luidkeels verslag deed van alles wat leuk, goed en mooi was geweest toen hun moeder nog leefde. Ze besefte dat ze haar plaats in het gezin eeuwig zou moeten betwisten als dat verdomde album in huis bleef. Daarom heeft ze het verdonkeremaand.

Ik adviseerde haar om het te vernietigen. Het had voor haar geen nut, het veroorzaakte alleen woede. Maar ze twijfelde. Ze gunde het Wytske om een herinnering aan haar echte moeder te hebben en ze was van plan het later, als het kind volwassen was, aan haar terug te geven. Op welke manier wist ze nog niet, daar zou ze wel iets voor verzinnen. Ik vond dat niet verstandig maar als Freddy eenmaal iets in haar hoofd had kon je haar beter niet tegenspreken.

Ik ben van plan het album nu te verbranden. Binnenkort, als ik er zin in heb.

Wie weet komt Freddy op het vuur af. Ik verlang zo naar haar.

Ik weet waar Falco, Sanne en Wytske wonen. Falco is nooit verhuisd, Sanne heeft tegenwoordig een vrijstaand huis en Wytske heeft drie jaar geleden samen met haar man een ruim benedenhuis gekocht.

Het zal niet moeilijk zijn om bij hen binnen te komen. Toch is dat voorlopig geen optie. Ik vind het te link. Het is ook nog niet zover, ik moet eerst goed nadenken en ik probeer Freddy ervan te overtuigen dat ze moet meedenken. Het is haar wraak die gestalte krijgt, haar afrekening.

Haar verlossing.

Verlossing is nodig voor entiteiten die door geweld om het leven zijn gekomen. Ze worstelen daarna met onmacht en raken daarin verstrikt. Ze zitten in een tunnel zonder uitgang en zonder licht. Zo worden het gekwelde geesten die niet kunnen overgaan.

Als ik denk aan wat Freddy al jaren moet ervaren, word ik behalve verdrietig ook heel boos. Misschien is 'boos' te eufemistisch uitgedrukt.

Ik wil Freddy zo graag verlossen.

Ik wil ook mezelf verlossen en daarna verdergaan met mijn leven. Zonder haar, maar boordevol herinneringen. Die zijn mijn troost en tegelijk mijn houvast. Ik heb en ben begeerd en bemind. Daar kan ik de rest van mijn leven op teren.

Elf

Ik heb Wytske gezien met haar zoon. Ze woont vlak bij een grote supermarkt en ik zag haar lopen achter de wandelwagen. Wytske was een mager kind, dat zag ik op de foto's en Freddy vertelde me het ook nu en dan. 'Dat kind eet als een volwassen kerel en komt geen gram aan. Ik ben benieuwd of ze dat geluk ook zal hebben als ze eenmaal volwassen is.'

Wytske is nu niet dik, maar mooi gevuld. Ik hou van zulke vrouwen, van een beetje deinend vlees en van verhoudingen die kloppen. Ze heeft prachtig haar, dat ze nu had opgestoken. Blond haar, veel haar, dik haar. Een bos om je gezicht in te begraven.

Freddy had ook zulk dik haar, maar zij was rossig. Ze was altijd in gevecht met de krullen die de neiging hadden om op haar voorhoofd te dansen en ze klaagde vaak over de drie kruinen op haar achterhoofd.

Ik begreep haar klachten niet, ik had zelf graag zulk opwindend haar gehad in plaats van mijn eigen saaie donkerblonde lokken die als ik niet op tijd naar de kapper ging als treurwilgen langs mijn wangen hingen.

Wytske is een aantrekkelijke vrouw geworden met wie ik wel het bed zou willen delen, ware het niet dat ze deel uitmaakt van een foute groep. Toch overweeg ik om haar te sparen. Ze was het meest toegankelijk voor Freddy en ze heeft een kind.

Ik denk er nog over na.

Falco heb ik een paar keer gevolgd toen ik hem in het centrum van de stad zag lopen. Hij is nog steeds een aantrekkelijke man. Het viel me op dat hij nog altijd dezelfde houding heeft: fier rechtop, de schouders naar achteren, een bepaalde mate van onaantastbaarheid uitstralend. Maar wie ook onaantastbaar is, niet Falco.

Sanne verschijnt weinig in het openbaar, maar ik ontdekte toevallig dat ze 's morgens regelmatig naar het zwembad gaat. Toen ik haar daar naar binnen zag gaan deden mijn handpalmen pijn doordat ik er mijn nagels in plantte. Hoe laatdunkend tegenover Freddy om gewoon in een zwembad te duiken terwijl je weet wat er met je stiefmoeder is gebeurd en wat jou te verwijten valt. Ik was bijna achter haar aan gegaan, ik had haar persoonlijk in dat bad willen laten verzuipen. Maar ik heb me beheerst.

Het is beter dat ik me voor deze familie verschuil achter het pseudoniem. Als ze me herkennen is mijn plan ten dode opgeschreven. Maar ik hou ze in de gaten.

Allemaal. Niemand uitgezonderd.

Ik zal ze te grazen nemen op een moment dat niemand het verwacht.

34

Sigrid begrijpt niet dat ze hier zo rustig zit en niet bang is, ondanks de dreigende toon van de hoofdstukken die ze net heeft gelezen. Toch ademt ze normaal en klopt haar hart niet sneller.

Ze mag dan geen angst voelen, ze voelt wel iets anders: woede. Vooral het stuk over het fotoalbum heeft haar geraakt. Ze weet nog goed dat Freddy haar de schuld gaf van het verlies. Zij was immers degene die het album steeds tevoorschijn haalde? Hoe onnadenkend en slordig was ze toch geweest. Het getuigde van weinig respect voor de andere leden van het gezin om het album neer te leggen op een plek waar het gemakkelijk kon zoekraken.

Sigrid wist zeker dat ze niets op de stapel kranten had gelegd en zeker niet het fotoalbum. Ze stampvoette, ze schreeuwde, ze noemde Freddy een vals kreng en ze wist dat deze actie straf zou opleveren. Want Fokke geloofde het stiefwijf, daar was geen twijfel over mogelijk. Wieke had het album niet opgeborgen en kon geen zinnig woord bedenken over wat Sigrid ermee had gedaan. Als ze al iets probeerde te bedenken werd haar de mond gesnoerd door Freddy.

Sigrid nam het verlies voor lief en als ze de foto's heel erg miste trok ze zich terug, sloot haar ogen en haalde het beeld van haar moeder naar zich toe. Vaak lukte dat, maar soms kreeg ze alleen haar dode moeder in de kist op haar netvlies. De moeder die na een paar dagen niet meer op zichzelf leek. Dan hoorde ze de zachte stem van Fokke zeggen dat het beter was om de kist wat eerder te sluiten.

Het album is er nog, maar iemand is van plan het alsnog te vernietigen. Dat maakt Sigrid strijdbaar en het staaft haar overtuiging dat ze te weten moet komen wie Hansje de Wit is. Dat kreng heeft iedereen in het vizier, maar tot nu toe schrijft ze er alleen over. Het is belangrijk dat ze dit blijft doen. Zolang Hansje schrijft onderneemt ze geen actie en heeft Sigrid meer tijd om haar identiteit te achterhalen.

Ze leest het laatste hoofdstuk opnieuw. Hansje is goed op de hoogte van waar iedereen woont en wat ze zoal ondernemen. Ze zou dus in de buurt kunnen wonen. Ze wil niet herkend worden. Dat zou kunnen betekenen dat haar gezicht bekend is bij Sigrid en haar familie.

Ze kennen de vriendinnen van Freddy, Nora en Bernice. Die wonen allebei in de buurt. Nora reist eerdaags af naar Canada.

Maar Bernice kan benaderd worden. Zo snel mogelijk.

Sigrid leest het elfde hoofdstuk nog een keer en zoekt daarna opnieuw een zin op die haar extra is opgevallen.

Ik begreep haar klachten niet, ik had zelf graag zulk opwindend haar gehad in plaats van mijn eigen saaie donkerblonde lokken die als ik niet op tijd naar de kapper ging als treurwilgen langs mijn wangen hingen.

Saaie donkerblonde lokken die als treurwilgen langs je wangen hangen? Op die manier drukt een man zich niet uit. Haar conclusie klopt: Hansje de Wit is een vrouw. En ze is niet ver weg.

Engel is wakker en hij maakt een uitnodigend gebaar. 'Kom even tegen me aan liggen,' fluistert hij.

'Waar is je stem gebleven?' vraagt Sigrid.

'Die hebben ze volgens mij ook verwijderd.' Hij lacht. 'Een van de verpleegkundigen vertelde me dat het vaker voorkomt dat een patiënt vlak na een operatie weinig kracht heeft en daardoor moeilijk praat. Dat kan te maken hebben met de tube die ze in je strot schuiven als je onder narcose bent. Ik voel me hondsmoe, het lijkt wel of ik drie marathons heb gelopen. Maar iedereen is tevreden over me, al doe ik niets en lig ik maar een beetje te liggen. Ik mag wel gekust worden.'

'Je smaakt naar tandpasta,' zegt Sigrid na minstens een minuut.

Ze zit naast hem, streelt zijn hand, drukt er regelmatig een kus op en vertelt dat Fokke en Mitzy binnenkort echt gaan trouwen.

'Dat moesten wij ook maar doen,' vindt Engel.

Sigrid moet heel erg lachen. 'Je bent nog niet helemaal wakker, volgens mij. Maar dat geeft niet, je zegt grappige dingen.'

Hij kan zijn ogen nauwelijks openhouden.

'Ga gerust even slapen, ik blijf hier zitten,' zegt ze.

Hij slaapt. Ze kijkt naar zijn ontspannen gezicht. Zo ontspannen zou zij zich ook wel willen voelen.

'Die jongen heeft het stevig van je te pakken,' hoort ze de man die naast Engel ligt zeggen. 'Hij heeft de afgelopen uren wel dertig keer gevraagd of je er nog niet was. En nu ben je er en dan valt hij in slaap.'

'Hij wordt wel weer wakker,' meent Sigrid. Ze had zich voorgenomen om tegen niemand meer iets te zeggen over nieuwe hoofdstukken, maar misschien is het toch verstandig om er met Engel over te praten als hij weer aanspreekbaar is. Die is geen partij en daardoor kan hij waarschijnlijk het beste advies geven. En hij zal haar geloven als ze zegt dat Freddy gewoon in het zwembad is gevallen.

35

Ze heeft alleen een adres en rijdt nu de straat in waar Bernice woont. Heel langzaam laat ze haar auto de huizen passeren. Ze moet op nummer 42 zijn.

Bernice was destijds getrouwd met Jochem, maar ze kan zich hooguit één ontmoeting met hem herinneren en ze heeft geen scherp beeld meer van hem. Wel van Bernice, dat was een grote, forse vrouw met enorme borsten. Ze droeg altijd spijkerbroeken en bij voorkeur leren jacks. 'Altijd' is wel een rekbaar begrip, want de vriendinnen van Freddy kwamen niet vaak bij hen thuis. Maar Sigrid heeft het beeld van Bernice nog scherp op haar netvlies staan, omdat ze haar er als een kerel vond uitzien.

In de hoofdstukken die tot nu toe zijn bezorgd staat nergens vermeld dat de schrijver van dit belachelijke verhaal in Sigrids ouderlijk huis is geweest. Maar dat kan, net als de verwijzing naar het geslacht, een poging zijn om te misleiden. Zou Hansje echt denken dat ze Sigrid kan belazeren? Ze kan zich verschuilen achter rauwe taal, ze kan een beetje de macho uithangen, maar Sigrid laat zich niet op het verkeerde been zetten.

Ze staat voor nummer 42 en ziet in de voortuin een fiets voor het raam staan.

Het lijkt of er iemand stond te wachten, want zodra Sigrid heeft aangebeld gaat de deur open. Ze weet direct dat dit Bernice is, ook al is de vrouw zichtbaar ouder geworden. Ziet ze het goed, schrikt Bernice even? Ze schuift het haar dat voor haar oog hangt snel opzij. Sigrid doet een klein stapje naar achteren. 'Ik ben Sigrid Fortuin, een van de stiefdochters van Freddy Hasselaar. Sorry dat ik zomaar onaangekondigd op de stoep sta. U bent toch Bernice?'

De vrouw kijkt haar een paar seconden strak aan, daarna ontspant haar gezicht. 'Sigrid! Ik had je niet direct herkend, maar nu zie ik het. Kom erin.'

Sigrid heeft het gevoel dat ze het hol van de leeuw binnenstapt.

Bernice is hartelijk, dat valt niet te ontkennen. Ze is gisteren jarig geweest en er is nog taart. Weigeren is niet mogelijk, er wordt gewoon een stuk taart voor Sigrid neergezet. 'Cheesecake met chocoladetopping, mijn specialiteit,' zegt Bernice. 'Mijn ex doet er een moord voor.'

'Als ik het me goed herinner, was u met Jochem getrouwd,' oppert Sigrid.

'Dat klopt, vooral dat "was". Maar je hoeft tegen mij echt geen u te zeggen. Dan voel ik me zo oud. Dat zei je vroeger toch ook niet?'

'Ik weet het niet meer,' bekent Sigrid.

'Nou, ik wel. Freddy wilde dat je tante tegen me zei en jij weigerde dat pertinent. Net zoals je weigerde om haar mama te noemen. Ik vond dat wel stoer van je.'

'En Jochem is dus niet meer in beeld?'

'We zijn niet meer getrouwd, maar sinds de scheiding kunnen we beter dan ooit door één deur. Dat klinkt misschien vreemd, maar het is de waarheid. Jij bent toch ook gescheiden? Ik herinner me dat vaag. Of was het je zusje?'

'Ik heb een paar jaar samengewoond. Mijn zusje is vier jaar geleden getrouwd en ze heeft een zoon.'

'Ach, wat leuk, ook voor je vader. En ben jij nu alleen of heb je een nieuwe man?'

Zou Bernice dit echt niet weten?

'Ik ben alleen.'

'Ik ook. Maar jij komt hier natuurlijk niet voor niets zomaar binnenvallen.'

'Dat klopt. Ik ben... Hoe zal ik het zeggen? Ik probeer wat er gebeurd is in mijn jeugd een plaats te geven, omdat ik al een paar jaar tegen herinneringen op loop die me onrustig maken. Dat voelt niet goed.'

Bernice neemt een hap taart en kijkt Sigrid niet aan.

'Je weet dat het niet gemakkelijk was met Freddy. Dat ik niet gemakkelijk voor haar was. Maar zij ook niet voor mij. Ik was toen nog te jong om haar rol zuiver te kunnen zien, om haar woorden te kunnen relativeren. Ik ben tot de conclusie gekomen dat ik haar eigenlijk nauwelijks heb gekend en ik denk dat het helpt als ik meer over haar te weten kom.'

'En je verwacht dat ik je daarbij kan helpen?' Bernice plant haar taartvorkje in het laatste stuk cheesecake.

'Ik verwacht niets, maar ik hoop wel dat ik er iets mee opschiet om met jou te praten. En met Nora. Verder ken ik niemand met wie Freddy veel contact had.'

'Ze had ook veel contact met Jochem, mijn ex. Vaak te veel, naar mijn zin.'

'Zijn jullie daarom gescheiden?'

'Nee, wij zijn pas gescheiden nadat Freddy was overleden. Het was een kwestie van seksueel op elkaar zijn uitgekeken en allebei toch te jong zijn om samen oud te worden als broer en zus. Ik heb twee vriendinnen die om dezelfde reden een punt achter hun huwelijk hebben gezet. Maar Freddy heeft hierbij dus geen rol gespeeld, ook al heeft het hier vaak geknald toen ze nog leefde.'

'Bedoel je dat ze... dat ze samen...'

'Hij heeft het altijd ontkend en zij werd kwaad als ik er vragen over stelde, maar ik ben niet gek. Freddy was dol op seks, daar heeft ze nooit moeilijk over gedaan. Ze was een voorstander van seksuele vrijheid en ze vierde niet alleen feest met mannen.'

Sigrid slikt de vraag in die op haar lippen ligt.

'Vraag wat je wil,' nodigt Bernice haar uit.

'Ken je iemand, ik bedoel: ken je een vrouw met wie ze… iets had?'

Bernice begint te lachen. 'Op alfabetische volgorde?'

Sigrid weet niet wat ze moet antwoorden.

'We gingen wel samen naar vrouwencafés, maar daar kwamen niet alleen lesbiennes. We scharrelden er lustig op los, kun je wel zeggen.'

'Maar jij was toch getrouwd?' Sigrid realiseert zich hoe banaal dit klinkt.

'Ja, hoezo? Freddy was ook getrouwd. We waren jong, we hielden van avontuur en ook van afwisseling. Wijs mij de vrouw aan die nooit iets heeft geprobeerd met een andere vrouw.'

Sigrid wil niet laten merken dat ze in de war raakt van dit antwoord. 'Nou ja,' zegt ze.

Bernice vraagt of ze iets anders wil drinken dan koffie. 'Ik heb nog witte wijn koud staan,' biedt ze aan.

Sigrid wil geen alcohol en vraagt om frisdrank.

Terwijl Bernice in de keuken bezig is, kijkt ze om zich heen. Alles is hier tamelijk versleten. De meubels, het kleed op het parket, de gordijnen. Het ruikt hier ook nogal muf, alsof er nooit wordt gelucht.

De kamer staat haar tegen.

Bernice komt terug met twee glazen frisdrank. 'Ik maakte een grapje toen ik dat zei over die alfabetische volgorde. Weet je, Freddy was niet bepaald mededeelzaam over met wie ze het precies deed. Ik vroeg daar natuurlijk wel naar, maar ze ontkende dat ze vaste relaties had. Ze zei altijd dat ze nu en dan meeging met iemand die toevallig op haar pad kwam, maar dat ze zich niet kon permitteren om meer te doen of te hebben, omdat Fokke dit anders zou merken. En Fokke mocht niets weten, die mocht alleen haar kinderwens honoreren.'

Sigrid voelt de cheesecake terugkomen en slikt de ongewenste peristaltiek weg.

Bernice schijnt het niet te merken. 'Als ik eerlijk mag zijn, begrijp ik toch niet goed waarom jij je nu opeens verdiept in wie Freddy was. Is het niet veel eenvoudiger om het verleden te laten rusten? Ze is... dood.' Het laatste woord is nauwelijks te verstaan. Ze kucht een paar keer. 'Ook al kan ik dat nog steeds niet goed begrijpen.'

'Ze viel in een zwembad en verdronk,' zegt Sigrid.

Bernice neemt een grote slok uit haar glas en zet het daarna weer op tafel. 'Echt waar?'

36

Bernice is zelf over iets anders begonnen. Ze vertelt dat Freddy al vanaf haar puberteit verkondigde dat ze drie kinderen wilde krijgen. 'We kenden elkaar al toen we allebei nog op de kleuterschool zaten. Destijds heette het nog zo, ik vond dat een veel betere naam dan wat ze er later van gemaakt hebben. Nora hoorde ook bij het groepje.'

'Ik dacht dat jullie elkaar kenden van de bibliotheek,' zegt Sigrid. 'Freddy heeft dat volgens mij altijd gezegd.'

'Nee hoor, ik denk dat ze het toen over andere vriendinnen had. We woonden bij elkaar in de buurt en als je een van ons zag, waren de andere twee niet ver uit de buurt. Soms viel er eentje af, dan was er ruzie. Je weet hoe dat gaat bij meisjes. Maar we kwamen altijd weer bij elkaar. Freddy en Nora waren mijn getuigen toen ik met Jochem trouwde.'

'Heb jij kinderen?' wil Sigrid weten.

'Nee, ik had ze wel gewild. Maar Jochem had zwak zaad. Toen dat na vele onderzoeken bekend werd, zei Freddy: "Dat heb jij weer." Nora bracht bloemen. Dat is een mooi voorbeeld van hoe de verhoudingen lagen.'

Sigrid heeft het een beetje koud. Ze trekt de mouwen van haar vest naar beneden.

'Freddy was soms zo bot,' klaagt Bernice. 'Daar had ik wel last van. Maar je kon ook vreselijk met haar lachen. Zoals zij een mop vertelde, weergaloos! We begilden ons. Pijn in je buik, bijna in je broek piesen, je kent dat wel.'

Sigrid vraagt zich af of dit werkelijk over haar stiefmoeder gaat.

'Je kunt het je niet voorstellen, hè? Ik zie het aan je gezicht. Je wil toch meer over haar te weten komen? Wel jammer dat je daar niet veel eerder moeite voor hebt gedaan. Het had met jullie heel anders kunnen lopen.'

Sigrid vindt Bernice opeens tamelijk irritant. 'Dat vraag ik me af. De lolbroek die jij beschrijft is bij ons nooit binnen geweest. Moppen? Nooit gehoord. Lachen? Nooit gezien. Ja, naar mijn vader. Maar dat was slijmen en verleiden.'

'Je haat haar nog steeds,' constateert Bernice. 'En toch wil je meer over haar weten. Leg me dat eens uit.'

'Haat werkt niet,' antwoordt Sigrid. 'Haat beklemt, verstart, is benauwend en houdt acceptatie tegen.'

Bernice klapt geluidloos in haar handen. 'Jij zou eens met Jochem moeten praten, volgens mij kun je hem inspireren.'

'Inspireren? Hoe dan? Waarmee?'

'Jochem probeert al een jaar of drie het boek dat hij heeft geschreven aan een uitgever te slijten, maar tot nu toe heeft hij alleen zeer beleefd opgestelde afwijzingen ontvangen. Ik denk dat het te maken heeft met zijn gebrekkige vermogen om goed te formuleren. Jij kunt dat beter, denk ik.'

'Over formuleren gesproken: heb je naar jezelf geluisterd? Waarom help jij hem niet?' kaatst Sigrid terug.

'Omdat hij verhalen wil schrijven die echt zijn gebeurd en omdat ik de shit uit het verleden vooral achter me wil laten. Dat matcht dus niet. Maar laten we het niet over Jochem hebben. Jij wil dus van je haat af. Maar daar heeft Freddy niets meer aan.'

Er valt een stilte die niet lekker aanvoelt.

'Ik moet over tien minuten naar mijn werk,' zegt Bernice. 'Ik heb avonddienst. Zullen we anders nog een keer afspreken?'

'Kan ik je mailen voor een afspraak? En zou ik het adres van Jochem mogen hebben? Misschien kan hij me ook meer over Freddy vertellen.'

'Vast wel. Al is het de vraag of je dat allemaal wilt weten. Noteer maar.' Ze noemt het adres.

Jochem blijkt bij Fokke in de straat te wonen, maar daar maakt Sigrid geen opmerking over. Ze heeft het idee dat ze moet uitkijken wat ze wel en wat ze niet tegen Bernice zegt.

'Ga je ook nog met Nora praten?' Haar gastvrouw staat op.

Sigrid staat ook op. 'Dat zal even moeten wachten. Ik heb haar een paar dagen geleden gemaild, maar ze mailde terug dat ze binnenkort voor zes weken naar haar zus in Canada gaat. Haar spreek ik dus later.'

Aan het gezicht van Bernice is te zien dat ze hiervan opkijkt. 'Naar haar zus in Canada? Zei ze dat?'

'Ja. Is dat zo vreemd?'

'Nora heeft drie broers en die wonen allemaal op loopafstand van elkaar, van Nora en van hun ouders. Ik heb zelden zo'n klef gezin ontmoet. Zei ze niet dat het een nicht was?'

'Ik zal het wel verkeerd hebben begrepen,' zegt Sigrid.

Het is nog geen bezoekuur, maar ze wil Engel zien. Ze is snel de straat uit gereden waar Bernice woont en natuurlijk heeft ze daarna de verkeerde richting gekozen, waardoor ze nu nog niet precies weet welke kant ze op moet. Gewoon doorrijden, er komt vanzelf een bekend punt. Als ze maar weg kan blijven uit die straat en uit dat huis en van die vrouw. Ze leek aanvankelijk vriendelijk en zelfs hartelijk maar toch heeft Sigrid een nare bijsmaak aan dit bezoek overgehouden, want onder dat aanvankelijk uitnodigende toontje bleek zich een venijnig addertje schuil te houden. Bernice is niet leuk, stelt ze vast. En misschien ook niet betrouwbaar.

Maar hoe zit het met de mededeling van Nora over een zus in Canada? Dat staat in de mail, dat was geen vergissing. Klopt het dat Nora alleen drie broers heeft? En wat moet Sigrid denken van de mededeling dat de ex van Bernice een boek heeft geschreven?

Kan Hansje de Wit toch een man zijn?

De auto die voor haar rijdt remt plotseling af. Sigrid gaat boven op haar rem staan en raakt nog net de bumper niet. Ze haalt een paar keer diep adem. Misschien is het toch beter om eerst een beetje tot zichzelf te komen. Ze rijdt naar huis.

Ze had nog geen nieuwe envelop verwacht, maar die ligt toch op de mat. Ze scheurt hem open en ziet meteen dat er een briefje bij zit.

Beste Sigrid,
Ik vind 'mevrouw' zo afstandelijk klinken en ik heb het idee dat we elkaar beetje bij beetje toch beter leren kennen.
Dus: Beste Sigrid, mijn herinneringen komen steeds heftiger binnen en ze kunnen niet zonder gevolgen blijven. Ik weet zeker dat je alles wat je leest herkent. Ik wil dat je de waarheid die erin verborgen zit ook erkent. Ik bedoel de waarheid over jouw aandeel in alles wat er is gebeurd.
Jouw verantwoordelijkheid.
Jouw schuld.
Lees de volgende hoofdstukken en denk na.
Hansje de Wit

PS Ik voeg een verrassing toe.

Twaalf

Vandaag is het de geboortedag van Freddy. Zolang je leeft heb je een verjaardag. Na je dood blijven je geboortedag en je sterfdag over.

Ik ben dol op verjaardagen en ik heb ze altijd uitbundig gevierd totdat ik Freddy verloor. Zonder haar zegt die dag me niets meer, betekent elk jaar ouder worden alleen dat ik aan het volgende jaar zonder haar begin. Maar de geboortedag van Freddy zal ik blijven koesteren, omdat die betekent dat ze er is geweest. Ze heeft bestaan, ik heb haar gekend, we waren samen.

Er staat een mooie bos bloemen op tafel en ik heb de taart gebakken waar ze dol op was: de appel-notentaart met een dikke korst. Ze at altijd eerst de vulling op en schepte daarna slagroom op de korst, die ze vervolgens in haar hand nam en waar ze dan gretig haar tanden in zette.

Ik likte vaak de slagroom van haar neus.

Vandaag zou ze tweeënvijftig zijn geworden en ze zou nog steeds een mooie vrouw zijn geweest. Ze zou beslist nog elke dag ruzie hebben met haar weerbarstige rode krullen en mijn bewondering voor haar kapsel de grond in boren met mededelingen over plannen om de kapper haar haren te laten ontkroezen. En ik zou haar smeken daarvan af te zien en als smeken niet hielp zou ik dreigen dat ik geen enkele actie zou ondernemen om een vrouw met steil haar adembenemende orgasmes te bezorgen. En als ze besloot dat die prijs te hoog was zou ze binnen de kortste keren liggen kronkelen tot ze me zou smeken om te stoppen.

Ik word bloedgeil van deze gedachten.

Vandaag wil ik niet alleen stilstaan bij het feest dat we samen hadden kunnen vieren, maar ook bij een deel van de oorzaak van het ontbreken van een feest. Dat klinkt tamelijk cryptisch, dus dat moet ik beter formuleren.

Als ze had leren zwemmen was de kans kleiner geweest dat haar leven op zo'n dramatische manier kon eindigen. En ik was degene geweest die haar beter en vooral meer had moeten pushen om zwemles te nemen. Ik was de aangewezen persoon om met haar te praten over haar watervrees, om haar ideeën over de oorzaak te weerleggen, om haar gerust te stellen, om haar te leren vertrouwen op haar eigen kracht en om haar te helpen die kracht te gebruiken en de vrees te overwinnen. Maar ik faalde. Ik doorzag niet de ernst van het probleem, ik was zelfs geneigd het een beetje weg te lachen. Ik plaagde haar, kocht voor de gein een zwemband voor haar, goot haar vol wijn en liet haar in die zwemband rondspartelen in mijn bad. Dat accepteerde ze en nu word ik soms boos op haar omdat ze het accepteerde. En daarna voel ik me schuldig.

Hoe gecompliceerd kun je je leven maken?

Ik heb al drie stukken taart naar binnen gewerkt en de korsten dik besmeerd met slagroom. De taart moet vandaag op, al weet ik nu al dat ik voor het einde van deze dag een paar keer boven de toiletpot zal hangen. Dat maakt niet uit, de taart moet elk jaar op haar geboortedag helemaal worden opgegeten.

Ik zal bij elke hap aan Freddy denken.

Dertien

Het is *the day after* en ik doe wat ik elk jaar doe op deze dag: ik ga zwemmen. Daar kies ik hetzelfde bad voor uit als waar Sanne haar baantjes trekt, maar ik ga in de middag en dan zal ik haar niet tegenkomen. Ik weet natuurlijk dat ik daar niet honderd procent op kan rekenen, maar wat stelt het leven voor als je nooit een risico neemt? Dan kun je net zo goed direct ophouden met ademhalen.

Zwemmen op de dag nadat Freddy jarig had moeten zijn is een eerbetoon en een boetedoening tegelijk. Ik eer wie ze was en ik beken schuld door nalatigheid.

Op deze dag van het jaar ga ik niet alleen zwemmen, ik verdiep me ook in het verschijnsel verdrinkingsdood. Het is een ritueel geworden waar ik behoefte aan heb en waar ik niet mee kan ophouden tot ik zeker weet dat Freddy's dood gewroken zal zijn.

Ik had het er al eerder over, vergeef me, lezer, dat ik in herhaling val. Begrijp alstublieft hoe diep dit zit en hoeveel pijn het doet.

Verdrinking is te onderscheiden in natte, droge en late verdrinking. Men denkt vaak dat het bij een verdrinking alleen gaat om in het water terechtkomen en water in de longen krijgen, met de dood als gevolg. Dat klopt niet. Het is ook mogelijk dat het strottenklepje de luchtpijp afsluit en er dan wel geen water in de longen terecht kan komen, maar dat er een zuurstoftekort ontstaat dat leidt tot de dood. In dat geval is er sprake van een droge verdrinking. Bij een late verdrinking heeft een slachtoffer eerder in het water gelegen, maar is weer bovengekomen. Ook al lijkt het goed te zijn afgelopen, het is mogelijk dat er toch water in de longen zit, waardoor de longblaasjes beschadigd raken en er een ontstekingsreactie optreedt. Er wordt vervolgens minder goed zuurstof opgenomen, er ontstaat benauwdheid die verward kan worden met vermoeidheid, de benauwdheid kan gepaard gaan met een schuimende ademhaling die vermengd is met bloed en als het slachtoffer niet op tijd wordt geholpen zal het overlijden door zuurstofgebrek.

Ik ken deze tekst inmiddels uit mijn hoofd en ik denk dat ik dement zal moeten worden om deze woorden uit mijn geheugen te laten verdwijnen.

Ik ga ervan uit dat Freddy het slachtoffer werd van een natte verdrinking. Ik noemde al eerder de negentig seconden van zo'n proces, de anderhalve minuut doodsstrijd en de doodsangst. Op de dag na haar geboortedag snijdt het besef dat ze anderhalve minuut intens geleden heeft me nog altijd door de ziel. Want ik weet zeker dat ze geleden heeft, dat vertelt ze me zelf vanaf de plek waar ze nu is. De plek die ze wil verlaten. Daar heeft ze mijn hulp bij nodig.

Ik zal je helpen, lief.

Veertien

Er waren andere vrouwen na Freddy, ik ben ook maar een mens. Laat ik volledig eerlijk zijn: er waren ook andere vrouwen tijdens Freddy, al ontkende ik dit als ze ernaar vroeg. Ik zei dan niet dat ze van mij geen monogaam gedrag mocht eisen terwijl ze zelf getrouwd was en geen aanstalten maakte om aan die status iets te veranderen. Dat zei ik juist niet, omdat ik wist dat die opmerking ruzie zou veroorzaken en ruzie met Freddy was het laatste waar ik op zat te wachten.

Als ze boos was kon ze veranderen in een serpent. Misschien ga ik dit woord later deleten, maar nu laat ik het even staan. Ik denk liever niet terug aan ruzies, maar ze vonden plaats en ze maakten me verdrietig en ongelukkig. Ik ga ruzie al mijn hele leven uit de weg.

Ik herinner me een donderdagmiddag die gekmakend geil verliep. Ze wilde dat ik op haar kont sloeg en ze wilde de dildo hard en diep, maar alleen van achteren. Toen ze op haar knieën voor me zat, haar hoofd op het matras en haar achterwerk in de lucht, dacht ik dat ik gek werd. Later likte ik haar klaar en daar hield ik pas mee op toen ze zei dat het pijn begon te doen.

Ze lag nahijgend naast me en vertelde dat ze weer zwanger was.

Ik bevroor.

We hadden het weekend dat volgde een huisje aan zee gehuurd, maar ze wilde niet mee. Ze was bang dat haar angst voor water van invloed zou zijn op de ongeboren baby en wat ik ook zei om haar op andere gedachten te brengen, niets hielp. Ik cancelde dus de reservering en boekte een hotel aan de rand van een bos. Vervolgens kwam ze niet opdagen op de plek waar we hadden afgesproken.

Ik belde een vrouw met wie ik al een paar keer een wilde nacht had beleefd en nodigde haar uit om mee te gaan. Dat weekend dronk ik te veel en liet mijn libido me volledig in de steek. De week die volgde haalde ik de schade in. Ik nam elke avond een andere vrouw mee naar huis en vree me te pletter. Elke avond, behalve donderdag.

Ze zei niets over het feit dat ze me had laten barsten, maar ze hield niet op met vragen stellen over hoe ik ons verloren weekend had ingevuld. Ze wist dat ik niet thuis was geweest en ze wilde weten of ik vreemd was gegaan. Ik ontplofte.

De ruzie die volgde was de heftigste die we ooit samen hebben beleefd. De seks die erop volgde kan ik niet beschrijven. Vier dagen later verloor ze het kind. Of de vrucht, hoe zeg je dat? Wat drijft er uit je als je bijna vier maanden zwanger bent geweest?

Freddy was er kapot van. Ik was opgelucht. En boos, en verdrietig, en machteloos.

En schuldig, volgens Freddy.

Ik wist vanaf het begin dat ze nooit zou baren. Ik zag het in haar aura, ik rook het aan haar geur, ik voelde het als ik haar aanraakte. Ze kon wel ontvangen maar niet vasthouden. Het boze oog dat op haar was gericht belette dat.

Ze wist dat ik een extra oog had waardoor ik dingen zag die anderen niet konden zien. Soms stelde ze me daar vragen over, soms maakte ze het belachelijk, soms was ze er bang van of afkerig. Na de hierboven beschreven miskraam wilde ze me maanden niet zien. Ze verweet me dat ik de afdrijving had gewenst en gestimuleerd. Ze vervloekte me.

Ik nam iedere vrouw die ik kon krijgen en wachtte tot ze terugkwam.

En ze kwam terug.

Ze was erg afgevallen, haar ogen stonden dof, haar krullen hingen slap. Ze vertelde huilend dat haar oudste stiefdochter geen gelegenheid onbenut liet om haar duidelijk te maken dat er geen plaats in huis was voor een baby. Maar er was hoop, want dat kreng had sinds kort verkering met een van haar leraren en die had haar al ten huwelijk gevraagd. Falco vond het te snel gaan, maar Freddy prees hem de hemel in en haar stiefdochter de deur uit.

Ik probeerde grappig te zijn en zei dat zij, als Sanne snel moeder werd, een superjonge oma zou worden.

Toen sloeg ze me.

Ik zou me elke dag laten slaan als ik haar daarmee terug kon krijgen.

37

Sigrid heeft pijnlijke nekspieren en ze probeert ze wat soepeler te maken door ze te masseren. Ze vist het briefje van de tafel en leest het opnieuw. Het PS maakt haar nieuwsgierig. Met welke verrassing hoopt Hansje de Wit haar blij te maken?

Ze grijpt de lege envelop en ziet dat er nog een foto in zit.

Ze weet wanneer deze foto werd gemaakt. Dat was op de een-na-laatste verjaardag van haar moeder. Fokke wilde een staatsieportret hebben van zijn drie vrouwen en ze hadden hun mooiste jurk aangetrokken. Mama had Wieke en Sigrid bij hoge uitzondering een beetje opgemaakt. Sigrid raakte voortdurend haar rode lippen aan en mama waarschuwde haar dat er niets van de lippenstift zou overblijven als ze daarmee doorging.

Ze mocht mee naar de stad om de foto's op te halen. Er waren twee portretten afgedrukt. Een werd ingelijst, het andere ging in het grote album. De ingelijste foto moest van Freddy in de kast worden gelegd. De andere verdween omdat het album zoekraakte.

Nu heeft ze hem terug.

Maar er is iets met deze foto.

Sigrid keek er eerst overheen en ze begrijpt niet dat ze het niet direct in de gaten had. Ze staart naar de foto en walgt.

Wieke en zij zitten aan weerszijden van hun moeder en ze kijken lachend in de camera. Ze weet dat hun moeder ook lachte, maar dat is op deze foto niet te zien. Haar hoofd is eruit geknipt en vervangen door het hoofd van Freddy. Dat deel is aan de achterkant met tape vastgeplakt, ziet ze als ze de foto omdraait. Ze ziet nog meer. Tekst.

Zo had het kunnen zijn als jij niet alles had verziekt.

In eerdere hoofdstukken werd het ook al aangestipt. De Sanne in het verhaal zou er zichtbaar plezier aan hebben beleefd dat Freddy de baby's verloor. Het is de meest aperte leugen die het stiefwijf ooit heeft verkondigd en het lukt haar postuum om Sigrid ermee te raken.

Toegegeven: ze weet nog goed dat ze absoluut niet enthousiast reageerde op de zwangerschappen. Die volgden elkaar zo snel op dat ze tegen Wieke zei dat Fokke en Freddy volgens haar niet van de apen maar van de konijnen afstamden. Ze negeerde de welvingen van Freddy's buik en ze deed niet mee met de namenspelletjes die elke zwangerschap weer werden gehouden. Als Freddy daardoor gepikeerd was en Fokke haar ter verantwoording riep, zei ze dat ze geen leuke namen kon bedenken en dat niemand haar kon dwingen om ernaar op zoek te gaan. Dergelijke antwoorden leverden altijd huisarrest op, dat ze doodleuk negeerde. Maar ze heeft nooit minachting getoond, geen enkele keer dat er geen baby kwam. Ze sloot zich af voor de treurnis in huis en trok zich terug uit het gezin. Meer niet.

Soms luisterde ze achter de deur als Fokke en Freddy in de keuken een heftig gesprek voerden en dan hoorde ze Fokke regelmatig zeggen dat Freddy het beste kon negeren wat zijn oudste dochter zei. Het was volgens hem olie op het vuur gooien en het maakte Freddy ongelukkig. Op zulke momenten moest ze zich beheersen om niet de keukendeur open te trappen en aan Fokke te vragen of het niet in eerste instantie zijn plicht als vader was om ervoor te zorgen dat zijn kinderen gelukkig waren. Maar ze wist dat ze daar niets mee opschoot. Dat wist ze vanaf de dag dat hij het valse monster binnenhaalde.

Ze leest de drie hoofdstukken die ze net heeft ontvangen nog een keer opnieuw. Er zit veel boosheid in de tekst, veel verdriet.

Veel liefde.

Als Hansje de Wit niet zo'n bedreiging was zou ze medelijden met haar hebben.

Engel schuifelt net naar de tafel die voor het raam staat. De infuusnaald zit nog steeds in zijn arm, de zak met vloeistof hangt aan een infuusstandaard op wielen. Hij lacht breed als hij haar ziet. Hij heeft goed nieuws: het infuus gaat eruit, hij kan de rest van de antibioticakuur in de vorm van pillen nemen. Morgen mag hij naar huis.

'Kom dan maar eerst een paar dagen bij mij,' stelt Sigrid voor.

38

Haar aanbod werd ingegeven door compassie. Hij was blij als een kind, maar zag er ook kwetsbaar uit. Ze kon de gedachte niet verdragen dat hij in zijn eentje een beetje zou gaan aanmodderen in de flat van zijn zoon. Iemand moet even voor hem zorgen.

De envelop waarin ze de laatst ontvangen tekst heeft opgeborgen ligt op tafel en gaapt haar aan. Ze grijpt hem en smijt hem in de lade van de sidetable. Op dat moment beseft ze dat haar aanbod niet alleen met compassie te maken heeft.

Het hele verhaal van Hansje de Wit was nog als een beetje uit de hand gelopen fictie te bestempelen en de nu en dan opduikende dreigende toon viel nog onder grootspraak.

Tot vandaag.

De foto heeft alles veranderd. De foto is het bewijs dat er meer aan de hand is dan Sigrid wilde geloven. De persoon die zich verschuilt achter een pseudoniem heeft hoogstwaarschijnlijk inderdaad het zogenaamd zoekgeraakte album. Sigrids maag doet pijn bij de gedachte dat afbeeldingen van haar moeder in handen zijn van iemand die er kwade bedoelingen mee kan hebben. Dat heeft ze al laten zien met het vervangen van mama's hoofd. Zo walgelijk!

Ze inspecteert alle kamers van haar huis, gaat er daarna eerst met de stofzuiger en vervolgens met de dweil doorheen, maakt de toiletten voor de tweede keer in drie dagen schoon, verschoont haar bed en laat de wasmachine draaien. Het is allemaal niet per se nodig, maar ze houdt van fris. Net als Wieke en net als hun moeder. Van haar hebben ze geleerd dat een schoon huis de basis is van schoon denken en spreken. Als mama dat zei moesten ze altijd erg om haar lachen. Maar vanaf de dag dat ze overleed hielden ze zich aan dat motto. Sigrid heeft soms het gevoel dat haar moeder haar huis inspecteert. Op zulke momenten knapt ze bijna van verlangen naar haar. Dat gaat nooit over.

Ze hangt een extra badhanddoek in de badkamer en legt er twee schone washandjes bovenop. Twee handdoeken naast elkaar: dat staat goed. Vertrouwd.

Wie had dit een paar weken geleden gedacht?

Ze merkt dat ze moe is en ze kan niet ophouden met gapen. Dat gapen is hinderlijk en ze wil dat het ophoudt. Haar ogen vallen bijna dicht.

Opeens beseft ze dat ze zich zo lam voelt doordat ze al in geen uren iets heeft gegeten.

Ze heeft alle gordijnen in huis gesloten en ook het rolgordijn in de keuken neergelaten. Dat geeft een veiliger gevoel, nu kan er niet zomaar iemand vanaf de straat bij haar naar binnen kijken. Toen ze na het vertrek van Jeroen besloot om ergens anders te gaan wonen vond Fokke dit huis op internet. Hij noemde het een echt Sigridhuis en adviseerde haar het te kopen, ook al was het misschien een beetje groot voor een alleenstaande vrouw. Fokke was ervan overtuigd dat ze niet alleenstaand zou blijven en de ruime kamers snel genoeg gevuld zouden kunnen zijn met baby's die peuters, kleuters, pubers en echte mensen werden. Maar dat zei hij alleen als Freddy niet in de buurt was. Ze spraken ook anders met elkaar als ze wisten dat Sigrids stiefmoeder niet meeluisterde of zou kunnen meepraten. Fokke probeerde altijd een gemoedelijke en geïnteresseerde toon aan te slaan, maar Sigrid bleef koel. Als hij zich in haar ogen te veel begon uit te sloven bracht ze het gesprek op haar overleden moeder. Dat was de enige manier om hem stil te krijgen. Vanaf de dag dat Sigrid haar ouderlijk huis verliet spraken ze nooit over de situatie in hun gezin. Nooit over Sigrids weerstand, nooit over hoe Fokke zijn tweede huwelijk beleefde, nooit over de manier waarop Freddy zich opstelde. Pas toen Fokke ziek werd en bij die mededeling en passant meldde dat hij van Freddy wilde scheiden, kwamen gesprekken op gang die doordrenkt waren van tranen, van verwijten, van verweer en vooral van woede. Maar hoe ze ook praatten, wat er ook op tafel kwam, hoe groot ook het boetekleed was dat Fokke aantrok, het werd nooit meer zoals vroeger.

Nog steeds niet.

Sigrid heeft op haar computer een nieuw document aangemaakt en het opgeslagen onder de naam 'research'. Ze heeft de inhoud van het gesprek dat ze met Bernice voerde zo goed mogelijk samengevat. Toch weet ze nog niet wat ze van dat gesprek moet denken. Wat ze wél weet is dat ze met Jochem, de ex van Bernice, wil praten en met Nora. De mededeling van Bernice dat Nora geen zus in Canada heeft zit haar dwars. Als het bericht van Nora klopt is ze nu vertrokken. Sigrid weet waar ze woont, ze kan controleren of die vrouw echt weg is. Maar wat doet ze als Nora gewoon thuis blijkt te zijn?

Sigrid schrikt van het idee dat zomaar in haar opkomt. Is dat een mogelijkheid? Heeft Nora verteld dat ze zes weken niet beschikbaar is voor een gesprek omdat ze die tijd nodig heeft om meer hoofdstukken te kunnen schrijven?

Niet op hol slaan, denkt ze. Niet bang zijn. En als er werkelijk gevaar dreigt de politie inlichten. Dat heeft geen consequenties, want Freddy is gewoon in het zwembad gevallen en verdronken.

39

Engel leek veel energie te hebben toen hij in de auto stapte en er was ook niets aan hem te merken toen ze wat kleren en andere spullen ophaalden uit de flat waar hij tijdelijk woont, maar vanaf het moment dat hij bij Sigrid op de bank gaat zitten zakt hij als een plumpudding in elkaar.

Ze haalt snel een kussen en een plaid en dekt hem toe.

'Tarzan is een straatje om,' mompelt hij nog voordat hij in een diepe slaap valt.

Ze zit naast hem en kijkt naar zijn ontspannen gezicht en zijn rustige ademhaling. Hoe is het mogelijk dat hij hier nu ligt in haar huis, de vesting waar ze al jaren hooguit iemand voor één nacht heeft binnengelaten? De mannen die het zo ver hebben geschopt zijn op één hand te tellen, want ze ging bij voorkeur met de buit van een dag of een nacht mee naar huis. Soms bleef ze langer dan ze van plan was geweest, maar veel vaker was het in een paar uur bekeken. En nu ligt hier een man op haar bank die past in haar huis en in haar leven, terwijl ze daar zelf niets van begrijpt. Er zijn geen waarschuwingssignalen waargenomen, er branden geen lampen die haar aanzetten tot kritisch nadenken en nergens gaat een alarm af.

Nu niet overdrijven, maant ze zichzelf als ze een paar tranen van haar wangen veegt. Het is gewoon een man die toevallig wat beter in de smaak valt dan je gewend bent. Wat je ook voelt, klamp je niet aan hem vast.

Er ligt nog wasgoed dat opgevouwen moet worden en ze zou ook al voorbereidingen kunnen gaan treffen voor het eenpansgerecht dat ze vanavond wil maken, maar het enige wat ze doet is zitten en naar Engel kijken. Hij ademt rustig en lijkt totaal ontspannen te zijn. Sigrid vraagt zich af hoelang het geleden is dat zij zichzelf zo ontspannen voelde.

De gedachte die nu in haar opkomt verbijstert haar. Ze ontmoette Engel in dezelfde periode dat Hansje zich meldde.

Ze houdt haar adem in. Waarom zou ze zich afvragen of dit wel puur toeval was? Wat zijn dit voor gedachten?

Ze merkt dat ze geëmotioneerd is. Zal er ooit nog eens een tijd aanbreken dat ze in staat is om zonder achterdocht te leven? Zal ze ooit bevrijd kunnen worden van die naargeestige kwelduivel in haar brein?

Engel is weer wakker. Hij strekt zijn armen naar haar uit. 'Ik ben niet in topvorm,' zegt hij. 'Maar een beetje lekker voelen gaat wel lukken.'

Ze stort zich op hem.

40

Ze heeft tegen Engel gezegd dat ze een afspraak heeft met iemand die ze al heel lang kent en hij heeft geen vragen gesteld over wie dat is of waar deze persoon woont. Dat vindt ze prettig.

Als ze de straat in fietst waar Fokke en Mitzy wonen kijkt ze eerst of ze niet een van hen ziet lopen. Ze wil liever geen smoes verzinnen voor haar aanwezigheid in deze straat, maar in het uiterste geval kan ze natuurlijk zeggen dat ze gewoon even bij hen langskomt. Het is prachtig weer en ze geniet ervan om buiten te zijn. Dit moet ze vaker doen.

Jochem woont aan het einde van de straat. Sigrid heeft van Bernice niet alleen zijn adres maar ook zijn mobiele nummer en zijn mailadres gekregen. Toch heeft ze besloten om hem niet eerst telefonisch of per mail te benaderen. Het is zaterdag en ze waagt het erop dat hij thuis is. Zou hij alleen wonen? Daar heeft Bernice niets over gezegd.

Er is een briefje op de deur geplakt waarop staat dat de bel kapot is en men wordt uitgenodigd hard te kloppen. Sigrid klopt. En nog een keer.

Ze wil zich net omdraaien om terug te lopen naar haar fiets als de deur geopend wordt.

De man ziet eruit of hij drie dagen niet heeft geslapen. Zijn haren staan rechtovereind, zijn overhemd is gekreukt en de wallen onder zijn ogen hangen bijna op zijn wangen.

'Hallo,' zegt hij.

Sigrid doet zo onopvallend mogelijk een stapje achteruit. 'Hallo. Bent u Jochem?'

'Ik ben Jochem. En wie ben jij?'

'Ik ben Sigrid Fortuin.'

Hij knijpt zijn ogen een beetje dicht. 'Sigrid Fortuin, moet ik die kennen?'

'Ik ben de stiefdochter van Freddy Hasselaar.' Ze vertikt het om haar ook Fortuin te noemen.

Jochem leunt tegen de deur. 'O. Echt? Ach, die Freddy. Ze was niet voor het geluk geboren.' Hij bekijkt haar van top tot teen. 'Ik heb wel wat over je gehoord. Maar wat kom je doen?'

Sigrid heeft zich op deze vraag voorbereid en herhaalt de reden die ze ook aan Bernice en Nora heeft gegeven. Ze wil bij niemand argwaan opwekken over haar intenties, maar als een van de drie degene is die haar de hoofdstukken stuurt zal die natuurlijk extra voorzichtig zijn met wat hij of zij zegt. Bernice en Nora wezen haar niet af, maar Jochem schijnt niet te kiezen voor een gastvrije houding. Hij kijkt haar strak aan als ze antwoord geeft. 'Ik wil liever niet meer praten over Freddy,' zegt hij nadat er een korte stilte is gevallen. 'Daar krijg ik haar niet mee terug.' Zijn ogen zijn koel.

'Mag ik mijn mobiele nummer achterlaten en mijn mailadres? Dan kun je er even over nadenken en misschien wil je later toch wel iets vertellen,' biedt Sigrid aan.

'Nee.'

Ze opent snel haar tas en haalt een visitekaartje tevoorschijn. Ze reikt het hem aan. 'Wil je er alsjeblieft over nadenken? Je zult geen aardige dingen over mij hebben gehoord, maar elk verhaal heeft twee kanten. Toch? Je zou me een grote dienst bewijzen door me iets over Freddy te vertellen.'

Hij neemt het kaartje van haar aan en bekijkt het. 'Ik mail nooit en ik hou niet van telefoongesprekken. Mocht ik me bedenken, dan zal ik dat laten weten.' Hij doet een stap achteruit en sluit de deur.

Net iets te hard.

Sigrid merkt dat haar knieën knikken als ze terugloopt naar de plek waar ze haar fiets heeft neergezet. Dus dit is Jochem. Hij zag er verloederd uit, maar hij zou ook ziek kunnen zijn. Misschien drinkt hij te veel.

Hij mailt nooit, dat zei hij tamelijk nadrukkelijk. Iets te nadrukkelijk.

Wie mailt er nou nooit, tenzij hij geen computer heeft?

Mocht hij bellen, dan zal ze toch eerst goed nadenken of ze wel naar hem toe gaat.

Die man voelt niet goed.

De post is al geweest. Er ligt een nieuwe grote bruine envelop op de mat. Sigrid stopt hem in haar tas.

Engel is nergens te bekennen. Ze loopt naar boven en treft hem slapend aan. Er staan zweetdruppeltjes op zijn voorhoofd. Zijn gezicht is rood en warm. Heeft hij koorts? Is er iets niet goed?

Hij slaapt heel diep.

Ze loopt weer naar beneden.

Vijftien

Ze waren op vakantie in Barjols, een stadje in de Provence. Falco had daar een luxevilla gehuurd die geschikt was voor acht personen. Freddy vond het een belachelijk groot huis, dat vooral belachelijk veel geld kostte. Ze wist hoe het eruitzag en welke huurprijs ervoor betaald moest worden omdat Falco een folder had laten slingeren. Ze verdacht hem ervan dat hij haar wilde laten voelen welke kans ze had gemist en dat hij haar daarmee wilde kwetsen.

Dat huis in Barjols is nog steeds te huur, ik heb het gevonden op internet. De huurprijs bedraagt tweeduizend euro per week.

Wat u zegt: belachelijk. Toch ben ik van plan om het huis voor een week te boeken.

Ik moet daar zijn, ik moet lopen op plekken waar zij gelopen kan hebben. Ik moet in bedden liggen waarin zij gelegen kan hebben. Ik moet het warme water voelen in de baden waarin zij dat gevoeld kan hebben. Ik moet zelfs op de toiletpot zitten waarop zij gezeten kan hebben. Een week is net genoeg om dat allemaal te ervaren in een huis met vier slaapkamers, drie badkamers en drie toiletten. En met een privézwembad.

Het zal moeite kosten, het zal pijn doen, het zal tranen veroorzaken, maar ik moet in dat zwembad zijn. Zwemmen, spartelen, de bodem aanraken en weer bovenkomen. Met Freddy praten, tegen haar zeggen dat ik er ben, er altijd zal zijn en haar overgang zal begeleiden. Ze is nu dichterbij, ik voel haar sterker. De zon is haar warmte, de maan is haar licht en de wind is haar adem.

Het duurt nog even voordat ik naar de Provence vertrek. Tot die tijd schrijf ik verder. Denk ik verder, bedenk ik verder.

Maak ik plannen.

Voor mijn Freddy.

41

Er is maar één hoofdstuk gestuurd. Het stempel op de postzegels geeft aan dat dit stadspost is, net zoals dat het geval was bij de andere enveloppen.

Het is natuurlijk mogelijk dat ze in Sigrids woonplaats worden gepost om de indruk te wekken dat Hansje in de buurt woont. Ze kan bij Sigrid in de straat wonen, of in dezelfde straat als Fokke. Dat houdt de mogelijkheid open dat Hansje toch een man is. En dat hij Jochem heet. Jochem, en hoe verder?

Sigrid denkt diep na om te achterhalen of Bernice een achternaam heeft genoemd. Maar ze weet zelfs niet welke naam Bernice voert. Of voerde, toen ze nog met Freddy omging. Fokke heeft haar een rouwkaart gestuurd toen Freddy stierf, dus hij zal het wel weten. Anders zou Nora haar misschien meer kunnen vertellen en die zit nu in Canada.

Het is nog steeds heel stil boven, maar ze legt toch een briefje op tafel.

Ik was terug, maar ik moet nog even weg. Het is nu halfvijf, ben over een uurtje terug. X

Ze wil op tijd weer terug zijn en daarom heeft ze toch maar de auto gepakt. Hij staat een stukje verderop geparkeerd en ze loopt nu langs de grote voortuinen, die allemaal verschillende soorten afscheidingen hebben. Nog drie huizen, dan is ze bij dat van Nora. Ze gaat langzamer lopen en kijkt om zich heen.

Aan de overkant staan twee vrouwen te praten. Ze hebben een fiets bij zich en een van de fietsen heeft achterop een kinderzitje.

Ze letten niet op Sigrid. Een paar huizen verder staat een vrouw de ramen te zemen. Zij kijkt wel.

Sigrid loopt door en bereikt de voortuin van Nora's huis. Aan het begin van het pad staat een grote groene brievenbus waarop het huisnummer en een naam te zien zijn. NORA GRANDE. De naam klopt, haar mailadres is noragrande@gmail.com.

Wat nu? Het heeft geen nut om hier te zijn, want Nora is weg.

Hoewel...

Ze kijkt opnieuw om zich heen. De vrouwen die bij hun fietsen stonden te praten zijn weg, de vrouw die de ramen zeemde loopt net naar de voordeur en gaat naar binnen. Zouden de buren van Nora weten of ze echt naar Canada is? Op het moment dat ze zichzelf deze vraag stelt, gaat de voordeur van Nora's huis open. Er komt een vrouw tevoorschijn die een grote boodschappentas bij zich heeft. Ze kijkt naar Sigrid.

Dit is Nora, dat kan niet missen. Het is jaren geleden dat ze haar voor het laatst heeft gezien, maar ze herkent haar onmiddellijk. Freddy noemde haar 'de dikke kabouter', omdat ze klein en dik was. Ze is nog steeds klein en dik. Ze komt op haar af. En ze kijkt niet vriendelijk.

'Ik ben Sigrid.'

'Ik weet wie jij bent.'

'Ik dacht dat je in Canada zat.'

'Wat doe je dan hier?'

'Bernice vertelde dat je geen zus had.' Sigrid weet niet zeker of dit de juiste tekst is.

'Ik heb die smoes verzonnen omdat ik niet over Freddy wil praten. Dat had ik misschien beter direct kunnen zeggen, maar ik voelde me nogal overvallen. Zoals nu. Je bent precies zoals Freddy vertelde. Brutaal en egoïstisch. Ik geloof niet dat je echt geïnteresseerd bent in wie ze was en ik begrijp niet waarom je dit beweert. Heb je soms last van je geweten?'

Sigrid weet dat ze nu kalm moet blijven en zeker niet boos

moet worden. Toch wordt ze boos. 'Ik heb niets op mijn geweten. Je bent eenzijdig ingelicht en Freddy kon liegen of het gedrukt stond.' Niet doen, niet doen, niet doen! Maar ze kan de woorden niet tegenhouden. 'Wat weet jij van een kinderleven dat volledig op zijn kop wordt gezet? Weet jij soms hoe het is om als jong meisje je moeder te verliezen en dan binnen een paar maanden te worden opgescheept met het meest valse kreng dat ooit op deze aardbol heeft rondgelopen? Met een aartsleugenaar? Met een manipulator pur sang? Met een secreet dat het opportunisme heeft uitgevonden en verbeterd? Nee, dat weet jij niet. Jij was een vriendinnetje van het stiefwijf dat de jeugd van mij en mijn zusje heeft verziekt. Deed je het soms met haar?'

Ik moet niet schreeuwen, denkt ze. Ik moet hier weg.

Nora snuift. 'Ja, ik deed het met haar. Ik was haar favoriete vrouw en ik nam genoegen met het feit dat ik haar nooit voor me alleen zou hebben. Ik zou altijd voor haar hebben willen zorgen, maar ze gaf me daarvoor niet de kans. Geen enkele vrouw kreeg die kans, want ze wilde kinderen. Niet van een donor, maar binnen een huwelijk. Ze wilde verzekerd zijn van een goed inkomen en een sociaal aanvaardbaar leven leiden. Daar paste in haar beleving een lesbische relatie niet in. Zo, dat weet je nu. Laat Freddy met rust, ze heeft genoeg geleden door jou.'

'Wat bedoel je daarmee?' wil Sigrid weten.

'Precies wat ik zeg. Ben je doof? Spreek ik Spaans? Ga je valse aantijgingen ergens anders droppen, alsjeblieft. Ik hou nog steeds van Freddy, voor mij leeft ze. Niet echt, maar in me. Ik koester haar, ik zorg voor haar, en zij voor mij. Gek, hè? Dat heet liefde, stiefdochter. Maar dat is een woord waar jij weinig van begrijpt.'

Sigrid houdt zich vast aan het tuinhek. 'In de mail die je terugstuurde liet je doorschemeren dat je niet alles geloofde wat Freddy zei. Je deed ook of je bereid was te praten.'

Nora doet een stap in de richting van het tuinhek en Sigrid

laat het snel los. 'Ik had een slok op en dan doe ik wel vaker onverstandige dingen. Vergeet het. Ik wil je hier niet meer zien en waag het ook niet om me nog een keer te mailen. Je hebt genoeg aangericht.'

'Wat heb ik aangericht?' dringt Sigrid aan.

'Opzij!' Nora loopt naar de auto die recht voor het hek geparkeerd staat en stapt in. Voordat ze wegrijdt steekt ze een middelvinger op.

Sigrid moet zich opnieuw aan het tuinhek vasthouden.

42

Engel heeft haar zien aankomen, zegt hij. Ze kruipt weg in zijn armen.

Hij wil weten wat er aan de hand is.

Sigrid loopt met zijn arm om haar schouder naar de kamer en trekt hem mee naar de bank. 'Ik begrijp er niets meer van,' zegt ze.

'Er zijn dus meer hoofdstukken gekomen,' stelt Engel vast. 'Waarom heb je dat niet verteld?'

Sigrid heeft zich weer wat hersteld. De ontmoeting met Nora heeft haar meer gedaan dan ze voor mogelijk hield. Maar nu, met Engel naast zich, is ze gekalmeerd. 'Het leek me beter om er zo weinig mogelijk aandacht aan te besteden. Mijn vader heeft een aantal hoofdstukken gelezen en we waren van plan om ze ook door Wieke te laten lezen, maar toen werd jij opeens geopereerd en ging onze afspraak niet door. Toen dacht ik: het is misschien beter om eerst zelf uit te zoeken wie er achter dit pseudoniem zit. Freddy had twee vriendinnen die een paar keer bij ons zijn geweest, Bernice en Nora. Bernice was getrouwd met Jochem. Ik heb ze inmiddels alle drie gesproken.'

'Echt waar? En?'

'Bernice leek aardig, maar was toch stug en ook een beetje onvriendelijk. Jochem wilde me niet binnenlaten. Nora antwoordde op mijn mail dat ze graag een keer wilde praten maar dat ze op het punt stond om voor zes weken naar haar zus in Canada te vertrekken. En wat denk je? Ik hoorde van Bernice dat Nora alleen drie broers heeft, die allemaal bij haar in de buurt wonen.'

Engel pakt haar hand en drukt er een dikke kus op. 'Je bent nogal bezig geweest. Welke reden heb je opgegeven om te willen praten?'

Sigrid vat de reden in het kort samen.

'En daar trapten ze in?'

'Ik kan blijkbaar liegen of het gedrukt staat.'

Hij streelt haar wang. 'Dat vraag ik me af. Maar als ze het geloofden is het goed. Wat hebben die gesprekken opgeleverd?'

'Nog meer frustratie,' zegt ze.

Hij heeft gevraagd of hij ook de hoofdstukken mag lezen die na nummer zes zijn gekomen en zij heeft alles tevoorschijn gehaald, behalve hoofdstuk acht.

Engel ziet direct dat acht ontbreekt en vraagt hoe dat komt.

'De auteur heeft zich blijkbaar vergist in de nummering,' legt Sigrid uit.

Hij pakt haar gezicht vast en dwingt haar hem aan te kijken. 'Weet je dat zeker?'

Ze maakt zich van hem los. 'Ik heb mijn vader beloofd om hoofdstuk acht aan niemand te laten lezen. Er staan persoonlijke details in over hem die hij liever voor zich houdt. Sorry voor de smoes.'

'Je hoeft tegen mij nooit smoezen te verzinnen, je kunt altijd zeggen wat er aan de hand is. En als je me iets vertelt wat geheim moet blijven is dat veilig bij mij. Zul je dat goed onthouden?'

Sigrid voelt zich betrapt. 'Ja. Ik raak een beetje in de war van de snelheid waarmee onze relatie zich ontwikkelt. Ik kan het niet bijhouden. Maar ik ben wel blij dat ik wat er nu allemaal gebeurt met je kan delen. Die smoes had niets te maken met wantrouwen, maar wel met onzekerheid. Heb jij daar geen last van?'

Hij geeft antwoord met een kus waar geen einde aan komt.

Engel leest en Sigrid zit naast hem. Ze is moe en slaperig. Nadenken over wat er eerder op de dag is gebeurd lukt niet goed. Haar hoofd zit te vol, de gesprekken die ze met Bernice, Jochem en Nora voerde lopen door elkaar.

Haar ogen vallen dicht.

Engel stoot haar aan. 'Ik hoor ergens een mobiel overgaan. Dat is toch die van jou?'

Ze komt gapend overeind en loopt naar de gang. Ze ziet dat Wieke haar belt. 'Hoi,' zegt ze. 'Heb jij goed nieuws? Ik wil alleen goed nieuws.'

'Ik vond een grote bruine envelop in de brievenbus,' antwoordt Wieke. 'Die leek leeg te zijn, maar toen ik goed keek vond ik een briefje. Van een notitieblok. Moet je horen wat erop staat: *Hoeveel hoofdstukken heb je al gelezen? Vertel het Hansje.* Ik ken geen Hansje. Weet jij wie dit kan zijn? Ik ben net begonnen aan een nieuw boek van Herman Koch. Dat heb ik op internet besteld. Zou dit een soort enquête zijn? Heb jij ooit zo'n bericht gekregen als je een boek had besteld op internet?'

'Ik kom naar je toe,' zegt Sigrid.

43

Het lijkt Engel ook het beste om de hele familie in te lichten over wat er momenteel gaande is. Anders lopen ze het risico om tegen elkaar te worden uitgespeeld en dat moet je niet willen.

Hij vindt de hoofdstukken die hij heeft gelezen niet fris klinken en hij denkt dat er voldoende reden is om dit te melden bij de politie, al was het maar om advies te kunnen krijgen over wat Sigrid wel en niet moet doen. Maar Sigrid wil dit eerst met de anderen bespreken. Ze heeft met Wieke afgesproken dat ze elkaar zullen zien bij Wieke en Dies. Wieke heeft Fokke en Mitzy gebeld, die zijn nu ook onderweg. Sigrid heeft de hoofdstukken en de briefjes een paar keer gekopieerd, behalve hoofdstuk acht.

Wieke omhelst eerst Sigrid en daarna Engel. 'Als ik eerlijk ben, geef ik toe dat ik hier onrustig van word. En nu jij opeens komt en papa en Mitzy ook moeten opdraven begin ik zelfs een beetje bang te worden.'

Sigrid grijpt haar zusje vast bij haar schouders. 'We gaan één ding heel goed afspreken: niemand wordt bang. Als we bang worden kunnen we niet goed beoordelen wat er precies gebeurt en vooral niet hoe we moeten reageren. Dus niemand wordt bang.'

'Nu word ik dus echt bang,' zegt Wieke.

Ze lezen.

Sigrid zit naast Engel, ze heeft Martijn op schoot. Het jongetje ligt tegen haar aan geleund met zijn duim in de mond. De vingertjes van zijn vrije hand zijn om de wijsvinger van Engels rechterhand geklemd.

Op Mitzy's gezicht is afgrijzen te zien. Ze kijkt even op en schudt haar hoofd.

Fokke zucht een paar keer diep.

Wieke legt elke bladzijde die ze heeft gelezen heel beheerst naast zich. Ze kijkt niet op en maakt geen geluid.

Dies leest duidelijk heel geconcentreerd. Nu en dan schudt hij zijn hoofd.

'Ik mis hoofdstuk acht,' zegt Mitzy.

Sigrid ziet dat Fokke schrikt. 'Er is geen hoofdstuk acht,' legt ze uit. 'Na zeven volgde negen. De auteur heeft zich blijkbaar vergist in de nummering van de hoofdstukken.'

Het is weer stil. Alleen Martijn maakt nu en dan geluidjes. Sigrid knuffelt hem.

Fokke is het eerst klaar met lezen. Hij legt het pak papier op de salontafel en kijkt Sigrid aan. Daarna snuift hij een lading lucht op door zijn neus.

Mitzy raakt zijn arm aan. 'Duidelijk,' zegt ze. 'Helemaal mee eens.' Daarna leest ze verder.

Engel streelt Sigrids knie.

Iedereen is klaar met lezen.

'Ik word hier heel erg beroerd van,' opent Wieke het gesprek. 'En misselijk. Wat een walgelijk verhaal. Ik begrijp dat het door een man is geschreven?'

'Dat vraag ik me af,' zegt Dies. 'Het zou me niet verbazen als de verwijzing naar een "hij" ons op het verkeerde been moet zetten. Ik weet het niet. Is dit het taalgebruik van een man?'

'Als het van een vrouw komt en als het echt over Freddy gaat betekent het dat ze lesbisch was. Of bi,' meent Mitzy. 'Vinden jullie dat een aannemelijk idee?'

Fokke twijfelt. Wieke haalt haar schouders op.

'Die pottentheorie kan er ook nog wel bij,' zegt Sigrid. Ze schrikt van het lachsalvo dat hierop losbarst.

Martijn begint te huilen.

'Was dat even lachen.' Wieke veegt de tranen van haar wangen. 'Of niet soms?' Ze steekt haar handen uit naar haar zoon. 'Kom jij maar bij mama.'

'Heb je al gereageerd?' vraagt Dies aan Sigrid.

'Niet naar de auteur. Maar ik heb wel drie mensen gesproken met wie Freddy omging. Ze had twee vriendinnen die bij ons kwamen, Bernice en Nora. Bernice had een man, Jochem. Die drie heb ik dus gesproken.'

Ze vertelt hoe dat verliep.

'Het is natuurlijk maar de vraag of een van deze drie personen werkelijk iets te maken heeft of kan hebben met dit zogenaamde manuscript,' zegt Sigrid. 'Ik dacht eerst dat iemand die veel contact had gehad met Freddy me gewoon op stang probeerde te jagen. Het is volgens mij wel duidelijk dat de schrijver iets met haar had, veel met haar had. Ik kan me voorstellen dat je dan iemands dood niet goed kunt verwerken en een manier zoekt om je te uiten. En dat je conclusies trekt die niet kloppen.' Ze zwijgt een paar seconden en haalt dan de foto die ze heeft ontvangen tevoorschijn. 'Deze idioot heeft echt het album dat we kwijtraakten in bezit.' Ze toont de foto.

Wieke slaat een hand voor haar mond.

'Dit is ziek,' zegt Fokke. 'En gek. Ik weet nog dat Freddy heel close was met twee vriendinnen, maar ik had ze liever niet over de vloer. Ik vond het vreemde types. Als ik dat zei werd Freddy kwaad. Je kon haar beter niet kwaad maken.'

'Wat gebeurde er dan?' wil Engel weten.

'Ze viel me aan, ze probeerde me te slaan. Ik was sterker, maar ik moest dan toch erg mijn best doen om overeind te blijven.'

Engel wendt zich tot Sigrid. 'Heeft ze jullie...?'

'Mij niet. Ik had teruggeslagen. Er zijn grenzen, weet je.'

'Op mij werd ze nooit kwaad,' voegt Wieke daaraan toe.

'Wat een ellende,' verzucht Mitzy.

44

Iedereen is het erover eens dat hierover advies aan de politie moet worden gevraagd, maar Sigrid twijfelt. 'De toon is soms verontrustend, maar er wordt nergens expliciet gedreigd. Ze speelt met woorden, ze doelt op ideeën maar ze zegt niets wat overtuigend tegen haar gebruikt kan worden.'

Fokke bladert in de tekst. 'Wytske is een aantrekkelijke vrouw geworden met wie ik wel het bed zou willen delen, ware het niet dat ze deel uitmaakt van een foute groep. Toch overweeg ik om haar te sparen.' Hij slaat de bladzijde om. 'Ik zal ze te grazen nemen op een moment dat niemand het verwacht.'

'Noem dat maar niet overtuigend,' zegt Wieke.

Engel heeft een voorstel. Hij vertelt dat de vader van een vriend van zijn zoon rechercheur is bij de politie en dat hij hem goed genoeg kent om een advies te vragen. 'Ik zou hem dit kunnen laten lezen en aan hem vragen of hij denkt dat jullie voldoende materiaal in handen hebben om aangifte te doen van bedreiging.'

De rest vindt het een goed idee, maar Sigrid vraagt zich af of de politie op grond van deze teksten zomaar iemand gaat verhoren. Er is immers nog niets gebeurd?

'Moet er dan eerst iets gebeuren?' Fokkes stem slaat over. 'Wat is deze mafkees van plan? Hij noemt en passant ook even dat Wieke een kind heeft. Die opmerking vertrouw ik beslist niet.'

'Ik moet in elk geval wat meer informatie hebben over de om-

standigheden waaronder Freddy verdronk,' meent Engel.
Fokke verslikt zich in een slok koffie.

Hij kan weer normaal ademhalen. Mitzy heeft hem meegenomen naar de keuken om hem water te laten drinken. Ze hoorden haar praten en het is haar gelukt hem gerust te stellen. Want hij raakte in paniek, dat was voor iedereen duidelijk.

'Heb ik iets verkeerd gezegd?' wil Engel weten.

'Nee hoor.' Het lukt Sigrid haar stem luchtig te laten klinken. 'Je hebt alleen de herinnering aan een tamelijk dramatische gebeurtenis aangekaart.' Ze ziet dat hij niet weet hoe hij hierop moet reageren. 'Het is niet jouw schuld dat hij zich verslikte, geloof me.' Ze richt zich tot de anderen. 'Degene die van mening is dat er een boek moet worden geschreven over wat er met Freddy is gebeurd heeft volgens mij veel van haar gehouden. Ik denk dat iedereen zich kan voorstellen hoe heftig haar verlies zal zijn geweest. Ik zeg bewust "haar verlies", omdat ik ervan overtuigd ben dat Hansje de Wit een vrouw is. Laten we daar geen discussie van maken, maar laten we ons concentreren op wat ons te doen staat. Misschien is het goed dat we advies vragen aan de politie, maar ik weet dat niet zeker. Ik ben bang dat ze tegen ons zullen zeggen dat ze niets kunnen doen voordat er daadwerkelijk iets gebeurt wat strafbaar of in elk geval vervolgbaar is. Intussen heb ik niets te verbergen en mijn vader en mijn zus ook niet.' Ze richt zich tot Fokke en Wieke. 'Zal ik dan maar proberen samen te vatten wat er in Barjols is gebeurd?'

45

Sigrid heeft later vaak gedacht dat ze niet akkoord had moeten gaan met de vakantie die Fokke voorstelde. Toen hij erover begon voelde ze meteen weerstand. Hij wilde praten, er was iets aan de hand. Maar aanvankelijk zei hij niet wat de reden was van het voorstel om met hen veertien dagen naar een ruime villa in de Provence te gaan. Hij wilde alleen kwijt dat hij ging scheiden. Pas toen Sigrid nadat ze een paar dagen had nagedacht liet weten dat ze voor de uitnodiging bedankte, vertelde hij dat hij prostaatkanker had en geopereerd moest worden. Voordat de operatie plaatsvond wilde hij graag met zijn dochters veertien dagen weg, omdat dit misschien de laatste keer was dat ze zoiets konden ondernemen.

Wieke was totaal van slag door dit bericht, Sigrid bleef rustig. Ze begreep zelf niet goed waarom ze er zeker van was dat Fokke dit zou overleven, maar intussen was ze daar dus wel van overtuigd. De mededeling over zijn ziekte, in combinatie met de aankondiging dat hij van Freddy ging scheiden, trok haar over de streep.

Vanaf het moment dat ze in de auto stapten was de sfeer goed. Fokke liet duidelijk blijken dat hij blij was dat zijn dochters met hem meegingen. Ze reden om beurten, stapten steeds na twee uur rijden uit, aten broodjes in wegrestaurants, zongen mee met de radio en deden woordspelletjes.

'Het is weer net als vroeger,' zei Wieke.

Het vakantiehuis was inderdaad een villa.

'Wat een ruimte!' bleef Wieke roepen toen ze met hun drieën

alle ruimtes inspecteerden. 'En het is echt brandschoon.'

Op de benedenverdieping was een grote slaapkamer met badkamer, die uitkeek op het zwembad. Op de eerste etage waren nog twee grote slaapkamers en een kleinere. De grote kamers en twee badkamers lagen aan de kant waar het zwembad was, de kleinere slaapkamer en de derde badkamer lagen aan de andere kant en keken uit op de tuin aan de straatkant. De hele tuin bood door zijn grote oppervlakte daadwerkelijk de privacy die in de folder was beschreven.

'Hier is het wel veertien dagen uit te houden,' glunderde Fokke.

Sigrid dook meteen het zwembad in.

De eerste avond aten ze in een restaurant in het centrum van Barjols. Ze werden bediend door een ontzettend mooie ober die Léon heette en die ongegeneerd met Sigrid flirtte. Wieke kondigde aan dat ze water dronk, zodat haar vader en haar zus zich te buiten konden gaan aan de wijn die Léon aanprees. Ze lachten veel, ze aten veel en ze dronken veel. Wieke bleef herhalen hoe geweldig ze het vond om met hun drieën samen te zijn.

Toen ze terugkwamen in de villa wilde Sigrid nog even zwemmen, maar Fokke vond dat niet verstandig omdat ze zoveel wijn gedronken had. Ze besloot naar hem te luisteren en nam zich voor alsnog in het water te duiken als hij sliep, maar ze viel zelf in slaap in de tuinstoel, toen ze nog een afzakkertje namen. De volgende ochtend hoorde ze dat Fokke en Wieke haar samen naar bed hadden gedragen.

Er werd veel gepraat, vooral door Fokke. Hij vertelde dat de mededeling dat hij prostaatkanker had de doorbraak had veroorzaakt die hij nodig had. Hij bleek al sinds een paar jaar na zijn huwelijk met Freddy na te denken over een scheiding en hij bekende eerlijk dat hij te laf was geweest om het onderwerp aan te kaarten. De kinderwens van Freddy overschaduwde alles, de mislukte zwangerschappen namen alle aandacht in beslag en hij gaf openlijk toe dat hij zich had laten beïnvloeden door veel en goede seks.

Seks verdreef de eenzaamheid.

'Eenzaamheid?' vroeg Sigrid. 'Wij waren er toch ook? Dat was dus niet genoeg?'

Fokke liet alle vragen die ze stelde en alle kritiek die daarin besloten lag over zich heen komen. Maar hij trok niet alleen het boetekleed aan. Hij deed ook een beroep op de volwassenheid van zijn dochters, die hen in staat zou moeten stellen om beter te begrijpen wat het verlies van hun moeder voor hem had betekend. Hij was van het ene op het andere moment zijn grote liefde kwijt, zijn maatje, zijn klankbord, de vrouw bij wie hij thuis was en thuiskwam. Het gemis vloerde hem, bracht hem uit balans, vermorzelde zijn toekomst. Hij was zich bewust van zijn verantwoordelijkheid ten opzichte van zijn dochters, maar die konden de leegte niet opvullen. Daar waren ze te jong voor en zelf te kwetsbaar. En toen kwam hij Freddy tegen, hij botste tegen haar op in een groot warenhuis. Je botst wel vaker tegen iemand op, je schrikt, je verontschuldigt je, je loopt door. Maar hij bleek Freddy's arm bezeerd te hebben en hij bood haar een kop koffie aan in het restaurant. Toen ze tegenover elkaar zaten vroeg ze of hij zich misschien ook had bezeerd en die simpele vraag veroorzaakte een emotionele reactie.

Het was eigenlijk niet meer dan een beleefde vraag, maar wel een vorm van persoonlijke aandacht die hij miste. Hij hoefde even geen steun voor zijn kinderen te zijn, zich niet te bekommeren om hun verdriet, niemand te overtuigen van zijn incasseringsvermogen, zichzelf niet voorbij te lopen. Door die ene simpele vraag besefte hij hoe eenzaam hij was, hoe wanhopig, hoe bang om alleen oud te worden. Hij huilde in dat restaurant en Freddy troostte hem. Ze luisterde naar wat hij over de oorzaak van die tranen vertelde, ze hield zijn handen vast, ze veegde tranen van zijn wangen. Ze was lief.

En in zijn hoofd ging een knop om die hij veel eerder had moeten terugdraaien.

De eerste dagen kwam deze uitleg verschillende keren langs. Wieke luisterde stil, Sigrid stelde kritische vragen. Ze was niet van plan het Fokke gemakkelijk te maken, de pijn was te groot. Aanvankelijk was hij geduldig en beheerst maar de derde avond van hun verblijf, toen ze in het donker op het terras bij het zwembad zaten, viel hij tegen haar uit. 'Ga ik dit mijn hele leven houden?' brieste hij. 'Wil je tot mijn dood blijven inwrijven wat ik jullie heb aangedaan door met Freddy te trouwen?'

Wieke antwoordde dat hij daar vooral Sigrid iets mee had aangedaan.

Maar voordat die kon reageren hoorden ze iemand ergens in de tuin zeggen dat juist Sigrid hun leven en haar huwelijk had verpest.

En toen kwam Freddy uit het niets tevoorschijn.

46

'We dachten alle drie dat we hallucineerden,' legt Sigrid uit. Fokke en Wieke bevestigen dat.

'Het was bijna nacht, we zaten daar met ons drieën, er was nergens anders geluid. Niemand had gehoord dat er in de straat aan de andere kant van het huis een taxi stopte, niemand had haar horen aankomen, en niemand kon geloven dat ze daar werkelijk stond. Wieke en ik begonnen te lachen.'

'Ik zat met open mond om me heen te kijken,' vult Fokke aan.

'Ik lachte maar kort, daarna begon ik te huilen,' zegt Wieke. 'Ik schrok me wild en ik wist meteen dat de vakantie voorbij was.'

'Laat Sigrid het maar vertellen,' adviseert Dies. 'Dan is het voor Engel, Mitzy en mij waarschijnlijk beter te volgen.'

Sigrid gaat rechter zitten, zodat ze Engel nergens meer aanraakt. 'Ze wilde wijn en iets te eten. Wieke en ik stonden op om het te halen. Niemand sprak, toen we in de keuken waren hoorden we geen enkel geluid van buiten komen. Ik weet niet wat Wieke dacht, maar ik hoopte vurig dat ze als we terugkwamen verdwenen zou zijn. Ik wil best toegeven dat ik Freddy al snel nadat ze in ons gezin kwam de meest gore ziektes en verschrikkelijke ongelukken heb toegewenst. Het begon direct na de eerste keer dat ze me voor leugenaar uitmaakte.' Ze kijkt om zich heen en ontmoet strakke gezichten. 'Ik was eerst boos op mijn moeder, omdat ze was doodgegaan. Ze had ons in de steek gelaten en ze zag er drie dagen na haar dood opeens anders uit, waardoor de kist snel gesloten moest worden. Ik nam haar kwalijk dat we haar niet meer mochten zien.' Ze moet een paar keer slikken. 'Ik was twaalf, de dood was iets ongrijpbaars en ver van mijn bed tot de dag waarop mijn moeder naar de keuken liep en niet meer terugkwam. Het leven vloog van het ene op het andere moment alle kanten op, ik wist niet meer welke richting ik moest kiezen. Onze tantes troostten ons, ze waren beslist een enorme steun voor ons alle drie. Maar ons gezin was een puinhoop en we hadden tijd nodig om ons te hervinden. Een stiefmoeder die hier begrip voor zou hebben gehad en die ons de ruimte had gegeven om aan haar te wennen, die zich niet tussen ons en onze vader had gedrongen, die niet de behoefte had gehad om zich als middelpunt van het universum op te stellen, voor zo'n stiefmoeder was misschien plaats geweest. Er moest iemand voor ons zorgen en de tantes hadden hun eigen man en kinderen. Het had iemand kunnen zijn via een zorgorganisatie, of iemand die als huishoudster zou zijn ingehuurd. Maar voordat mijn vader toekwam aan het onderzoeken van dat soort mogelijkheden botste hij in een warenhuis tegen een vrouw op die bij hem een gevoelige snaar wist te raken en op wie hij spontaan verliefd werd.'

Fokke zit voorovergebogen op zijn stoel. Mitzy heeft een hand op zijn schouder gelegd. Wieke kruipt steeds dichter met Martijn op haar schoot tegen Dies aan. Sigrid blijft stijf rechtop zitten en gaat verder met haar verhaal.

'We hebben alle drie geprobeerd er ondanks alles het beste van te maken. Wieke was vaak bij vriendinnen, ik zat meestal op mijn kamer te lezen of te studeren. Ik wist dat niemand tegen Freddy was opgewassen en dat ik snel de middelbare school moest afmaken en ergens moest gaan studeren, zodat ik het huis kon verlaten. In mijn laatste schooljaar, toen ik net achttien was, werd ik verliefd op Jeroen, een van mijn leraren. Nee, dat zeg ik verkeerd. Jeroen werd verliefd op mij en ik ben daarop ingegaan. Hij was mijn vluchtmogelijkheid en zeker geen slechte. Ik heb hem gebruikt, ook al ging dat toen niet bewust. Ik zou ook gewoon het huis uit hebben kunnen gaan, maar ik zag er erg tegen op om helemaal op mezelf te zijn aangewezen. De ervaringen met Freddy hadden me niet bepaald zelfverzekerd gemaakt. Ik ging met Jeroen samenwonen, omdat ik een appartement kon kopen toen ik vanaf mijn achttiende kon beschikken over mijn moeders erfenis. En de eerste jaren was ik gelukkig met Jeroen. Hij bevestigde me in alles wat ik ondernam, hij hield veel van me en hij heeft nooit tegen me gezegd dat ik een leugenaar was. Dat was ik ook niet.'

'Dat zei Freddy,' zegt Mitzy. 'Zij maakte van jou een leugenaar. Of niet?'

'Ze projecteerde haar eigen kern op mij,' antwoordt Sigrid. 'Ze kon elke situatie op die manier naar haar hand zetten en vergeet niet dat zij volwassen was en ik een puber. Mijn zelfbeheersing liet me nogal eens in de steek, daardoor gaf ik haar ruimte voor leugens en tegenargumenten. Ze was de sterkste en ze had een degelijk wapen achter de hand: de zwangerschappen. Nooit zo'n kwetsbaar wezentje meer gezien als de zwangere Freddy, me nooit zo machteloos gevoeld als na elke volgende aankondiging van een nieuwe baby.'

'Ze heeft elke strijd met jullie gewonnen,' stelt Engel vast.

Sigrid heeft kramp in haar schouders en beweegt haar schouderbladen. '"Gewonnen" is te zwak uitgedrukt. Ze heeft ons allemaal onderuitgehaald,' zegt ze.

47

'Dat had je niet gedacht, hè?' schalde Freddy's stem door de duisternis.

Fokke gebood haar zachter te praten. 'Niemand heeft iets te maken met wat hier gebeurt,' snauwde hij. 'Hoe haal je het in je hoofd om ons achterna te komen? Je hebt echt geen greintje respect voor mij en de meisjes.'

'Meisjes?' Freddy sprak het woord uit alsof het over vieze beesten ging. 'De oudste is achtentwintig en heeft al samengewoond. Als je het mij vraagt weet ze zelf niet hoeveel kerels ze inmiddels in haar bed heeft gehad. Dat is geen meisje, dat is een afgelikte boterham. En je jongste schatje van vijfentwintig durft zich aan geen enkele kerel te binden. Die heeft volgens mij last van kutjeskramp. Dat is dus een gefrustreerde dombo met een hechtingsprobleem. Meisjes dragen jurkjes en linten in hun haar. Ze stoeien met andere meisjes en ze kruipen bij papa op schoot. Doe me een lol, zeg, en ga je dochters eens behandelen als volwassen vrouwen.'

'Wat kom je doen?' vroeg Sigrid. Ze zetten een glas rode wijn en een schaaltje pinda's voor Freddy op tafel.

'Wat een service,' riep ze. 'Waar heb ik dit aan te danken?'

'Je wilde wijn en iets te eten,' antwoordde Wieke.

'Als je het ophebt bellen we een taxi om je terug te brengen naar het vliegveld,' vulde Sigrid aan.

Freddy dronk in één teug het glas wijn leeg en kieperde de helft van het bakje pinda's om in haar hand. 'Ik blijf,' zei ze.

Ze had met vrienden gepraat en die hadden haar geadviseerd om zich niet zonder slag of stoot aan de kant te laten zetten. Ze had vijftien jaar voor Fokke en zijn dochters gezorgd en het was natuurlijk niet de bedoeling dat ze zich liet afschepen met het recht om later, als Fokke vijfenzestig werd, een deel van zijn pensioen te ontvangen. Het was te gek voor woorden dat ze genoodzaakt zou zijn om weer meer uren te gaan werken zodat Fokke geen alimentatie hoefde te betalen. Het was hem blijkbaar niet duidelijk te maken dat ze geld wilde zien, dus daarom was ze hem achterna gereisd. Freddy vond het de hoogste tijd om zaken te doen. Een huis in de Provence dat van alle mogelijke luxe was voorzien leek haar de ideale locatie. 'Je bent ziek,' zei ze tegen Fokke. 'Je hebt kanker en misschien ga je dood. Ik weet dat je alles wat je bezit wil nalaten aan je dochters en dat ik het nakijken heb. Dat pik ik niet.'

Fokke deed geen moeite om zijn afkeer van haar te verbergen. 'Er valt niets te pikken. We zijn op huwelijkse voorwaarden getrouwd en je staat niet in mijn testament. Daar verander ik niets aan, dus reken voorlopig niet op geld. Ga meer uren werken, wees blij dat je daartoe in staat bent. Je hebt helemaal geen alimentatie nodig en ik ga niet akkoord met je eis. Ik heb je vaak genoeg je zin gegeven. De koek is op, het spel is uit. Begrepen?' Het laatste woord schreeuwde hij.

Sigrid pakte de glazen op en zei dat ze binnen verder gingen praten.

Binnen brak een verbale oorlog uit die de ramen liet trillen in hun sponningen. Sigrid en Wieke staarden verbijsterd naar Fokke. Later hebben ze nog vaak tegen elkaar gezegd dat ze hem nog nooit zo kwaad hadden gezien. Hij brieste, hij bulderde, hij vloekte en sneerde. Er bleef geen spaan heel van Freddy, van hun huwelijk, van wat hij ooit voor haar had gevoeld. Hij barstte los in een stroom verwijten, met als kern haar schandalige gedrag ten opzichte van Sigrid. Dat noemde hij een vorm van mishandeling.

Freddy zat onbewogen naar hem te luisteren. Het leek of ze hem niet hoorde. Tot hij zwaar ademend zweeg. Toen was het haar beurt om een beerput te openen.

Alles lag aan hem. Hij veroorzaakte spanningen door zijn ongeïnteresseerde gedrag. Hij liet haar overal alleen voor opdraaien. Hij kwam alleen overeind als hem seks werd beloofd. Als hij niet kreeg wat hij wilde hebben, ging hij naar de hoeren.

Wieke liet van schrik haar glas uit haar handen vallen toen Freddy dit zei. 'Je hoort me goed, naar de hoeren,' herhaalde Freddy. 'Alle keren dat ik zwanger was en de dokter adviseerde het in bed een tijdje rustig aan te doen.'

Fokke sprong overeind. 'Dat lieg je, zoals je alles bij elkaar liegt als het je uitkomt.'

'Bravo!' riep Sigrid, en ze klapte in haar handen.

'Jou krijg ik nog wel,' dreigde Freddy.

Vanaf het moment dat Freddy verscheen stopten de anderen met alcohol drinken. Binnen zette Sigrid de wijn binnen handbereik voor haar neer en na een uur had ze de eerste fles al leeg. Sigrid haalde direct een nieuwe fles.

Wieke probeerde haar tegen te houden, maar Sigrid fluisterde dat Freddy niet snel genoeg stomdronken kon worden, omdat ze dan vanzelf in slaap zou vallen en haar bek zou houden.

Freddy begon na het eerste glas uit de tweede fles steeds onsamenhangender te praten. Ze vingen woorden op als 'echte liefde', 'grote plannen', 'wat ze ook denken' en 'supervrouw'.

Fokke zei niets meer, Wieke schudde vertwijfeld haar hoofd, Sigrid luisterde.

Freddy probeerde op te staan, maar zakte door haar benen. Ze lalde iets over 'plassen'.

Fokke sleepte haar naar het dichtstbijzijnde toilet en dropte haar daarna op het bed in de kleinste slaapkamer.

Sigrid en Wieke ruimden de glazen op.

Toen Fokke terugkwam zei hij dat hij Freddy persoonlijk naar het vliegveld zou brengen als ze haar roes had uitgeslapen.

Sigrid lag een paar uur in bed toen ze wakker werd van geluid. Er liep iemand door het huis die overal tegenaan botste en hartgrondig vloekte. Er rinkelde glas.

Na een minuut of tien werd het stil en viel ze weer in slaap.

Fokke maakte haar wakker. Ze zag meteen dat er iets aan de hand was. 'Freddy,' stamelde hij. 'In het zwembad.'

48

'Toen we haar hoorden stommelen was het nog donker,' vertelt Sigrid. 'Ik weet nog dat ik dacht dat ik misschien beter de deur van mijn kamer op slot kon doen, maar ik was te duf om uit bed te stappen. Het werd snel weer stil en ik viel weer in slaap.'

'Ik heb wel de deur van mijn kamer op slot gedaan,' zegt Wieke. 'Ik vond haar eng en ik wilde niet het risico lopen dat ze opeens naast mijn bed zou staan. Met een mes of zo. Ik voelde me bedreigd.'

'Ik heb nog lang liggen luisteren of ik iets hoorde,' vult Fokke aan. 'Toen ik eenmaal sliep heb ik niets gemerkt van haar tocht door het huis. Maar ik werd toch al na een paar uur wakker. Het was heel stil in huis en ik vertrouwde die stilte niet. Het was gewoon té stil. Ik stapte uit bed en controleerde eerst de kamer van Sigrid. Ze sliep. De deur van Wiekes kamer zat op slot. Ik liep door naar de kamer waar Freddy moest liggen. Ze was er niet. Ze was nergens, maar haar koffer stond nog in de tuin. Ik dacht niet direct aan het zwembad, omdat ik nooit had verwacht dat ze daar in de buurt zou komen. Ik besloot om buiten de ontbijttafel te dekken en daarna Sigrid en Wieke wakker te maken. We moesten Freddy gaan zoeken. Ik had visioenen dat ze mensen in andere villa's lastigviel. Toch liep ik eerst nog een keer de tuin in. Vraag me niet wat me dreef, ik weet het niet. Het leek of iets me naar het zwembad trok. Ik was niet bang, had geen enkel vermoeden. Toen ik haar zag dacht ik eerst dat ik droomde.'

‘Hoe bedoel je “in het zwembad”?’ vroeg Sigrid. ‘Sinds wanneer komt Freddy in de buurt van water? Kan ze opeens zwemmen?’

Fokke deed zijn mond open om iets te zeggen, maar er kwam geen geluid uit zijn keel.

Sigrid sloeg het laken terug en stapte uit bed. ‘Ik ga met je mee.’

Ze liep voor Fokke uit. De tegels van het terras waren al warm; ze dacht dat ze beter haar slippers had kunnen aantrekken. Later besefte ze dat haar gedachten zich overal op wilden richten, behalve op wat er mogelijk in het zwembad aan de hand kon zijn. Ze zag de gedekte tafel en signaleerde dat de parasol een stukje naar rechts moest worden gezet. Er lag een vork op de grond, die kon direct in de afwasmachine.

Toen keek ze naar het zwembad. Het water lag te glinsteren in de zon en het zag er uitnodigend uit. Sigrid liep naar de rand van het bad.

‘Meer naar links,’ zei Fokke.

Ze draaide haar hoofd naar links.

Daarna zei ze tegen Fokke dat hij de gendarmerie moest bellen.

‘Ik had een woordenboek Nederlands-Frans in mijn koffer gestopt, maar in alle opwinding vergat ik dat ik het had meegenomen. Er hing een lijst met alarmnummers bij de telefoon en ik belde het eerste nummer. Ik wist dat het woord “helpen” in het Frans *aider* is, dus ik begon “Aider!” te roepen. Ik liep weer naar buiten en vroeg aan Sigrid wat “zwembad” was in het Frans. Zij dacht *poule*, maar dat betekent “kip”. Ik ging over op Engels en het lukte me de telefoniste duidelijk te maken dat er een ongeluk was gebeurd in het zwembad. Een paar minuten later hoorden we in de verte al sirenes naderen.’

‘Waar was jij al die tijd?’ vraagt Engel aan Wieke.

‘Ik werd wakker van de stemmen van Sigrid en mijn vader. Toen ik uit het raam keek zag ik ze bij het zwembad staan. Daar moest iets aan de hand zijn, maar ik wist niet wat. Ik denk dat ik het op dat moment ook niet wilde weten. Het klinkt misschien vreemd, maar ik ben weer in bed gaan liggen en pas tevoorschijn gekomen toen de politie op mijn deur klopte.'

Er kwamen mannen in uniform en mannen in zomerkostuums tevoorschijn. Ze stelden vragen in het Engels, maar die waren doorspekt met Franse woorden en dus niet te begrijpen. Er stonden drommen mensen bij de oprit, die blijkbaar gealarmeerd waren door de sirenes. Een van hen bleek een Nederlandse politieman te zijn die vloeiend Frans sprak. Hij maakte zich bij de Franse rechercheurs bekend als collega en mocht fungeren als tolk.

Ze werden drie dagen verhoord, steeds apart. Daarna was de politie er pas van overtuigd dat Freddy door haar dronkenschap overmoedig was geweest, in het zwembad was gesprongen en waarschijnlijk onwel was geworden. Er waren geen sporen van geweld, maar de sectie wees wel een hoog alcoholpromillage in haar bloed aan. Zelfmoord leek niet te kunnen worden uitgesloten.

'Toen haar lichaam was vrijgegeven zijn we teruggegaan naar Nederland,' besluit Sigrid.

'Wat een verschrikkelijk verhaal,' zegt Mitzy. 'Wat zul je geschrokken zijn toen je haar zag liggen. Ik dacht eerlijk gezegd dat iemand die verdronken is al na een paar uur boven komt drijven.'

'Niet al na een paar uur, het duurt minstens een dag,' antwoordt Sigrid. 'Er vormen zich gassen in het lichaam en daardoor komt het dan naar boven. Freddy lag op haar buik op de bodem. Het water was helder, dus ze was goed te zien. Toen ze door de politie uit het zwembad was gehaald heb ik alleen naar haar handen gekeken. Die waren tamelijk gerimpeld. Later las ik ergens dat dat door het chloor in het water komt.'

Mitzy wendt zich tot Fokke. 'Waarom praat je hier zo weinig over?'

'Omdat dit bij het verleden hoort en jij bij het heden,' antwoordt Fokke. 'En omdat er wat mij betreft genoeg aandacht aan Freddy is besteed.'

49

Het is al drie dagen geleden dat ze de dood van Freddy bespraken en Sigrid probeert er niet meer aan te denken. Engel is weer terug naar de flat, hij heeft er behoefte aan om even alleen te zijn.

Sigrid wacht intussen elke dag op post, maar er is tot nu toe geen nieuwe bruine envelop bezorgd.

Engel heeft beloofd dat hij contact zou opnemen met de rechercheur die hij kent. Ze hebben met elkaar afgesproken dat niemand verder iets onderneemt, maar dat iedereen wel goed oplet.

Ook al heeft Sigrid beloofd dat ze niet op bezoek gaat bij Bernice, Jochem of Nora, ze speelt wel voortdurend met die gedachte. Ze zou het liefst eerst met Jochem willen praten, omdat ze er nog steeds van overtuigd is dat het manuscript is geschreven door een vrouw en ze hem als potentiële belager wil kunnen afschrijven. Hij heeft haar kaartje aangenomen, maar ze verwacht niet dat hij iets van zich laat horen.

Het is halfdrie en er is geen post. Ze gaat naar Jochem en ze zorgt er deze keer voor dat ze niet langs haar ouderlijk huis hoeft te rijden. Ze gaat gewoon via de andere kant van de straat, ook al mag ze daar niet in rijden. Jochem had veel contact met Freddy, zelfs te veel naar de zin van zijn ex. Hij heeft een boek geschreven dat geen uitgever wil hebben en hij wil nog meer schrijven, vooral non-fictie.

Ze moet Jochem zien en spreken. En ze vergeet gewoon even wat ze haar familie heeft toegezegd.

Het is weer een prachtige dag en ze bedenkt dat ze langs Wieke zou kunnen rijden. Die werkt vandaag niet en misschien vindt ze het leuk als Sigrid Martijn meeneemt voor een wandeling. Als ze met haar neefje bij Jochem voor de deur staat zou hij wat toegankelijker kunnen zijn dan de eerste keer. Het is hooguit twintig minuten lopen, dat is te overzien.

Wieke is niet thuis. Sigrid kijkt nog voor de zekerheid of ze niet in de achtertuin zit, maar haar zus heeft waarschijnlijk ook het idee gehad om te gaan wandelen.

Als ze bij Jochem voor de deur staat en ziet dat ze nog steeds hard op de deur moet kloppen, aarzelt ze. Is dit verstandig?

Ze doet een paar stappen opzij, tot ze voor het raam van de woonkamer staat. Dat raam mag wel gezeemd worden. Ze drukt haar neus tegen het glas en tuurt naar binnen.

Hij zit achter in de kamer, in de linkerhoek, achter een computer. Zijn handen razen over het toetsenbord. Hij leunt een stukje voorover terwijl hij naar het scherm kijkt.

Sigrid loopt terug naar de deur en klopt. Er gebeurt niets. Ze klopt nog een keer en nu harder. Ze wacht.

Er wordt een sleutel omgedraaid en de deur gaat open.

Hij kijkt nors. 'Jij weer? Ik heb geen contact gezocht.'

'Dat weet ik. Maar ik zou graag heel even met je praten. Ik blijf echt niet lang. Mag ik binnenkomen?'

'Heel even dan.' Hij doet een stap achteruit om haar binnen te laten.

Ze ziet overal stof. Vette plekken op de deuren, vuil op de grond. Voordat ze de woonkamer bereikt heeft ze al twee keer geniest.

Hij biedt haar een stoel bij de tafel aan en ze gaat op het uiterste puntje zitten. Wat een geluk dat ze Martijn niet kon meenemen!

De computer staat niet meer aan.

'Stoor ik je ergens in?' vraagt ze.

‘Ik zat te lezen,’ zegt hij.

Zonder inleiding begint hij te vertellen over Freddy. Terwijl hij praat, kijkt hij naar het plafond.

Sigrid kijkt ook en ziet een paar grote spinnenwebben. Hoe kan iemand leven in zo’n zwijnenstal?

Hij zou Bernice al veel eerder hebben verlaten als hij Freddy had kunnen krijgen. Maar die wilde kinderen en hij had zwak zaad. Daarom werd hij afgekeurd als vaste partner maar voor seks was hij goed genoeg. Hij kon er slecht tegen dat ze met een andere man was getrouwd en hij kon het ook niet uitstaan dat ze met verschillende vrouwen vree. Maar Freddy gaf altijd hetzelfde antwoord als hij protesteerde: *Take it or leave it.*

Geen speld tussen te krijgen.

Ze had beter een kerel kunnen zoeken die nog geen kinderen had, maar dan had ze niet zeker geweten of hij haar zwanger kon maken. Freddy Hasselaar liet in dit opzicht niets aan het toeval over. Die kinderen van haar man kreeg ze er dus bij, maar dat was geen pretje.

Jochem buigt zich naar Sigrid toe. ‘Ze heeft heel wat te verduren gehad en ze verdient het dat dit niet ongestraft blijft. Ik denk dat ze dan pas kan rusten in de eeuwigheid.’

Sigrid gaat zo onopvallend mogelijk toch maar een stukje naar achteren zitten. Ze hoopt dat ze dadelijk, als ze weer opstaat, niet aan de stoel blijft plakken. ‘Dus jij gelooft dat ze ergens is waar ze nog iets voelt?’

‘Dat geloof ik niet, dat weet ik zeker. Er is meer tussen hemel en aarde dan wij simpele zielen in de gaten hebben.’

‘Wat bedoelde je toen je net zei dat ze het verdient dat iets niet ongestraft blijft?’

‘Vraag jij altijd naar de bekende weg?’ Jochem staat op. ‘De tijd is om. Ik wil weer verder lezen.’

‘Bernice vertelde me dat je schrijft,’ doet ze nog een poging om meer te weten te komen.

Hij gaat weer zitten. 'Klopt. Het liefst non-fictie. Misschien kan ik jouw levensgeschiedenis opschrijven. Dan moet je wel eerlijk willen zijn. Ben jij eerlijk?'

Ze staat op. 'Ik kom er zelf wel uit.'

Buiten haalt ze een paar keer diep adem. Ze zou hier ter plekke al haar kleren willen uittrekken en in een heet bad willen duiken. Hier komt ze niet meer terug, want ze weet zeker dat Jochem niet Hansje de Wit is. Hij is niet dom en hij zou nooit vertellen dat er meer is tussen hemel en aarde terwijl hij zelf heeft beschreven hoe intens hij daarmee bezig is. Jochem is een afleidingsmanoeuvre. Waarschijnlijk wil degene die de teksten stuurt dat zij denkt dat hij Hansje is. Die iemand zou Bernice kunnen zijn.

Of Nora.

50

Het is bijna halfzes en misschien treft ze Bernice thuis. Sigrid krabt steeds op haar hoofd. Ze heeft ook jeuk op haar rug. En op haar armen en benen en romp. En nu ook in haar gezicht.

Bernice is thuis, want ze steekt net de sleutel in het slot van de voordeur. Ze ziet Sigrid uit haar auto stappen en heft haar hand op als groet. 'Nog steeds op jacht naar informatie?' wil ze weten. 'Ik heb niet veel tijd voor je, om zeven uur ga ik sporten.'

'Ik ben bij Jochem geweest,' vertelt Sigrid. Ze krabt aan haar arm.

'Dan wil je waarschijnlijk snel gedesinfecteerd worden,' lacht Bernice. 'Hij kan geen hulp betalen en ik ben opgehouden met zijn huis poetsen. Binnenkort stuur ik een schoonmaakbedrijf op hem af. Kom binnen.'

Sigrid voelt zich een dwerg naast het enorme postuur van Bernice. Ze heeft haar haren heel kort laten knippen, waardoor ze nog meer op een man lijkt.

'Je bent dus bij Jochem geweest. En heeft dat iets opgeleverd?'

'Weinig. Hij was niet bepaald mededeelzaam. Wel boos en een beetje dreigend.'

'Jochem dreigend? Weet je zeker dat je bij Jochem was?'

Misschien is de vraag grappig bedoeld, maar Sigrid heeft toch het idee dat er een sneer in verborgen zit. Ze blijft kalm en doet of ze de lading die ze hoort niet opmerkt. 'Misschien is "dreigend" niet helemaal het goede woord. Hij is volgens mij nog altijd met Freddy bezig. Ik heb de indruk dat ze veel voor hem betekende.'

'Zo, heb jij die indruk? Ik hoef het niet te weten, ik heb mijn eigen herinneringen aan Freddy. Toen ze nog leefde heb ik ooit besloten me niet langer druk te maken over wie allemaal iets voor Freddy betekenden en andersom. Dat was nodig om mijn jaloezie in toom te houden en geen gekke dingen te gaan doen.'

Sigrid is achter Bernice aan naar de keuken gelopen en gaat, na een uitnodigend gebaar van haar, op een van de stoelen zitten. 'Jij had dus ook een relatie met Freddy,' stelt ze vast.

'Ik had seks met Freddy. Niemand had een relatie met haar. Dat stond ze niet toe, ze hield niet van verplichtingen of ergens verantwoordelijkheid voor nemen. Het leven draaide om Freddy en om niemand anders. Begrijp je?'

Sigrid hoort boosheid in de stem van Bernice, maar dat niet alleen.

'Als ik het goed begrijp hadden jij en je man allebei seks met haar.' Ze heeft direct spijt van deze opmerking. Grote kans dat Bernice zich hierdoor bekritiseerd voelt.

'Bravo! Jij mag door naar de volgende ronde. Misschien interesseert het je ook dat Jochem en ik ons lekker voelden als we een competitiestrijd konden voeren. Het wakkerde tussen ons ook de leukste dingen aan en dat kwam goed uit want we wisten allebei dat geen van ons Freddy voor zich alleen zou kunnen krijgen.' Bernice bijt een hoekje van de nagel van haar duim af. 'Scherp stukje, maar ik heb het te pakken. Waar hadden we het over? O ja, seks met Freddy. Vrouwenliefde. Lekker hoor. Eigenlijk veel lekkerder dan met een man.' Ze schijnt geen antwoord te verwachten. 'Jij wil dus een goed beeld krijgen van de vrouw die je stiefmoeder was en je laat je niet zonder meer wegsturen door mensen die misschien juist niet met jou over haar willen praten. Je bent wel een doorzetter, hè? Of is er een andere reden waarom je weer bij mij op de stoep staat?'

'Er is geen andere reden,' zegt Sigrid. Ze ziet dat Bernice een fles rosé uit de koelkast haalt. 'Ik hoef niets te drinken.'

Bernice zet de fles terug. 'Ik ook niet, want dan komt er weinig van sporten terecht. Maar ik moet wel even wat eten, anders heb ik straks te weinig energie.' Ze haalt eerst twee boterhammen uit de vriezer en pakt daarna boter en beleg uit de koelkast. 'Nou, brand maar los. Wat wil je nog meer weten?'

Sigrid zou graag even op haar rug willen krabben, maar ze houdt zich in. 'Die nadrukkelijke kinderwens van Freddy, was die gewoon aanwezig of ergens het gevolg van?'

'Dat klinkt echt geïnteresseerd, ze moest eens weten! Maar nu serieus. Ik weet niet beter dan dat Freddy al vanaf de tijd dat ze een klein meisje was aan iedereen vertelde dat ze later moeder wilde worden. Nou zeggen kleine meisjes dit natuurlijk vaak, ik liet me ook niet onbetuigd in dat opzicht. Maar Freddy was altijd echt heel nadrukkelijk en toen ze groter werd heb ik haar vaak horen zeggen dat het leven voor haar zonder kinderen geen zin zou hebben. Dat vond ik heftig.' Ze voelt aan het brood. 'Nog even wachten, anders breek ik mijn tanden. Ik zal nooit de tijd vergeten dat ze voor de eerste keer zwanger was. Ze trok zich eerst terug, er was geen plaats voor mij en volgens mij ook niet voor andere lovers. Jochem was die maanden ontzettend chagrijnig. Ik ben haar toen een keer tegengekomen in de stad, ze was samen met haar man. Dat vond ik niet om aan te zien.' Ze voelt weer aan het brood. 'Nu kan het wel. Ik heb soms gedacht dat het slechte contact met haar familie de kinderwens heeft versterkt. Je wil toch mensen om je heen die eigen zijn, hè? Niet dat ik zelf zo'n familiemens ben, maar je snapt wat ik bedoel.' Ze begint de boterhammen te smeren. 'Toen ik haar in de stad tegenkwam was ze al behoorlijk dik. Ik was onder de indruk van haar omvang en wilde haar aanraken. Op het moment dat je vader even in de etalage keek waar we voor stonden greep ze snel mijn hand en legde die tegen haar buik. En ze fluisterde dat ze naar me verlangde. Ik dacht dat ik gek werd en verwachtte dat ze contact met me zou opnemen. Maar dat deed ze pas nadat de baby doodgeboren werd. Toen mocht ik haar gelukkig troosten.'

Sigrid volgt de bewegingen van Bernice. Ze denkt aan een passage in het manuscript van Hansje de Wit. Die ging ook over de eerste zwangerschap en over het verlies van die baby. Ze merkt dat Bernice naar haar kijkt. 'Heftig,' zegt ze. 'Ik weet nog dat Freddy wekenlang niet aanspreekbaar was nadat ze was bevallen van een jongetje. We liepen op onze tenen door het huis.'

'Een jongetje,' herhaalt Bernice. 'Had dat kindje geen naam?'

'Zijn naam was geen onderwerp van gesprek.' Sigrid heeft het gevoel dat ze zich moet verdedigen. Ze weet dat het kindje Daniël Benjamin heette, maar ze heeft altijd geweigerd die namen uit te spreken. Ze wilde niet dat de baby alsnog een plaats kreeg in hun gezin. Zou Bernice echt niet weten hoe hij heette? 'We mochten van Freddy niet over hem praten,' voegt ze eraan toe.

'Met mij wilde ze maandenlang over niets anders praten,' zegt Bernice. 'Ze hield pas over hem op toen ze voor de tweede keer zwanger werd.' Ze begint aan de tweede boterham. 'Ik heb niet veel tijd meer. Heb je nog dringende vragen?'

Sigrid wil nu zo snel mogelijk haar kleren uittrekken en in een heet bad gaan liggen. Ze staat op. 'Ik heb nog één vraag. Ken jij iemand die zó gek was op Freddy dat hij of zij haar dood nooit zal accepteren?'

'De dood van een geliefde valt voor niemand te accepteren. Zo'n trauma blijft altijd een open zenuw. Als iemand je daar aanraakt, reageer je.' Ze loopt naar de gang en Sigrid volgt haar. 'Ik hoop dat je nu genoeg hebt gehoord, ik wil niet nog een keer met je over Freddy praten. Misschien helpt het jou, maar mij zeker niet.' Ze opent de voordeur en laat Sigrid uit.

Die is bijna bij het hek van het tuinpad, als ze achter zich Bernice hoort zeggen dat ze nog eens goed moet nadenken over haar ambitie om meer over Freddy te weten te komen. Ze draait zich om en ziet de deur in het slot vallen.

Een bad en schone kleren, meer heeft ze momenteel niet nodig. Nadat ze haar auto heeft geparkeerd rent ze naar de voordeur van haar huis. Zodra ze binnen is begint ze zich uit te kleden. Voordat ze de trap op loopt bukt ze zich om haar kleren op te rapen en ziet ze de bruine envelop liggen. Ze scheurt hem open. Vier nieuwe hoofdstukken.

Hansje heeft de smaak te pakken.

Zestien

Ik kon het niet, de gedachte dat ik het zou doen bezorgde me hartkloppingen. Daarom heb ik de reservering voor het huis in Barjols even uitgesteld. Ooit zal het mogelijk zijn om daar naar binnen te gaan en op alle plekken te zijn waar Freddy is geweest, maar het is toch nog te vroeg. Ik blijf er nu maar een tijdje van dromen.

De oudste stiefdochter schijnt op oorlogspad te zijn. Je hoort wat als je je oor goed te luisteren legt en de juiste vragen stelt. Ze dringt binnen met nepvragen en is zo doorzichtig als glas.

Het is altijd al een vals kreng geweest en dat zal ze ook altijd blijven. Ik weet nog goed dat ik die Sanne in het begin nadrukkelijk verdedigde als Freddy over haar tekeerging. Dat ik teksten uitkraamde in de trant van 'dat meisje is in de war door de dood van haar moeder', of 'ze heeft tijd nodig om de rouw af te ronden, dus laat haar met rust'. Als ik dergelijke dingen zei kon ik erop rekenen dat Freddy furieus werd. En als Freddy furieus was geworden bleef ik achter met pijnlijke plekken op mijn armen en soms ook met schrammen op mijn wangen. Ze had scherpe nagels en hoektanden als van een jonge hond.

Maar ik vond het fijn als ze me pijn deed. Dat wond me op. Dan greep ik haar vast en overweldigde ik haar met mijn grotere en zwaardere lijf en dan bezorgde ik haar orgasmes die haar lieten janken als een hitsige wolf.

Ik was Sanne al snel dankbaar voor haar opstandigheid en haar valse uitspraken. En ik zorgde ervoor dat Freddy lekker opgeladen terugging naar huis, zodat ze snel weer geïrriteerd en het liefst goed opgefokt bij me voor de deur stond.

Ik zit momenteel zo vaak mogelijk achter de computer, ik grijp elke gelegenheid aan die zich voordoet. Dat is geen zaak van inspiratie hebben, ik zou dag en nacht over Freddy en mij kunnen schrijven. Het is vooral een kwestie van tijd hebben en voorkomen dat iemand me stoort. Dit is mijn feestje, ik kan geen pottenkijkers gebruiken. Als ik te veel word afgeleid doet Freddy een paar stappen terug en daar slaap ik vervolgens slecht door. Slecht slapen betekent rottige dromen over verdrinken. Die dromen bezorgt zij me, ik weet het. Ze laat me voelen wat het betekent om onder water te raken en niet meer boven te kunnen komen. Daarmee straft ze me voor mijn afwezigheid op het moment dat ze me nodig had.

Ze kwam heel laat op een avond langs, nadat ik haar al een paar weken niet had gezien. Ik dacht dat ze weer zwanger was en ik weet nog goed dat ik bereid was om te gaan bidden dat ze snel in de overgang zou raken. Soms keek ik strak naar haar buik en dan probeerde ik de nog aanwezige eicellen in haar eileiders met mijn ogen te verdrogen.

Ze leek kleiner geworden, die avond. Ze zat ineengedoken op de bank, zo ver mogelijk van me af, en ze praatte zo zacht dat ik moeite moest doen om haar te kunnen verstaan.

Falco was ziek, hij had prostaatkanker. Hij moest geopereerd en nabestraald worden.

Ze had alles over prostaatkanker en het verwijderen van een prostaat opgezocht op internet en ze was erachter gekomen dat dit veel mannen overkwam die de zestig naderden. Maar dat was niet alles wat ze had ontdekt. Ze had ook gelezen dat bij een dergelijke operatie het risico bestond dat de patiënt incontinent en/of impotent zou worden.

Ze had daar niet met Falco over gepraat, omdat er van het ene op het andere moment met Falco niets meer te bespreken viel.

De volgende zin kreeg ze amper uit haar mond. Ik moest haar verschillende keren aanmoedigen voordat ze het zei.

Hij wilde scheiden.

Freddy was woest.

Ik was zo gelukkig dat ik mijn uiterste best moest doen om niet te juichen. Maar een woeste Freddy was natuurlijk niet te versmaden.

Ze bleek, toen we allebei weer een beetje waren uitgeraasd, niet bezig te zijn met de scheiding op zich. Ze werd zelfs een beetje lacherig van het idee dat Falco zijn libido binnenkort waarschijnlijk aan de wilgen kon hangen.

Ik stelde geen vragen over de voortgang van haar kinderwens.

Haar woede had te maken met zijn mededeling dat ze op zoek moest naar een ander huis en dat hij niet van plan was om haar financieel te gaan onderhouden, omdat ze meer uren kon gaan werken en in haar eigen levensonderhoud kon voorzien. Ze zou, als hij eenmaal stopte met werken, alleen recht hebben op een deel van zijn pensioen en hij was zo edelmoedig om dit niet aan te vechten.

Ik steunde haar woede, schold met haar mee en bevestigde haar voornemen om zich niet op deze armzalige manier te laten wegsturen.

Ik was degene die het plan bedacht dat haar noodlottig zou worden.

Ik, niemand anders.

Met die schuld valt al zeven jaar nauwelijks te leven.

Zeventien

Ze zou na vijf dagen terugkomen en toen dat niet gebeurde dacht ik aanvankelijk dat het haar gelukt was om Falco zijn plannen te laten wijzigen. Ik bereidde me voor op een contactstop en sloeg ijverig aan het vrijen. Alleen veel heftige seks kon mijn onrust bedwingen.

Er zat bij het ontbijt een vrouw tegenover me aan tafel die al eerder was geweest, maar ik wist niet hoe ze heette. Ze schonk thee voor me in.

Ik probeerde een zin te bedenken die aardig klonk maar tegelijk duidelijk maakte dat ze het pand moest verlaten. Er was een geluid te horen in de gang. De vrouw zei dat de krant was bezorgd en ze ging hem voor me halen.

Het stuk beschuit dat ik at kraakte tussen mijn tanden. De kaas die erop zat was te zout, de thee was lauw.

Ik had zin om ergens tegenaan te schoppen.

De krant was een goede manier om niet naar het gezicht van de vrouw te hoeven kijken. Ik bladerde eerst door naar de overlijdensadvertenties. Ik lees altijd eerst de overlijdensadvertenties en pas daarna de voorpagina en de rest.

De halve pagina werd in beslag genomen door de aankondiging van de dood van ene Johan Wenius van Zanten. Die naam vergeet ik nooit. Hij was vierennegentig jaar geworden en hij had de maatschappij veertien kinderen, zesendertig kleinkinderen en dertien achterkleinkinderen bezorgd. Onder aan de pagina stond een kleine advertentie, die ik bijna over het hoofd zag. Maar mijn ogen werden naar een naam getrokken en mijn hart stond stil toen ik las dat Freddy Hasselaar was overleden op de leeftijd van vijfenveertig jaar en dat de crematie in besloten kring had plaatsgevonden.

Ik schopte de vrouw de deur uit.

Het werd middag, het werd avond, het werd nacht en ik zat daar maar aan de keukentafel met de krant voor mijn neus haar naam steeds opnieuw uit te spreken. Ik fluisterde, ik riep, ik schreeuwde, ik snikte, ik vloekte en het enige antwoord dat ik kreeg was een diepe stilte.

Ik bleef de tekst herlezen en zag pas na uren dat alleen de naam van haar echtgenoot werd genoemd. Van Sanne en Wytske was geen spoor te bekennen. Ook de naam van het doodgeboren jongetje dat een grafje had gekregen ontbrak. Er werd geen correspondentieadres vermeld.

Ik stelde vast dat degene die de tekst had opgesteld de intentie had gehad om zo summier mogelijk te zijn. Dat was gelukt.

Ik knapte bijna van woede.

De daaropvolgende dagen gleden voorbij. Soms at ik wat, soms sliep ik een paar uur. Verder deed ik niets dan steeds opnieuw naar de tekst kijken zonder nog te lezen.

Na een week kwam ik pas weer buiten, maar ik doolde rond. Ik maakte mezelf wijs dat ik Freddy gewoon weer ergens zou tegenkomen en alles op een misverstand gebaseerd zou blijken te zijn. Hoe vaker ik dat dacht, des te duidelijker werd het dat die advertentie niet meer was dan een macabere grap van haar oudste stiefdochter. Die kon immers liegen als de beste? Freddy was niet dood, Freddy leefde. Ze stond binnenkort weer voor mijn neus.

De dag die alle hoop tenietdeed begon met dichte bewolking waaruit onregelmatig motregen naar beneden kwam. Ik bleef lang in bed liggen, probeerde wat te lezen, zapte langs oninteressante televisieprogramma's en keek tenslotte naar een pornofilm. Dat werkte ontspannend.

Toen ik tegen twaalf uur eindelijk opstond scheen er een mager zonnetje. Ik besloot naar het centrum van de stad te gaan om nieuwe wandelschoenen te kopen bij Ecco. We moesten meer samen wandelen, Freddy en ik. Meer buiten zijn, meer bewegen. Vaker vrijen in het bos.

Toen ik de bibliotheek passeerde wilde ik doorlopen. Maar ik werd naar binnen geduwd. Ik fluisterde haar naam.

Ik ging aan de leestafel zitten en bladerde door een krant. Mijn maag deed pijn. Er liep een vrouw langs die ik vaker had gezien. Ze zag dat ik naar haar keek en vroeg of ze me ergens mee kon helpen. Ik kon mezelf nauwelijks verstaan toen ik vroeg of Freddy hier nog werkte.

Het gezicht van de vrouw betrok. Ze vertelde dat Freddy was overleden, dat ze was verdronken in het zwembad bij een vakantievilla in Frankrijk en dat iedereen in de bieb er kapot van was.

Ik dronk de koffie die de collega van Freddy me had aangeboden, at het koekje op dat op het schoteltje lag en proefde niet waarnaar het smaakte, bleef bladeren in de krant. Ik sloot mijn ogen en probeerde mijn lief te bereiken. Mijn innerlijke stem dwaalde door een inktzwarte ruimte en zocht herkenning en aansluiting. Ik wist dat ze dood was en ik wilde haar geest vangen, haar mijn liefde laten voelen en haar kern bereiken.

Ze is nog steeds niet echt te bereiken, maar ik weet dat ze me nadert. Ze zal komen, omdat ik haar favoriet was.

51

Het woord bespringt haar.

Favoriet.

Sigrid legt de laatste bladzijde die ze heeft gelezen op de andere vellen papier naast het bad en pakt de handdouche om zich af te spoelen.

De jeuk is weg. Ze grijpt de flacon shampoo en giet een flinke scheut op haar hoofd. Als ze alle shampoo heeft uitgespoeld komt ze overeind en trekt de stop uit het bad. Het schuimende badwater begint gestaag te dalen.

Favoriet.

Iemand gebruikte dat woord. Wie was dat?

Freddy had een lijst gemaakt van huishoudelijke taken. Van maandag tot en met zaterdag moesten er schoonmaakklussen worden uitgevoerd en de werkzaamheden waren verdeeld tussen haarzelf, Sigrid en Wieke. De naam Sigrid stond opvallend vaak vermeld.

'Waarom moet ik zo veel doen?' wilde ze weten.

'Jij bent de oudste en de sterkste van mijn kinderen,' antwoordde Freddy. Ze hief haar hand op. 'Ik duld geen tegenspraak. Je vader is met me getrouwd en ik ben dus officieel je stiefmoeder. Dat maakt jou mijn kind. Wen er maar aan.'

'Een moeder houdt van haar kinderen,' wierp Sigrid tegen. 'Zelfs een stiefmoeder.'

'Wie zegt dat ik niet van jullie zou houden? Wie durft dat te beweren? Natuurlijk hou ik van jullie, zelfs van jou. Al ben je dan niet mijn favoriet. Dat zul je ook nooit worden als je zo blijft liegen.'

Ze merkt dat dit woord veel overhoophaalt. Ze ziet de klussenlijst aan de binnenkant van de keukendeur hangen en hoort Fokke zeggen dat Freddy de taken met beleid heeft verdeeld. Ze ziet hem moeite doen om niet haar kant op te kijken.

Wieke zei dat het niet eerlijk was dat Sigrid zo hard moest werken en dat ze een paar taken van haar kon overnemen. Freddy beschuldigde Sigrid ervan dat ze haar zusje had opgestookt en schopte haar de keuken uit. Wieke kreeg een spreekverbod en toen Sigrid later aan Fokke probeerde duidelijk te maken dat Freddy haar pijn had gedaan reageerde hij verdrietig, omdat hij nooit had gedacht dat zijn oudste kind zo'n leugenaar kon worden. Het was minder erg geweest als hij kwaad was geworden, als hij had geraasd en getierd en alleen straffen had bedacht zoals huisarrest of zakgeldinhouding. Maar hij maakte een gekwetste indruk en daardoor voelde Sigrid zich eindeloos eenzaam. Ze realiseerde zich dat ze niet alleen haar moeder had verloren toen die doodging, ze was ook haar vader kwijtgeraakt. Ze stond er alleen voor en kon niet rekenen op compassie of begrip.

Niet op bescherming.

Ze zit op de rand van het bad en voelt weer de overweldigende eenzaamheid van toen. Ze ziet zichzelf dwalen door de straten van het centrum van de stad, voor de etalage stilstaan waar de jurk hing die ze voor haar moeder kocht, de gesloten kist in de voorkamer aanraken, de hand van Fokke vastgrijpen, dicht tegen haar zusje aan in slaap vallen, de plek waar haar moeder lag vermijden. Maar toen waren ze nog een gezin, ook al voelden ze zich geamputeerd. Toen waren ze nog een 'wij', toen was er nog vertrouwen in een toekomst, toen bestond er nog iets als gemoedsrust. Dat is allemaal verloren gegaan door de komst van een vrouw die niet bij hen thuishoorde.

Het is goed dat ze dood is.

Maar wie gebruikte ook dat woord *favoriet*?

Achttien

Ik had vroeger meer vrienden, daar doe ik niet moeilijk over. Ze waren belangrijk voor me, vooral die met wie ik geen seks had. Als je eenmaal samen in bed belandt verandert er iets en dat is niet in alle gevallen een gunstige ontwikkeling. De intimiteit van seks maakt je gevoel kwetsbaarder en kan een vertroebeling teweegbrengen van je eerlijkheid. Dat is althans mijn ervaring. Als ik eenmaal met iemand had gevreeën en zeker als ik dat vaker met die persoon wilde doen, werd een leugentje om bestwil gemakkelijk een onderdeel van het contact. Er was wat mij betrof het een en ander geoorloofd als ik daardoor vaker kon scoren.

Met vrienden zonder seks lag het anders. Met hen nam ik de wereld door, discussieerde ik, ging ik de strijd aan, was plagen een heerlijk spel en was het bespreken van diepere emoties een belangrijke en gewenste exercitie. Toch verloor ik mensen doordat ze afknapten op mijn neiging om te veroordelen en me rancuneus uit te drukken. Ik lag er soms wakker van maar zorgde ervoor dat ik niet onderuitging.

Soms kom ik nog wel een van mijn vroegere vrienden tegen en dan groeten we elkaar, wisselen beleefde vragen uit en liegen dat we het leuk vinden om elkaar weer eens te zien. Er zijn al een paar van hen overleden en ik heb in alle gevallen een kaart naar de familie gestuurd. Maar ik ben niet naar de diverse uitvaarten gegaan. Sinds ik weet dat Freddy dood is wil ik alleen nog aanwezig zijn bij mijn eigen uitvaart.

Onlangs zag ik op televisie een interview met een bekende Nederlander en die ontplofte bijna toen hem de vraag werd gesteld of het klopte dat hij rancuneus was. Een paar exen zouden dat beweerd hebben. Hij liet geen spaan heel van de dames, noemde ze slechte verliezers, profiteurs en leugenachtige adderbakken. De interviewer probeerde hem af te leiden van de vraag door over de betekenis van het vaderschap te beginnen.

Waarom zou je er niet gewoon voor uitkomen dat je rancuneus bent? Volgens mij zit die eigenschap in iedere mens verankerd, net als jaloezie en opportunisme. Als het leven je het niet te moeilijk maakt en je de mazzel hebt om aan groot leed te ontkomen zullen de negatieve elementen die iedereen in zich heeft geen bestaansrecht opeisen. Maar als je aan de beurt komt, als je kennismaakt met leed als ziekte en verlies, als je jezelf in de hel waant, als leven lijden wordt, dan blijft er van geen enkel mens alleen een zachtaardig, vredelievend en relativerend wezen over.

Vertel mij wat. Laat me je duidelijk maken dat ieder mens een duistere kant heeft en dat niemand heilig is.

Niemand.

Ik ben rancuneus, hoor je me? Ik wil kwaad met kwaad vergelden, zal nooit mijn andere wang aanbieden als ik word geslagen maar ram erop los en ik onthoud alles wat me wordt aangedaan en vooral door wie. Ik heb een speciaal stukje geheugen ontwikkeld waar de lijst is gehuisvest waarop staat vermeld met wie er iets valt af te rekenen en welke klussen er al zijn geklaard.

En welke niet.

Freddy vroeg me eens: 'Wat is het uiterste wat je voor me zou doen?'

Mijn antwoord veroorzaakte een van de beste sekservaringen ooit.

Nu sta ik bij haar in het krijt.

52

Sigrid legt het hoofdstuk dat ze net gelezen heeft op tafel. Er zitten nog druppels vocht in haar hals en ze veegt ze weg. Ze pakt de laatste bladzijde weer op en leest opnieuw de eindzin.

Nu sta ik bij haar in het krijt.

Wie kan dit zijn? En wat kan dit te betekenen hebben?

'Ik wilde net bellen,' zegt Engel. 'Ik heb bijna drie dagen achter elkaar geslapen. Zo hondsmoe, zo lam ben ik nog nooit geweest. Maar nu is deze jongen weer fris en wil hij je zien. Ben ik nog welkom?'

'Ik heb weer nieuwe hoofdstukken gekregen. Heeft die vriend die bij de politie werkt al iets gelezen?'

'Ik bel hem nu en kom daarna naar je toe,' belooft hij.

'Ik ben ook bij Jochem en Bernice geweest,' bekent Sigrid.

'Hoe komt het dat me dit niet verbaast? Het houdt je erg bezig, hè? Dat kan ik me wel voorstellen. Maar laten we niet in paniek raken. Misschien moeten jullie snel aangifte doen van bedreiging. Ik heb wel het mailadres gecheckt dat je van die Hansje kreeg. Dat adres bestaat dus niet.'

'Niet? Dus ik kan geen berichten sturen?'

'Geen berichten die ergens aankomen, in elk geval. En Hansje is daardoor niet te traceren.'

'Misschien nog door vingerafdrukken op het papier of de enveloppen,' oppert ze. 'Maar die heb ik zelf natuurlijk ook allemaal aangeraakt.'

‘Ik bel nu eerst en kom daarna. Maak je niet ongerust. Dit lossen we op.’

Sigrid heeft het laatste hoofdstuk uit de envelop gehaald, maar het lukt nog niet om te lezen. Er galmen vier woorden in haar oren.

Dit lossen we op.

Het was de dag na haar veertiende verjaardag, die dat jaar op een zondag was gevallen. Er was geen feest geweest, omdat Freddy net voor de tweede keer een miskraam had gehad. Deze zwangerschap had nog geen drie maanden geduurd maar de teleurstelling had zich in elke hoek van hun huis genesteld. Er was alleen ruimte voor verdriet, er was geen minuut van de dag aan te ontkomen en Freddy presteerde het om de andere leden van het gezin ook ’s nachts met haar huilbuien uit hun slaap te houden.

Fokke liep rond met wallen onder zijn ogen en hij raakte bij de minste of geringste tegenslag geïrriteerd. Toen er een natte krant werd bezorgd wilde hij de jongen tegen wie hij normaliter heel vriendelijk deed achternagaan en van zijn fiets trekken.

Sigrid was de enige die erin slaagde om rustig te blijven en zij gedroeg zich meer als ouder dan de twee volwassenen in huis. Wieke kroop elke nacht bij haar in bed en kon alleen slapen als ze de armen van haar zusje om zich heen had.

Freddy wilde die ochtend niet uit bed komen om voor het ontbijt te zorgen en Sigrid nam die taak dus op zich. Ze had Wieke beloofd om brood te roosteren, omdat haar zusje dat zo lekker vond. De ene na de andere boterham floepte uit het broodrooster en ze verdwenen allemaal in Wiekes maag.

Sigrid kon geen hap door haar keel krijgen. Het zat haar ontzettend dwars dat er de vorige dag nauwelijks aandacht was besteed aan haar verjaardag en ze was vooral teleurgesteld in Fokke. Hij had haar alleen even vluchtig gefeliciteerd en er was niet eens een klein cadeautje voor haar gekocht. Dat was ook Wieke opgevallen, die haar die ochtend nogmaals beloofde dat ze vanmiddag een grote reep melkchocolade met hele hazelnoten zou kopen, omdat Sigrid daar zo dol op was.

Sigrid moest steeds slikken en ze kon haar tranen met moeite bedwingen.

Fokke had haast toen hij beneden kwam. Hij had een drukke dag voor de boeg en zou die avond pas laat thuis zijn. Sigrid kreeg de opdracht om goed op haar moeder te letten.

Dat viel verkeerd. Ze greep de rand van het aanrecht vast en siste tussen haar tanden door dat haar moeder dood was.

Het was een uitbarsting en een aanval tegelijk. Fokke greep haar zo hard bij haar schouders dat ze het uitgilde van de pijn. Maar hij liet haar niet los. Zijn stem sloeg over en hij vloekte.

Hij vloekte nooit, hij had haar ook nooit eerder fysiek pijn gedaan, ook niet in de eerste periode nadat hij Freddy had geïntroduceerd en Sigrid niet had overgelopen van enthousiasme.

Wieke begon te roepen dat hij moest ophouden en dat hij haar zusje los moest laten. Op dat moment gaf Sigrid hem een stevige trap tegen zijn schenen.

Fokke liet haar los en sloeg haar recht in het gezicht.

'Dat werd eens tijd,' hoorden ze Freddy zeggen.

Ze stond in de deuropening en ze grijnsde. 'Dat kind had al veel eerder eens een goed pak slaag moeten krijgen, maar beter laat dan nooit. Heeft ze je pijn gedaan, lieverd? Kan ik iets voor je doen?'

Fokke liep snel naar Freddy toe. 'Jij hoort in bed te liggen, je hebt je rust hard nodig. Laat mij dit zelf maar regelen, mijn lief.'

'Moet het niet "mijn wijf, mijn wijf, mijn wijf" zijn?' Het lukte Sigrid om de overslaande stem van haar vader in de slaapkamer exact na te bootsen.

Wieke sloeg een hand voor haar mond.

De stilte die viel gaf eerst een signaal af dat je als verbijstering zou kunnen omschrijven, maar werd snel gevolgd door een woede die zich in rap tempo vermenigvuldigde.

Fokke liet Freddy los en draaide zich om. Sigrid voelde dat haar benen begonnen te trillen toen ze de blik in zijn ogen zag. Hij deed een stap in haar richting, maar Freddy greep hem vast. 'Laat je niet door haar verleiden om iets te doen waar je last mee kunt krijgen,' adviseerde ze. Haar stem klonk laag en koud. 'Ga maar weg, je moet niet te laat komen. Vanavond praten we verder. Ik denk vandaag goed na over wat ons te doen staat. Dit lossen we op.'

Er volgden drie maanden isolatie van het gezinsleven en de eis om excuus aan te bieden. Als Sigrid thuis was werd ze zodra ze haar huishoudelijke taken had uitgevoerd naar haar kamer gestuurd. Daar moest ze ook eten. Wieke mocht niet bij haar zijn en ook niet bij haar slapen. Als ze elkaar op weg naar school troffen vertelde ze aan Sigrid wat Freddy allemaal deed en zei. Freddy bleek aan Fokke verteld te hebben dat Sigrid haar al een paar keer had geschopt en Wieke mocht dat niet tegenspreken. Ze vertelde ook dat er regelmatig geld uit haar portemonnee werd gepikt en dat Sigrid volgens haar stiekem rookte. Ze drong er bij Fokke op aan om Sigrid pas weer toe te staan bij het gezin te zijn als ze haar excuses had aangeboden en had toegegeven dat ze een dief was.

Sigrid weigerde, maar ze stond wel een keer of drie op het punt om toe te geven. Ze voelde zich verschrikkelijk alleen en als ze 's avonds beneden de stemmen hoorde van de andere gezinsleden kroop ze diep onder de dekens, met haar handen tegen haar oren. Maar elke keer als ze boven aan de trap stond en bereid was om door het stof te kruipen, bedacht ze zich op het laatste moment. Op die momenten zag ze het gezicht van Freddy voor zich en wist ze hoe laatdunkend maar vooral triomfantelijk ze naar haar zou kijken. Die overwinning gunde ze haar stiefmoeder niet.

Toen de drie maanden voorbij waren ging ze op een avond gewoon weer beneden aan tafel zitten. Freddy wilde protesteren maar ze was op dat moment te beroerd om dat protest kracht bij te zetten. Fokke zweeg. 'We hebben heel fijn nieuws,' zei hij later, toen de maaltijd was afgelopen.

Negentien

Ik heb toch besloten om er een paar weken tussenuit te gaan. Werkpauze en schrijfpauze, dat is nodig. Uitwaaien, uitrusten, ontspannen, energie opdoen.

Ideeën krijgen.

Zou Barjols toch de beste optie zijn? Zal ik daar rust kunnen vinden en het kunnen afsluiten? Meestal weet ik wel wat ik het beste kan doen, maar nu aarzel ik. Aarzelen staat ergens voor.

Ik denk dat Freddy me iets probeert duidelijk te maken. Het zou me niet verbazen als ze me wil vertellen dat ik voorzichtig moet zijn. Maar ik geloof niet in voorzichtigheid. Ik geloof in slimheid. Dit spel lukt alleen als ik het slim blijf spelen.

Dat gaat lukken.

Een schrijfpauze dus. Falco, Sanne en Wytske krijgen even rust.

Een stilte voor de storm.

53

Engel smoort haar bijna in de omhelzing. Zijn handen dwalen gretig langs haar lijf en Sigrid merkt dat die handen haar enorm opwinden. Ze zeggen niets als ze zich snel uitkleden, maar blijven elkaar wel voortdurend aankijken. Hij trekt haar mee naar de antieke houten stoel die in de hoek van de hal staat. Het is geen comfortabele stoel om in te zitten maar dat telt nu niet. Wat telt is passie, aanraken, aangeraakt worden, verstrengelen, in bezit nemen, overgave. Wat telt is voelen waar geen woorden voor zijn. Wat telt is de weg naar een climax die je samen met de ander het absolute middelpunt van het universum maakt.

'Allemachtig, zeg,' hijgt Engel.

Sigrid bedenkt dat ze het steeds leuker begint te vinden dat ze deze man heeft leren kennen en ze waagt het zich af te vragen of ze samen een toekomst hebben.

'Waar denk je aan?'

Ze maakt een afwerend gebaar.

'Is er iets wat ik moet weten? Wat gebeurt er? Kijk me aan. Wat is er aan de hand?'

'Het is Nora,' zegt ze.

Ze zitten dicht tegen elkaar aan op de bank. Sigrid heeft al een paar keer herhaald dat het Nora is, maar het lukt haar niet om uit te leggen waar ze het over heeft. Haar hoofd zit vol zinnen die ze zich opeens herinnert.

Ik hou nog steeds van Freddy, voor mij leeft ze. Niet echt, maar in me. Ik koester haar, ik zorg voor haar, en zij voor mij.

Iemand noemde de auteur die de hoofdstukken stuurt een zwever. Hansje de Wit heeft in meerdere passages aangegeven dat ze iets heeft met het bovennatuurlijke en dat ze dit als jong meisje al in de gaten had.

Dat heet liefde, stiefdochter. Maar dat is een woord waar jij weinig van begrijpt.

Het was of ze Freddy hoorde spreken. Die heeft talloze keren beweerd dat Sigrid behept was met een aangeboren gebrek, namelijk het onvermogen om liefde te geven en liefde te begrijpen. Ze zei dat nooit als Wieke of Fokke in de buurt was, ze was geslepen genoeg om te voorkomen dat iemand haar dit soort teksten hoorde uitspreken. Sigrid herinnert zich nog goed hoe diep die woorden haar raakten en hoe onzeker ze ervan werd. Hoe weerloos.

En hoe woedend. Engel maakt zich van haar los. 'Begrijp ik het goed? Denk je dat Hansje de Wit je stiefmoeders vriendin Nora is?

'Het is Nora,' herhaalt Sigrid nog een keer.

54

Engel maakt aantekeningen. Hij heeft van de vader van de vriend van zijn zoon die bij de politie werkt het advies gekregen om zo veel mogelijk te documenteren.

'Hoe heet die man eigenlijk?' wil Sigrid weten.

'Hij heet Waldemar Brandsma. Goeie vent. Een no-nonsense-type. Ook een zwemmer en een squasher.'

'Wat zei hij nog meer over de hoofdstukken?'

'Hij zei niet veel. Had het over geen echt acute dreiging, waarschijnlijk een verward persoon. Hij dacht dat het door een vrouw geschreven is.'

'Dus aangifte doen heeft geen zin?'

'Volgens hem heeft aangifte doen alleen zin als er aantoonbare bedreiging in het spel is of als er iets gebeurt wat gevaar kan opleveren.'

'Dus er moet eerst iemand worden gemolesteerd of vermoord. Ik kan weinig met dat soort adviezen. Wat valt er nog meer te documenteren dan de hoofdstukken die tot nu toe zijn gestuurd?'

'De foto die je hebt ontvangen en de gesprekken die jij hebt gevoerd met Jochem, Bernice en Nora.'

'Had ik die niet beter kunnen opnemen?' vraagt Sigrid zich hardop af.

'Misschien is dat een goed idee als je nog een keer met Nora gaat praten,' stelt Engel voor. 'Maar vertel me eerst nog eens op grond waarvan je tot de conclusie bent gekomen dat zij degene is die de hoofdstukken stuurt.'

Sigrid legt uit dat Nora het woord 'favoriet' gebruikte.

'Maar dat is toch niet zo'n vreemd woord?' werpt Engel tegen. 'Dat gebruikt iedereen toch?'

Sigrid ergert zich aan dit verweer. 'Het is niet alleen dat woord, het gaat ook om haar gedrag. Ik kan het niet goed uitleggen, ik weet gewoon dat zij het is. Net zoals ik vanaf het moment dat ik met Freddy kennismaakte wist dat ze ellende zou veroorzaken.'

Engel raakt even haar wang aan. 'Rustig maar, ik geloof je wel. Mijn moeder doorzag ook snel iemands aard, ik heb haar nooit kunnen betrappen op een vergissing. Ik ben graag bij iemand die intuïtief kan denken. Wat ik me afvraag over Freddy: hoe is zij geworden wie ze was? Ik ga er namelijk nooit van uit dat iemand in beginsel slecht is, de uitzonderingen daargelaten.'

Sigrid heeft spijt van haar ergernis. Ze grijpt zijn hand en drukt er een kus op. 'Ik heb daar eindeloos veel over nagedacht, maar ik heb het antwoord niet gevonden. Ze had geen goede band met haar familie, maar dan hoef je toch geen ijspegel te worden ten opzichte van een paar weerloze kinderen? Als je besluit te trouwen met een weduwnaar die twee jonge dochters heeft, waarom zou je die meisjes dan niet gewoon in je hart sluiten, zeker als je weet wat het betekent om je moeder kwijt te zijn? Freddy kickte op de status van getrouwde vrouw, dat gaf haar blijkbaar een bepaalde positie. Ik kan nog braakneigingen krijgen als ik denk aan de manier waarop ze de telefoon opnam. "Met mevrouw Fortuin." Dat geaffecteerde stemmetje, gruwelijk!'

Engel moet lachen. 'Sorry, maar je imiteert zo leuk. Ik vind het ook vreemd dat ze niet meer moeder voor jullie wilde zijn, terwijl je in de hoofdstukken die Hansje de Wit heeft gestuurd toch duidelijk leest dat ze een enorme kinderwens had.'

'Klopt. Maar ik lees ook een heel nadrukkelijke sekswens, met wie dan ook. Ze had zich door iedere man die op haar pad kwam kunnen laten bezwangeren, maar ze wilde alles. De getrouwde status, financiële zekerheid, een man die haar aanbad.'

'Je vader heeft niet veel eisen gesteld aan zijn tweede vrouw, als je het mij vraagt. Of mag ik dat niet zeggen?'

Ze haalt haar schouders op. 'Maakt mij weinig uit. Het interesseert me allang niet meer wat mijn vader bezielde. Het is verleden tijd. Freddy is dood, mijn vader hertrouwt binnenkort en deze keer heeft hij wat beter uitgekeken. Iedereen gelukkig. Rust in de tent.'

'Rust lijkt me nog een utopie zolang de geheime liefde die Freddy bleek te hebben ervan overtuigd is dat ze is vermoord.'

'Dat slaat dus nergens op,' snauwt Sigrid. 'En dat zal ik die lesbo eens en voor altijd duidelijk maken.' Ze staat op. 'Ik ga nu naar haar toe, het kan maar gebeurd zijn. Wil je mee als notulist?'

Engel staat ook op. 'Als notulist en als beschermheer. Ik zou voorzichtig zijn met die vrouw. De sfeer die ze in haar teksten oproept maakt me een beetje huiverig.'

Sigrid pakt haar autosleutels. 'Ik lust haar rauw,' zegt ze.

55

'Je kunt het gesprek opnemen met je mobiel. Stop hem maar in de zak van je jasje. Leg de mobiel plat, dan zie je niet goed dat hij er zit. Ik zet die van mij ook op opname.'

Sigrid laat het mobieltje in de zak van haar jasje glijden. 'De volgende straat. Ik hoop dat er een parkeerplaats vrij is.'

'Ben je nerveus?' wil Engel weten.

Sigrid heeft de straat bereikt waar Nora woont en wijst naar een plek waar ze de auto kan parkeren. 'Mooi vlakbij. Nerveus? Niet dat ik weet. Het lijkt me beter om háár dat gevoel te bezorgen.'

Engel moet lachen. 'Je bent echt onverschrokken en dat is goed. En je hebt gelijk. Laat die Nora maar goed de zenuwen krijgen, zodat ze het niet in haar hoofd haalt om nog meer hoofdstukken van haar flutboek te sturen.'

Ze stappen uit. Sigrid maakt zich lang. Ze moet opeens denken aan de seksuele opwinding tussen Freddy en Nora die ontstond als Freddy haar ergernis uitsprak over haar. Ze slikt een paar keer en stapt daarna de tuin in van Nora's huis.

De deur gaat direct open nadat Sigrid heeft aangebeld. Nora's gezicht voorspelt weinig goeds. 'Ik heb gezegd dat ik niets met jou te maken wil hebben,' zegt ze meteen. Ze praat harder dan noodzakelijk is. 'Wie is die vent?'

'Dit is mijn vriend. Ik vind het prettig als iemand meeluistert als wij met elkaar praten.' Sigrid voelt zich rustig. Deze vrouw is de weg kwijt, stelt ze vast. Ze is in paniek, dat zie je aan de manier waarop ze kijkt, beweegt en praat. Waarschijnlijk beseft ze dat ze betrapt is.

'Wij gaan niet praten.' Nog meer stemverheffing. 'Donder op!' Nora doet een stap achteruit, maar voordat ze de deur voor hun neus kan dichtslaan springt Engel naar voren en houdt de deur tegen.

'We zijn snel weer weg,' zegt hij. 'Maar Sigrid moet even vertellen wat ze kwijt wil.'

Nora hijgt.

Sigrid probeert niet te denken aan wat Hansje de Wit zoal schreef over de seksuele bedrijvigheid tussen haar en Freddy maar ze ziet toch allerlei taferelen voor zich waar ze misselijk van wordt.

'Zeg maar wat je te zeggen hebt,' nodigt Engel haar uit.

Ze haalt diep adem. 'Je zei dat je Freddy's favoriet was en die term gebruikte je ook in de teksten die je stuurde. Het is duidelijk dat jij degene bent die meent dat mijn familie en ik geïnteresseerd zijn in de lesbische relaties van mijn overleden stiefmoeder. Laat duidelijk zijn dat dit niemand van ons bezighoudt, laat staan dat het ons interesseert. Ik denk dat je echt van haar hield en ik kan me voorstellen dat haar dood je veel verdriet heeft gedaan en nog doet. Dat zal iedereen respecteren. Maar het moet afgelopen zijn met dat gebazel over moord en schuld. Freddy is ladderzat in een zwembad gedoken en ze heeft zich in haar dronken toestand niet gerealiseerd dat mijn vader, mijn zusje en ik ook gedronken hadden en dat we te diep sliepen om te kunnen merken dat zij in het water lag. Freddy was niet gewend om een situatie vanuit de positie van anderen te bekijken, daar was ze te egoïstisch voor. Als je eerlijk bent, zul je moeten toegeven dat dit ook blijkt uit wat je over jullie relatie schreef. Jij gaf veel, maar je kreeg weinig terug. Het hele verhaal toont Freddy precies zoals ze was.'

Nora klemt haar vingers om de deurklink. Ze perst haar lippen op elkaar.

'Ik heb genoeg van je verhalen,' gaat Sigrid verder. 'Leef je verder uit op iemand anders, maar laat mij met rust. Als ik nog één tekst krijg toegestuurd schakel ik de politie in en doe ik aangifte van stalking.'

'De politie houdt mij niet tegen!' Nu schreeuwt Nora. 'En jij ook niet, wat je hier ook aan de deur komt beweren. Ga een ander lastigvallen met je idiote verhalen, zeg. En geloof me maar, jij komt nog een keer goed aan de beurt. Kreng! Verdomd klotewijf!'

Het volgende moment klapt de deur met een enorme dreun voor hun neuzen dicht.

'Wat denk jij?' vraagt Sigrid als ze weer in de auto stappen.

'Ik denk dat de boodschap wel is overgekomen.'

56

Fokke is opgelucht en verbaasd. 'Ben je echt bij Nora geweest? Het is niet bij me opgekomen dat zij degene is die ons lastigvalt. Ik kan me ook niet voorstellen dat Freddy...' Hij moet een paar keer slikken.

'Ik begrijp eerlijk gezegd helemaal niet dat die vrouw iemands lust kan opwekken,' meldt Engel. 'Zelden zo'n onaantrekkelijk type tegengekomen. Maar ik val dan ook totaal niet op klein en dik. En dat taalgebruik, zeg. Zo ongeciviliseerd als je begint te schelden! Maar ik denk dat jullie van haar af zijn. En zo niet,' hij wendt zich nu tot Sigrid, 'dan moet je echt aangifte doen van stalking. Jullie hebben toch niets te verliezen? Die engerd moet dimmen.'

'Begon ze te schelden?' wil Mitzy weten. 'Wat ordinair, zeg. Goed dat je naar haar toe bent gegaan, Sigrid. Gewoon je tanden laten zien, dan zal ze inderdaad wel dimmen.'

'Ik hoorde van Sigrid dat je je huis te koop hebt gezet,' zegt Engel. 'Heb je al kijkers gehad?'

'Al vier,' glundert Fokke. 'Dat huis is ze zó kwijt. En dan komt ze eindelijk hier wonen.'

'Is er al een bod uitgebracht?' vraagt Sigrid.

'Tot nu toe één bod, maar dat vind ik te laag. De makelaar adviseert een tegenbod te doen, maar ik heb geen zin om erop in te gaan. Het moet wel serieus zijn.'

'Je hebt gelijk,' zegt Sigrid. 'En hebben jullie al een trouwdatum gepland?'

‘Dat doen we als mijn huis is verkocht.’ Mitzy legt haar hand tegen de mond van Fokke. ‘Nu je aanstaande vrouw niet tegenspreken, schat. De huizenmarkt is enorm in beweging, ik weet zeker dat de juiste koper onderweg is.’

‘En is er al een besluit genomen over de bestemming van de huwelijksreis?’ wil Sigrid weten.

Mitzy maakt een uitnodigend gebaar naar Fokke. ‘Dit is een goed moment om het te zeggen.’

‘We gaan niet mee, hoor,’ waarschuwt Sigrid.

Fokke trekt Mitzy naar zich toe. ‘Jullie worden zeker niet uitgenodigd. Maar dit gaat over een andere reis. We hebben daar de afgelopen week veel over gepraat, vooral naar aanleiding van de teksten die Nora heeft gestuurd.’

Sigrid houdt opeens haar adem in.

‘Ik denk dat we het verleden met Freddy definitief moeten afsluiten, we moeten alles wat er is gebeurd achter ons laten. Volgens mij kunnen we dat het beste doen op de plek waar iets valt af te sluiten, dus in het vakantiehuis in Barjols.’

‘Ik weet niet…’ aarzelt Sigrid.

Fokke buigt zich naar haar toe. ‘We gaan lekker met het vliegtuig, ik betaal. We vliegen op Nice en daar huur ik een auto. Ik heb het allemaal al uitgevogeld. Barjols ligt honderddrieënveertig kilometer van Nice af en het grootste deel van die reis rijd je op een snelweg. Laten we er een week voor uittrekken, dat is voor iedereen overzichtelijk. En daarna praten we nooit meer over Freddy.’

‘Wat een goed idee,’ zegt Engel.

57

Dit is geen goed idee, dit is juist een belachelijk idee. Sigrid ergert zich enorm aan de enthousiaste reactie van Engel, die maar niet wil ophouden met beweren dat dit volgens hem de enige manier is voor Sigrid, haar vader en haar zusje om hun beladen verleden definitief achter zich te laten. 'Je vader heeft eindelijk een goede partner, Wieke is gelukkig met haar man en haar kind en jij hebt mij gevonden. Freddy is dood en dwarrelt nu ergens rond waar ze geen kwaad meer kan aanrichten en die Nora weet dat het spel is uitgespeeld. Nu jullie nog. Het is echt een heel goed idee om met zijn drieën de confrontatie met de onheilsplek aan te gaan. Kijk maar in dat zwembad en besef dat ze daar niet meer in ligt. Ga lekker samen op het terras zitten en laat tot je doordringen dat ze nooit meer uit het niets tevoorschijn kan komen. Slaap rustig in je bed en denk aan leuke dingen. Aan mij, bijvoorbeeld.'

'Ik wil daar niet heen,' protesteert ze. 'Ik kan alles ook wel afsluiten als ik hier blijf. Zelfs als Nora doorgaat met teksten sturen, krijgt ze mij niet gek. Dan doe ik inderdaad aangifte van stalking en desnoods ga ik haar ook achternalopen. Dat dikke gedrocht zal erachter komen wie ze lastigvalt.'

'Doe het dan voor je vader,' pleit Engel.

'Waarom zou ik iets voor mijn vader doen?' Ze hoort hoe schril haar stem klinkt.

'Omdat je hem dan misschien kunt vergeven dat hij je in de

steek liet. Geloof me, lieverd, vergeven levert je oneindig veel meer op dan je vastpinnen op verwijten.'

'Ik ga niet,' zegt Sigrid.

Ze hebben geen ruzie, maar het is ook niet helemaal vrede tussen hen. Engel is naar huis gegaan en hij heeft haar dringend gevraagd om er nog eens goed over na te denken. Hij kuste haar vluchtig toen hij vertrok.

Sigrid heeft alle teksten die Nora stuurde opnieuw gelezen. Bij elke seksscène zag ze het vette naakte lijf van haar stalker voor zich en daardoor moet ze nog steeds oprispingen uit haar maag wegslikken. Het lijf van Freddy verschijnt alleen op de bodem van het zwembad.

Ze hoort het geluid van haar mobiel en ziet dat Wieke haar belt. 'Ik ga niet naar Barjols,' is het eerste wat ze zegt als ze opneemt. 'Je hoeft geen moeite te doen om me over te halen.'

'Ook niet als ik je beloof dat je daar precies te weten zult komen wat er die nacht is gebeurd?'

Sigrid weet niet wat ze hierop moet antwoorden.

'Ben je er nog?' Wiekes stem klinkt rustig, zelfs een beetje koel.

'Ik ben er nog. Wat bedoel je daarmee? Wie gaat mij dat dan vertellen?'

'Ik.'

'Jij? Jij weet niet meer dan ik.'

'Ik ga het je vertellen,' herhaalt Wieke. 'Papa heeft me net gebeld. Het huis in Barjols was al tot het einde van de zomer volgeboekt, maar er is net een afzegging binnengekomen voor een periode van zeven dagen over twee weken. Ik kan met mijn schoonouders oppas voor Martijn regelen op de dagen dat Dies moet werken en Martijn niet naar de crèche kan. Ga alsjeblieft mee. Ik weet zeker dat dit goed zal zijn voor ons allemaal.'

'Ik zal erover nadenken,' belooft Sigrid.

Ik ga niet, ik ga niet, ik ga niet, blijft ze in gedachten repeteren. Ik wil niet weten wat er precies is gebeurd, want het is me vanaf het begin duidelijk geweest dat Fokke het recht in eigen hand heeft genomen. Dat was hem geraden, hij had ons al genoeg laten aandoen. Voor mij hoeft dat niet nog eens expliciet benoemd te worden.

Ik ga niet, ik ga niet, ik ga niet.

Ze denkt eerst dat het een envelop is van de bank, maar als ze zich bukt om hem op te rapen weet ze dat Nora weer achter de computer is gekropen. Wil die trol het laatste woord? Dat mag.

Twintig

De familie denkt dat het spel uit is. Ik denk dat niet. Ik denk dat het nu pas kan gaan beginnen.

Je leest tegenwoordig veel over stalking, zelfs bekende Nederlanders worden daar de dupe van. Een paar jaar geleden kwamen Linda de Mol en haar broer nog in het nieuws. Die waren een jaar gestalkt en hadden daar veel last van gehad.

Je moet natuurlijk wel mensen uitkiezen die dit hebben verdiend en in die zin vond ik het rechtvaardig dat hun stalker werd gepakt en veroordeeld. Het ligt anders bij degenen die verantwoordelijk zijn voor de dood van Freddy. Die hebben niet alleen een stalker, maar ook een afrekening verdiend. Later. Ooit.

Ik heb de tijd.

Mijn besluit om er even tussenuit te gaan staat nu toch vast. Ik wilde naar Barjols, maar het huis waar ik Freddy terug zou willen vinden is tot het einde van de zomer volgeboekt. Mijn eerste reactie was ergernis, maar ik besef nu dat dit een heel duidelijk signaal is.

Een signaal van haar, van mijn vrouw, van de persoon die ik tot mijn dood trouw zal zijn. Ze wil niet dat ik in de buurt kom van de plek waar ze afscheid moest nemen van het leven. Vergeef me, lief, dat ik dat niet direct begreep. Ik voel je momenteel zo dicht bij me dat ik de geur van je haren kan ruiken. Alleen je lichaam is weg, niet wie je was. Wie je bent. Nog steeds.

Je fysieke afwezigheid drijft me niet meer tot wanhoop, mijn verlangen naar jou veroorzaakt geen verlamd gevoel meer. Ik voel je opwinding als ik mijn vingers hun werk laat doen en ik schreeuw je naam als de ontlading zich aandient. Heftige seks met een geliefde entiteit, ik kan het iedereen aanraden. Zo vaak mogelijk, momenteel minstens drie keer per dag, om van de nachten niet te spreken. Je put me niet uit, maar je geeft me energie. En niemand maakt me bang of houdt me tegen, wat ze ook tegen me zeggen, met welke maatregelen ze ook dreigen.

Het laatste woord zal altijd voor mij zijn.

58

Nora noemde al eerder het voornemen om naar Barjols te gaan, maar ze heeft een negatief advies gekregen van wijlen haar vriendin. Dat doet Freddy goed. Kan ze vanuit de eeuwigheid niet wat meer adviezen geven die iets opleveren?

Ze leest de tekst nog een keer heel oplettend door. Nora heeft het momenteel nogal druk met masturberen, misschien is dit dus voorlopig de laatste tekst die ze stuurt.

Het laatste woord zal altijd voor mij zijn.

Dat kan ze vergeten.

Fokke is even stil nadat Sigrid de tekst heeft voorgelezen. Hij heeft zijn mobiel op de speaker gezet, zodat Mitzy kan meeluisteren. Zij is de eerste die reageert. 'Mijn maag draait om bij dit soort teksten. Hebben jullie daar geen last van? Maar ik denk dat we dit het beste kunnen negeren. Ze probeert te choqueren, eigenlijk moeten we dit zielig vinden. Je zult maar zo in elkaar zitten.'

'Ik vind het ook misselijkmakend, maar we zijn blijkbaar nog steeds niet van die vrouw af,' meent Fokke. 'Zou die vriend van Engel, die politieman, ons niet een goede raad kunnen geven? Ik vind dit geen lekkere tekst. Er zit een dreigende toon in, dat bevalt me niet. Die vrouw moet toch kunnen worden aangepakt?'

'Ik probeer me juist niets aan te trekken van dat dreigende toontje,' antwoordt Sigrid. 'Als je die vette dwerg ziet, weet je direct dat ze van frustratie aan elkaar hangt. Zoals ze begon te schelden, zeg! Echt heel erg ordinair. Die toon past bij dat type vrouw, ze kan zich volgens mij alleen op die manier uitdrukken. En daar liet mijn stiefmoeder zich blijkbaar door…'

'Hou alsjeblieft op,' roept Fokke.

Mitzy adviseert hun beiden om zich niet langer druk te maken over Nora en vooral niet over de onzin die deze vrouw in haar teksten uitkraamt. Ze dringt er bij Sigrid op aan dat ze meegaat naar Barjols. 'Ik heb ook een besluit genomen,' vertelt ze. 'We hebben het daar onlangs nog over gehad. Ik bedoel over mijn weerzin om terug te gaan naar Italië, omdat ik daar een verschrikkelijke tijd heb gehad met mijn ex. Als ik heel eerlijk ben moet ik toegeven dat ik nog te veel last heb van wat me daar is overkomen. Jullie zijn niet de enigen die schoon schip moeten maken. Het is een cliché, maar het klopt wat mijn moeder altijd tegen me zei. Ze riep bij elke tegenslag dat ik mijn zegeningen moest tellen en dat doe ik voortaan. Er is geen vent meer die me mishandelt, ik ben nu een vrije vrouw die het heeft overleefd. Daarom ga ik als jullie in Barjols zijn naar Italië. Ik denk dat dit me een bevrijd gevoel kan geven.'

'Je hebt gelijk,' meent Sigrid. 'Maar toch moedig van je. Heb je al geboekt?'

'Ja, maar dat viel niet mee. Ik wilde tegelijk met jullie vertrekken, maar die hele week was al volgeboekt. Daarom vertrek ik vier dagen eerder.'

Sigrid denkt aan wat Wieke tegen haar zei. Zou Wieke echt meer weten dan ze altijd heeft beweerd? Maar wat dan? En waarom heeft ze verzwegen wat ze wist?

'Ga maar mee,' adviseert Mitzy. 'Ik kan er geen bewijs voor leveren, maar ik ben ervan overtuigd dat het goed voor je zal zijn. En ook voor de relatie met je vader.' De laatste zin spreekt ze zo zacht uit dat Sigrid haar nauwelijks kan verstaan. 'Hij loopt even naar de voordeur, want er belde iemand aan,' gaat Mitzy nu weer duidelijk verstaanbaar verder. 'Wat kan ik nog zeggen of doen om je over te halen?'

'Ik word al beroerd als ik alleen maar aan dat huis en vooral aan dat zwembad dénk,' zegt Sigrid. 'Ik ben bang dat ik zelfs haar stem daar nog hoor. Misschien vind je dat overdreven, maar zo voel ik het nou eenmaal. Waarom zouden we die herinneringen opzoeken?'

'Het zou de definitieve streep kunnen zijn die jullie moeten trekken,' antwoordt Mitzy. 'Geloof me, kind, een streep trekken kan zó belangrijk zijn. Zó bevrijdend, het kan zóveel ruimte scheppen. En je bent daar niet alleen, dat weet je. Jullie doen dat samen en kunnen alles delen wat er met jullie gebeurt.'

Ik ga het je vertellen.

'Ben je er nog?' vraagt Mitzy.

'Ja. Goed, ik ga mee.' Ik kan altijd nog afhaken, denkt ze.

59

Engel staat een kwartier nadat ze hem gebeld heeft bij Sigrid voor de deur. Hij smoort haar bijna in een omhelzing. 'Zo trots op je,' hoort ze hem tussen alle kussen door zeggen. 'Dit is zo'n goed besluit van je. Zo moedig dat je teruggaat naar die plek. Ik zou het je niet nadoen.' Hij is zichtbaar ontroerd. Waar komt die emotie vandaan? Waar heeft dit mee te maken? Ze wil daar vragen over stellen, maar krijgt er geen ruimte voor.

'Ik zou wel mee willen,' zegt Engel als ze even niet kussen. Hij legt een hand op haar mond. 'Nee, niet zeggen dat je hier geen bezwaar tegen hebt. Dit is een reis die jullie samen moeten maken, daar ben ik van overtuigd. Ik let wel op je huis en op dat van je vader. Dat heb ik al aan Mitzy beloofd. Ik had de indruk dat ze een beetje bang is voor wat Nora misschien nog van plan is als ze erachter komt dat jullie naar Barjols zijn. Niet dat het logisch is dat Nora daarachter komt, maar je weet het natuurlijk nooit met dat type vrouw.'

Ze maakt zich los. 'Ik heb nog een hoofdstuk ontvangen. Lees maar.'

Hij leest. 'Dit wil ik ook graag aan Waldemar laten lezen.'

Sigrid kan de naam die Engel noemt niet direct plaatsen.

'Waldemar Brandsma, je weet wel: de rechercheur die ik ken.'

'Lost het volgens jou iets op als hij dit leest?'

Engel tuurt naar het stuk papier. Hij stelt voor om een week vrij te nemen als de familie naar Barjols is en tijdens die week dan Nora in de gaten te houden. Hij is ervan overtuigd dat die vrouw gestoord is en hij vraagt zich af wat ze doet als ze doorslaat.

'Ik wil niet bang zijn voor een dikke dwerg,' zegt Sigrid. 'Met angst bereik je niets. Ik denk dat we háár juist bang moeten maken, zodat ze gaat dimmen. Weet je wat ik gisteren bedacht? Ik heb wel zin om voor Freddy te spelen en vanuit het hiernamaals wat teksten te produceren en die naar Nora te sturen.'

'Waar denk je dan aan?'

'Aan teksten waar ze lamme vingers van krijgt.'

Ze schateren het uit.

'Ik weet nog heel veel niet van jou,' zegt Engel, nog nalachend. 'Heerlijk, dit soort opmerkingen. Maar ik zou Nora met rust laten. Die vrouw snakt naar aandacht en als je eenmaal begint met dat te honoreren is het einde zoek, denk je ook niet?'

'Overleg mijn voorstel toch maar met Waldemar. Ik beloof je dat jullie allebei eerst mogen lezen wat ik fabriceer. Waar woont hij eigenlijk? Moet ik niet eens met hem kennismaken?'

Engel trekt haar naar zich toe. 'Pas als dat nodig is en dat is het nog niet. Ik denk dat de liederlijke teksten die je krijgt binnenkort vanzelf stoppen.' Hij legt een hand tegen haar lippen. 'Nu niet meer praten, ik weet iets beters.'

60

Er is nieuw redactiemateriaal binnengekomen en Sigrid heeft bij het werkschema dat ze daarvoor heeft gemaakt veertien dagen rust ingepland. Mocht de trip naar Barjols voor onrust zorgen, dan heeft ze in elk geval een week ruimte om te herstellen.

Ze zou nog steeds willen zeggen dat ze niet meegaat. Ze zwemt weer elke dag heel vroeg in de ochtend. Dan kijkt ze steeds goed om zich heen of ze Nora ziet verschijnen. En elke dag speurt ze met haar ogen eerst de bodem van het zwembad af.

Ik ga het je vertellen.

Die vijf woorden veroorzaken veel meer onrust dan alle woorden die Nora heeft geproduceerd.

Het is vanaf het moment dat Fokke het lichaam op de bodem van het zwembad ontdekte een stilzwijgende afspraak geweest dat hij de waarheid sprak. Hij had niet in de gaten gehad dat Freddy 's nachts naar buiten was gegaan en ook niet dat ze in de buurt van het zwembad was geweest.

Maar ze weten alle drie dat zijn verklaring niet klopte.

Sigrid kon ondanks het haatgevoel ten opzichte van haar stiefmoeder niet voorkomen dat ze zich onbehaaglijk voelde bij de gedachte dat Freddy in het zwembad was gegooid. Ze probeerde daar zo weinig mogelijk aan te denken en het lukte haar jaren om deze gebeurtenis weg te duwen als die zich aan haar opdrong, totdat Nora teksten begon te sturen. Ook al vervullen die haar nog steeds met weerzin en vindt ze de woorden banaal en provocerend, ze kan niet om iets heen wat te maken heeft met verantwoordelijkheid en geweten.

Freddy was een secreet, ze heeft Sigrids jeugd verziekt en haar zelfvertrouwen niet alleen aangetast maar ook ernstig beschadigd, dat staat vast. Maar betekent dit dat ze vermoord moest worden? Er zijn dagen dat ze die vraag in haar hoofd weg schreeuwt met JA, JA, JA! De eerlijkheid gebiedt daarbij te bedenken dat ze vooral tot deze conclusie komt in de periode rondom haar menstruatie. In die dagen heeft ze meestal een kort lontje. Maar diep in haar hart is ze van mening dat ze Freddy het huis in Barjols uit hadden moeten schoppen nadat ze haar roes had uitgeslapen en haar hadden moeten beletten om weer binnen te komen. Haar doden ging te ver. Fokke had op veel manieren spijt kunnen betuigen voor het feit dat hij zijn dochters in de steek had gelaten. De scheiding was een goed begin geweest, daarna had hij er verder mee kunnen gaan. Misschien was het nooit helemaal rechtgetrokken, maar dat is nu ook niet gebeurd.

Hij ging te ver. Wat Wieke er ook nog over te vertellen zal hebben, dat verandert niets. Deze conclusie voelt goed. Nog één keer naar Barjols, daarna gaat het boek verleden dicht. En mocht een dikke lesbische dwerg nog aanstalten maken om nieuwe ranzige teksten en dreigementen te sturen, dan krijgt ze met een aangifte van stalking en bedreiging te maken.

61

‘Het is warm in Barjols,’ meldt Wieke. Ze scrolt met een vinger over het scherm van haar mobiel. ‘Vanavond komt er wel regen.’

Sigrid rijdt, omdat Fokke hoofdpijn had toen ze landden op het vliegveld van Nice en Wieke niet graag rijdt in een vreemde auto.

‘Druk het gaspedaal maar iets minder diep in,’ adviseert Wieke. ‘Ik weet niet hoe het bij jou zit, maar ik ben nog niet levensmoe.’

Sigrid ziet op de kilometerteller dat ze honderddertig rijdt en neemt gas terug. Het lijkt wel of dit niet echt gebeurt, of ze niet net op het vliegveld van Nice zijn geland, niet in een huurauto zijn gestapt en niet op weg zijn naar het bekende vakantiehuis in Barjols.

Dit gaat over andere mensen.

‘Ik hoop dat de vakantie in Italië Mitzy niet tegenvalt,’ meldt Fokke vanaf de achterbank. ‘Ze wilde niet dat er iemand met haar meeging en nu moet ze dus alles wat er op haar afkomt alleen verwerken. Wij zijn samen, dat scheelt toch.’

‘Ik weet niet of je het een vakantie kunt noemen, maar volgens mij kan Mitzy goed voor zichzelf zorgen,’ meent Wieke. ‘Jullie houden toch wel contact?’ Ze wijst naar de auto die voor hen rijdt. ‘Wat slingert die gek, zeg. Zou hij dronken zijn? Ga er maar vóór rijden.’

Sigrid begint de auto te passeren. ‘Nu ophouden met meerijden. Ik zie zelf wel wat ik moet doen.’

Wieke zwijgt.

‘Ze heeft geappt dat ze goed is aangekomen,’ zegt Fokke. ‘Ik stuur haar vanavond hetzelfde bericht. Wat ben ik blij dat we hier nog een keer samen naartoe gaan. Hierna begint deel twee van mijn leven.’

‘Deel twee? Hoezo? Begon dat niet toen je zo nodig met Freddy moest trouwen?’ Sigrid hoort dat haar stem overslaat.

‘Ik bedoel deel drie,’ antwoordt Fokke.

Er is niets veranderd. Op het bed in de grote slaapkamer beneden ligt nog dezelfde witte sprei, alle badkamers hebben nog dezelfde lichtblauwe tegelwanden en vloer, de beplanting van de tuin ziet er nog even strak uit en het is overal weer brandschoon.

‘Het voelt vertrouwd aan,’ zegt Fokke.

Sigrid begrijpt niet hoe hij dit kan zeggen.

‘Kijk, er ligt een plastic zeil over het zwembad,’ wijst Fokke. ‘Zullen we dat laten zitten?’

‘We halen het weg,’ beslist Wieke. ‘Ik weet niet wat jullie willen gaan doen, maar ik neem eerst een duik in het zwembad. Even mijn badpak uit de koffer vissen. Wie gaat er mee?’

Wieke trekt baantjes in het zwembad en Sigrid en Fokke zitten op het terras achter een glas prosecco. Er stond zelfs weer een fles van hetzelfde merk in de koelkast. Ze proosten.

‘Ongelooflijk dat ze er zomaar weer in springt,’ zegt Fokke.

Sigrid kijkt naar de andere kant van de tuin. ‘Wat doen we hier eigenlijk?’ vraagt ze zich hardop af.

‘We trekken een streep en we starten een nieuwe fase. Ik kan je niet vertellen hoe blij ik ben dat jij een leuke partner hebt gevonden. Je ziet er veel beter uit, veel blijer, je lijkt evenwichtiger. Dat klopt toch?’ Hij neemt een flinke slok uit zijn glas. ‘Soms heb ik het gevoel dat je moeder nog meekijkt. Dat zal wel een wensgedachte zijn, maar toch… Ze leek weer terug te zijn nadat Freddy stierf.’

Sigrid drinkt haar glas leeg. 'Voor mij is dat allemaal flauwekul. Je lijkt Nora wel met haar gezever over entiteiten en overgangen. Sinds wanneer geloof jij in dat soort onzin?'

'Het is geen kwestie van geloof, het is een kwestie van gevoel. Het valt niet uit te leggen aan iemand die niet hetzelfde voelt.'

Ze staat op. 'Bespaar je dan de moeite maar.' Ze zwaait naar Wieke. 'Ik kom ook.'

Ze zwemmen samen en letten op elkaars tempo.

'Zou hij in het water durven? Ik moest mezelf wel over enige weerstand heen zetten,' bekent Wieke.

Sigrid zorgt ervoor dat ze niet naar de bodem kijkt nu ze de plek naderen waar Freddy lag. 'Hij begon opeens over mama. Sinds Freddy dood is heeft hij het gevoel dat ze naar ons kijkt. Heb jij daar soms ook last van?'

'Ik zou daar geen last van hebben, maar ik sta gewoon niet open voor dat soort gevoelens. Misschien voelt hij zich schuldiger dan hij wil toegeven en heeft hij vluchtgedachten nodig. Kijk, hier lag ze. Ik heb me voorgenomen om elke keer als ik hier weer zwem naar de plek te kijken.'

'Ik niet. Waarom doe je dat?'

'Om zeker te weten dat ze er niet meer ligt en nooit meer zal opduiken. En als ik heel eerlijk ben moet ik toegeven dat ik ook kijk om beter te beseffen dat dit nooit had mogen gebeuren.'

Sigrid zwemt naar de kant.

'Kom! Nog één baantje,' roept Wieke.

Maar Sigrid staat al op de warme tegels.

62

Het restaurant in het centrum waar ze toen de eerste avond hadden gegeten is ook precies hetzelfde. Alleen de mooie ober die Léon heette en met Sigrid flirtte is er niet.

Ze nemen alle drie een vissalade met stokbrood. Fokke bestelt een grote karaf witte huiswijn.

De salade smaakt goed, maar Sigrid eet er weinig van. Haar maag zit op slot voor zowel eten als drinken. Wieke en Fokke eten hun bord leeg en zijn aan hun derde glas wijn begonnen.

'Sigrid is de bob,' meldt Wieke. 'Zouden ze die reuzesorbets nog hebben?' Ze wenkt de ober.

'Ik hoef niet,' zegt Sigrid. 'Waar laten jullie het allemaal?'

Fokke vertelt dat hij een ring heeft gekocht voor Mitzy. Ze hebben besloten om geen trouwring te gaan dragen, omdat Mitzy een trouwring als het toppunt van burgerlijkheid beschouwt.

Sigrid ziet dat Wieke even naar haar rechterringvinger kijkt en haar wenkbrauwen optrekt.

'En hoe denk jij daarover?' vraagt ze aan Fokke.

'Ik heb al twee keer een trouwring gedragen, voor mij hoeft het niet meer zo nodig. Het heeft me al genoeg moeite gekost om Mitzy zover te krijgen dat ze nog een keer wilde trouwen, dus ik ga niet moeilijk doen. Maar ik denk dat ze een ring met een mooie steen niet zal weigeren.'

'Ze vindt Dies en mij dus burgerlijk,' stelt Wieke vast.

Fokke begint net iets te hard te lachen. 'Welnee, ze is dol op jullie. Ik had dat anders moeten zeggen. Forget it.'

'Dat Mitzy een trouwring burgerlijk vindt zegt niets over hoe ze over jou en Dies denkt,' meent Sigrid.

'Toch vind ik het geen fijne gedachte dat ze op deze manier tegen me aan kijkt,' houdt Wieke vol.

'Praat dat dan met haar uit als we weer in Nederland zijn,' adviseert Sigrid.

Ze zitten net weer in de auto als de regen opeens op het asfalt klettert. Sigrid ruikt de alcohol die Fokke en Wieke uitademen en ze zet de airconditioning aan. Ze wil zo snel mogelijk naar het huis terug en in bed kruipen. Ze heeft nu al spijt dat ze is meegegaan naar Barjols.

Fokke dringt aan op een afzakkertje op het overdekte deel van het terras en Wieke vertelt dat ze een fles cointreau heeft meegenomen. Ze duwt Sigrid in de richting van een terrasstoel en zegt dat ze daar allemaal lekker op zullen slapen.

Op een van de vier stoelen ligt geen zitkussen meer. Sigrid kijkt om zich heen. 'Er lag toch op elke stoel een kussen?' vraagt ze aan Fokke.

Die haalt zijn schouders op. 'Niet op gelet. Maakt het iets uit?'

Ze loopt naar de keuken en herhaalt haar vraag tegen Wieke. Die geeft hetzelfde antwoord als Fokke.

'Er waren vier kussens,' houdt Sigrid vol.

'Maak je niet druk,' adviseert Wieke. 'We hebben er toch maar drie nodig?'

Ze drinken cointreau met ijs. De terrasstoel zonder kussen staart Sigrid aan. Het is nu donker en heel stil.

'Heerlijk, die rust,' verzucht Wieke. 'Dit had ik echt nodig.'

'Dan wil ik nu wel weten wat ik gemist lijk te hebben toen Freddy verdronk,' zegt Sigrid.

63

Ze laat zich niet ompraten, ze gaat niet akkoord met het voorstel om dit gesprek pas te voeren als ze eerst een nacht hebben geslapen en goed zijn uitgerust. En ze trekt zich beslist niets aan van de wanhopige blik in Fokkes ogen. Er gaat gepraat worden en morgen beslist ze of ze deze week gaat uitzitten.

Maar dat meldt Sigrid nog even niet.

Wieke wil weten waarom haar zus nu opeens dit gesprek wil voeren en waarom ze niet wil toestemmen in het verzoek om eerst een nacht goed te slapen. 'Is er iets gebeurd waar je bang van bent geworden? Hebben wij iets gezegd waardoor je niet kunt slapen? Komt het door het ontbrekende kussentje? Volgens mij lag dat er ook al niet toen we aankwamen.'

'Toen we vertrokken om te gaan eten lag op elke stoel een kussen,' houdt Sigrid vol. 'En toen we terugkwamen was er een verdwenen.'

'We gaan ons niet druk maken over een stoelkussen,' beslist Wieke. Ze slaat de inhoud van haar glas in één keer achterover, staat op en loopt naar binnen.

'Breng die fles maar mee naar buiten,' roept Fokke haar na.

Wieke en Fokke gaan die fles cointreau misschien wel leegdrinken. Ze mogen wel uitkijken dat ze hun bed nog kunnen bereiken, maar mocht dit niet lukken, dan zullen ze op het terras moeten slapen. Sigrid gaat niet met dronken lichamen slepen.

Het lijkt of Freddy hier weer is. Of ze ademt, kijkt, fronst, slikt, afkeurt. Je ziet haar niet, maar je voelt haar wel.

Hiermee stoppen, denkt Sigrid. Het kreng is dood. De duivel hebbe haar ziel.

Het is duidelijk dat Fokke en Wieke drank nodig hebben om te kunnen vertellen wat ze kwijt willen. Sigrid kijkt van de een naar de ander en ze vraagt zich af wat ze al die jaren heeft gemist. Er is blijkbaar iets gebeurd wat ze totaal niet in de gaten heeft gehad en het lijkt erop dat haar interpretatie van de omstandigheden waaronder Freddy verdronk op zijn zachtst gezegd niet helemaal de waarheid is.

Ze werden allebei wakker van het geluid dat Sigrid ook heeft gehoord. Gerommel, gestommel, gestruikel. Iedereen heeft toen begrepen dat Freddy weer in actie kwam. Maar terwijl Sigrid weer in slaap viel, werden Fokke en Wieke juist wakker en stapten uit bed. Ze kwamen vrijwel gelijktijdig de keuken in en zagen dat de terrasdeur openstond.

Het was donker, ze besloten fluisterend niet het licht aan te doen. Ergens op het terras waren geluiden, er werd een stoel verschoven, er viel iemand ergens tegenaan. Wieke zei dat ze beter weer naar bed konden gaan. Fokke wilde even wachten.

Ze slopen naar de zitkamer en gingen op de grote bank zitten.

Wieke zei dat ze de terrasdeur wilde sluiten, maar Fokke hield haar tegen. 'Ik doe die deur wel dicht als ze weer binnen is,' beloofde hij.

De volgende minuten gebeurde er niets. Ze wisten niet waar Freddy precies was, en tuurden in de duisternis.

Toen hoorden ze stemmen.

'Er is iemand bij haar,' fluisterde Wieke. 'Zou er een inbreker zijn?' Ze kroop tegen Fokke aan. 'Ga nou kijken.'

Er was weer een stem en ze meenden dat het Freddy was. Ze klonk opgewonden, zelfs boos. Fokke kwam overeind. Hij zei dat hij ging kijken wat er gaande was en dat Wieke moest blijven zitten waar ze zat.

Het volgende moment was het geluid van een plons te horen. Daarna snelle voetstappen die zich verwijderden. Vervolgens Stilte. Doodse stilte.

Fokke ging weer zitten.

'En toen?' vraagt Sigrid. 'Zijn jullie toen naar buiten gegaan?'

Wieke en Fokke kijken haar niet aan.

'We weten allebei niet meer hoelang we daar hebben gezeten,' antwoordt Wieke. 'We waren verkrampt, verlamd, wat dan ook. We stagneerden.'

'Ik heb uiteindelijk de deur van het terras gesloten en we zijn weer naar bed gegaan,' vult Fokke aan.

'Freddy heeft waarschijnlijk een inbreker betrapt en die moet in paniek zijn geraakt,' legt Wieke uit. 'En wij blokkeerden.'

'Onze reactie was fout,' zegt Fokke. 'Dat is een conclusie die ons belast en waarmee we moeten leven. We hadden naar buiten moeten gaan om te kijken wat er gaande was. Dat we niet nuchter waren en ons reactievermogen niet onder controle hadden is een feit, maar geen afdoend excuus. Jij sliep, jij hebt niets gemerkt en we wilden er jou niet mee belasten. Daarom hebben we altijd gezwegen. Ik had dat willen volhouden, maar het lukt Wieke niet om jou hierbuiten te laten. Maar behalve jij mag niemand hier ooit iets van te weten komen. Kunnen we dat met je afspreken?'

Sigrid probeert te bevatten wat er tegen haar wordt gezegd. 'Ik heb Freddy menigmaal dood gewenst, er zijn momenten geweest dat ik haar met liefde de hersens had ingeslagen.' Ze richt zich tot Fokke. 'Ik heb altijd gedacht dat jij haar in dat zwembad had gekieperd. Iedereen wist dat ze daar nooit uit zichzelf in de buurt zou zijn gekomen, er moest dus opzet in het spel zijn. Jij was naderhand heel nadrukkelijk in je eis aan ons dat we zouden verklaren dat niemand iets had gehoord of gezien. Ik heb gehoorzaamd, maar het vrat aan me. Niet dat ze dood was, wel de manier waarop. En nu blijkt dat iemand anders haar een duw heeft gegeven.'

'En dat wij dit hebben laten gebeuren,' vult Wieke aan. 'Dat vreet sindsdien aan óns.'

'En ik word nu al een tijdje lastiggevallen door iemand die de dood van Freddy niet kan verkroppen. Ze geeft ons als gezin de schuld en nu blijkt dat ze niet helemaal ongelijk heeft.'

'Ook niet helemaal gelijk,' zegt Fokke. 'Jij hebt geen schuld.'

'Maar ik weet nu wel de ware toedracht. Maakt dat me niet medeschuldig?'

'Ik dacht dat het beter zou zijn als je het wist,' fluistert Wieke. 'Toen Nora zich begon op te dringen, leek je steeds meer in paniek te raken. Ik dacht dat je beter de waarheid zou kunnen horen.'

Sigrid buigt zich naar haar toe. 'Zo, dacht jij dat? Dan heb je je behoorlijk vergist. Je had niet tegen me moeten liegen.' Ze komt met moeite overeind. 'Ik ga slapen en morgenochtend regel ik mijn terugvlucht. Probeer me alsjeblieft niet tegen te houden en laat me voorlopig met rust. Hier moet ik op mijn eigen manier uit zien te komen.'

De stilte die ze achterlaat als ze het huis in loopt voelt beladen aan. Verbijsterd. Gespannen.

Boos.

64

Ze heeft altijd gedacht dat haar vader met Freddy had afgerekend. Die gedachte veroorzaakte jaren een dubbel gevoel. Ze was blij dat het stiefwijf uit hun leven was verdwenen, maar de manier waarop vervulde haar toch met afschuw. Dat ging te ver, dat had niet op die manier mogen gebeuren. Maar het was gebeurd en ze koos ervoor om geen vragen te stellen waarvan de antwoorden haar nog meer konden belasten. Ze accepteerde dat het Fokke was die had ingegrepen en troostte zich met de gedachte dat haar zusje er verder niets mee te maken had gehad. Maar nu ligt alles anders.

Ze hebben haar gewoon laten verdrinken. Dit gaat over Sigrids vader en haar zus, haar naaste familie. Over de mensen met wie ze genetisch het sterkst is verbonden. Ze hebben het laten gebeuren en ze lieten haar erbuiten. Hoe geeft ze deze bekentenis een plaats? Wat doet ze met deze wetenschap? Is ze, nu ze weet wat er is gebeurd, medeplichtig?

Er was een inbreker die in paniek raakte en de dronken Freddy een zetje gaf. Die man heeft waarschijnlijk gedacht dat ze weer boven water zou komen, naar de kant zou zwemmen en uit het bad zou klimmen. Tegen de tijd dat ze alarm kon slaan was hij al lang en breed verdwenen. Niemand rekent erop dat een vrouw die een huis huurt met een zwembad niet kan zwemmen. Niemand gaat ervan uit dat zo'n vrouw zelf een indringer is. Soms is het lot dat je treft opgebouwd uit louter stompzinnigheid.

Ze hebben haar gewoon laten verdrinken. Ook Wieke, ook de persoon die ze van iedereen die ze kent het meest vertrouwt.

Ook de zus van wie ze zielsveel houdt. Hoe is het mogelijk dat ze nooit iets heeft vermoed? Heeft ze misschien signalen van Wieke niet gezien of niet willen zien?

Kan ze nog op dezelfde manier van haar houden als ze deed?

Sigrid heeft nog gehoord dat de gedempte stemmen op het terras zwegen, de deur werd gesloten en er geluiden waren in de badkamer die naast haar slaapkamer ligt. Er werd op haar deur geklopt en ze heeft niet gereageerd. Ze heeft nog overwogen om de deur op slot te draaien, maar ze had niet de kracht om overeind te komen. Nu is het stil en voelen haar oogleden zwaar aan.

Ze wil slapen.

Er is taart en er wordt gelachen. De jurk wordt bekeken en mama's ogen stralen als ze vertelt dat Sigrid die voor haar heeft gekocht.

'Die jongedame heeft een goede smaak,' zegt een van de tantes. 'Ze moet iets in de mode gaan doen.'

Mama gaat naar de keuken en Sigrid kijkt haar na. Ze zit als een standbeeld op de bank, hoort en ziet niet wat er in de kamer gebeurt. Ze staart naar de deur van de keuken en ze herhaalt in gedachten voortdurend twee woorden. Kom terug.

De keukendeur gaat eindelijk weer open en mama komt terug. Ze draagt een grote schaal vol toastjes met eiersalade en ze zegt dat de dochter die de prachtige jurk voor haar kocht het eerst een toastje mag nemen.

'Ben je niet dood?' vraagt Sigrid.

'Gekke meid,' roept mama. 'Hoe kom je dáár nou bij?'

'Daar was ik bang voor.'

'Ik ga pas dood als ik heel oud ben, maar ik wil eerst mijn kinderen en ook mijn kleinkinderen volwassen zien worden. Zullen we dat afspreken?'

Iemand wrijft over Sigrids gezicht.

'Je droomde, hè?' zegt een bekende stem.

Ze opent haar ogen. Ik droom nog steeds, denkt ze. De stem, de geur, het is haar echt. Maar hoe kan ze hier zijn? Wie heeft haar binnengelaten? Wat komt ze doen?

Rare droom.

Ze probeert overeind te komen.

Een hand duwt haar krachtig terug op het matras. 'Dat is niet de bedoeling.'

'Waarom ben je zo boos?' vraagt Sigrid. Ze ruikt een weeë geur en voelt dat ze wegglijdt.

65

Het bewustzijn lijkt op een oude lamp die op het punt staat om de geest te geven. Het licht floept aan, je ziet waar je bent, het licht floept uit, er is alleen maar duisternis.

Er was een rare droom over haar moeder. Ze ging weer naar de keuken en kwam gewoon terug, levend en grapjes makend.

Het was een heerlijke droom, al wist Sigrid dat het allemaal niet klopte. Zo had het moeten zijn en soms is het goed om een dergelijk beeld op te roepen.

Maar daarna gebeurde er iets vreemds. Er was iemand bij haar die vroeg of ze had gedroomd. Ze kon niet zijn wie ze leek te zijn, maar ze was het toch. Haar stem klonk hard en boos.

Waarom zou Mitzy hard en boos zijn?

De vloer is koel. Er glijden stoelpoten langs haar ogen. Ze ligt op haar rug. 'Héla!' wil ze roepen, maar haar lippen lijken op elkaar geplakt te zijn. Ze moet dat wat op haar mond zit meteen weghalen. Waarom lukt dat niet? Wat is er met haar handen gebeurd?

Ze wordt het terras op gesleurd, richting zwembad.

Het licht gaat weer uit.

Ze wil zeggen dat ze het koud heeft. De nacht is kil en ze draagt alleen een dun nachthemd. Ze valt niet meer steeds in slaap en nu haar ogen wat meer gewend zijn geraakt aan de duisternis ziet ze beter waar ze is. Maar ze begrijpt het nog steeds niet.

Bij het huis is beweging. Sigrid tuurt naar de plek waar ze iets hoort en ze ziet iemand naderbij komen. Ze heeft zich niet vergist.

Het is Mitzy en ze sleurt iets met zich mee.

Als Sigrid beseft dat ze de benen van haar zusje ziet, ontfermt de duisternis zich weer over haar.

Gekreun vlakbij.

Sigrid opent haar ogen en ontdekt dat Wieke rechts van haar ligt en Fokke links.

'Ik dacht: we doen de deugd in het midden,' zegt een stem ergens boven haar. 'Wat is het fris, hè? Ik heb even een vest uit de auto gehaald. Waarom zou ik kouvatten? Die tegelvloer is ook hard, hè? Daarom had ik al een kussen gepakt waar ik op kan zitten.'

Het is de stem van Mitzy en toch lijkt het geluid niet op wat ze van haar gewend zijn. De warmte en de humoristische ondertoon zijn weg. Spoorloos verdwenen.

Wie is deze vrouw?

Ze torent boven hen uit, ze lijkt drie keer zo groot als normaal. Het zal de duisternis zijn, bedenkt Sigrid. Het is nog te donker om haar goed te kunnen zien.

'Over een uur wordt het weer licht,' kondigt Mitzy aan. 'Ik moet dus voortmaken om het jullie te vertellen. Ik kan ook niets zeggen en gewoon doen waarvoor ik ben gekomen, maar ik ben netjes opgevoed. Mijn moeder heeft me geleerd om altijd duidelijk te zeggen wat je denkt en wilt en andere mensen nooit in het onzekere te laten over je bedoelingen. Dus luister goed, want ik vertel het maar één keer.'

66

Er is nooit sprake geweest van een toevallige ontmoeting tussen Fokke en Mitzy in de supermarkt. De kennismaking was zorgvuldig voorbereid en geënsceneerd. Ze moest wel over een enorme drempel heen voordat ze besloot om binnen te dringen in het leven van Fokke. Die drempel had te maken met een mogelijke verplichting tot seks met de man die ze tot in de toppen van haar tenen verafschuwde. Maar ze herinnerde zich nog dat Freddy had verteld over de kanker van Fokke en de mogelijkheid dat zijn prostaat moest worden verwijderd. Freddy had ergens gelezen dat een man door zo'n operatie impotent kon worden. Gelukkig vertelde Fokke haar al snel dat hij door de operatie die hij had moeten ondergaan seksueel niet meer actief kon zijn. Toen ze dat eenmaal zeker wist, zette ze door. Hij probeerde het ontbreken van 'de daad' te compenseren met veel knuffelen, zoenen en strelen. Als hij bezig was dacht ze aan Freddy. Als ze naast hem lag liet ze goed tot zich doordringen dat ze op de plek sliep waar de liefde van haar leven van haar had gedroomd. Als Fokke eenmaal snurkte fantaseerde ze er lustig op los en kon ze Freddy voelen.

Fokke, Sigrid en Wieke zijn een stelletje stommeriken die je alles kunt wijsmaken. Als je het goed bekijkt zijn het ook zelfingenomen, familiezieke gnomen, die de buitenwereld op afstand houden om te voorkomen dat iemand iets in de gaten kan krijgen over hun schuld.

Goed onthouden: hun schuld! Het maakt niets uit wie Freddy in het zwembad heeft gegooid. Het gaat erom dat Mitzy niet kan leven met het idee dat de dood van haar liefste lief nooit gewroken zal worden. En als het op wreken aankomt, komen er drie personen het meest in aanmerking om mee af te rekenen.

Voor Fokke geldt dat hij zich totaal niet bekommerde om wie de vrouw was die hij veroverde. Het ging er bij hem alleen om dat iemand voor zijn kinderen zorgde, de was deed, eten kookte, het huis schoonmaakte en altijd beschikbaar was in bed. Het kwam hem buitengewoon goed uit dat Freddy een kinderwens had en het was nog beter dat de zwangerschappen mislukten. Pompen maar, het liefst drie keer per dag. Niet vrijen, alleen neuken. Voor vrijen had Freddy gelukkig iemand achter de hand. Bij Mitzy kwam ze niets tekort.

Hij wist heel goed dat zijn vrouw haar seksuele heil elders zocht. Hij heeft heel goed in de gaten gehad wat ze bij hem miste. Toen er bij hem prostaatkanker werd ontdekt en hij er rekening mee moest gaan houden dat dit hem fataal kon worden, bedacht hij dat hij haar beter kon lozen, omdat ze de erfenis in de weg zou kunnen zitten. Het was lekker en bij tijden gezellig, dank voor de moeite, maar je tijd is om.

Exit Freddy.

Voor Wieke geldt dat ze overal voor wegdook en in die zin niet alleen Freddy maar ook haar vader en haar zus in de steek liet. Ze werd daardoor de lafheid in persoon, een opportunist in hoofdletters. Goedbeschouwd treft Wieke de minste aantoonbare schuld, maar ze is meegegaan naar Barjols en heeft daarmee haar eigen lot bezegeld. Gelukkig heeft ze een vent die goed voor het kind zal kunnen zorgen.

Voor Sigrid geldt dat ze de hoofdschuldige is in het geheel. Toen Freddy in haar leven kwam kon ze kiezen uit twee mogelijkheden: accepteren of verzetten. Sigrid koos voor het verzet en ze heeft alle beschikbare mogelijkheden omarmd en uitgevoerd.

Ze stookte, ze traineerde, ze splitste en ze loog. Vooral met liegen heeft ze Freddy geraakt en gekwetst en heeft ze de mogelijkheid tot haar vernietiging gecreëerd. Als iemand van dit gezin geen recht heeft op liefde is het Sigrid wel. Daarom gaat zij als eerste het zwembad in. Met vastgebonden handen en voeten en met afgesloten mond. Maar het water zal via haar neus naar binnen stromen. Geen probleem.

Ze zit op het kussen achter hun voeten en praat over hen heen. Haar woorden verdwijnen in de duisternis.

Sigrid wacht op het moment waarop ze beseft dat ze weer eens in een foute droom is beland.

67

Ze liggen nog steeds naast elkaar en Sigrid luistert naar de stilte die hen alle drie bevangen lijkt te hebben. Het is niet mogelijk om elkaar aan te raken en ze kunnen ook niets tegen elkaar zeggen.

Ze kunnen Mitzy horen rommelen in de keuken. Er klinkt glasgerinkel. Er wordt gevloekt.

Sigrid probeert niet te denken aan hoe het zal zijn om in het zwembad gegooid te worden, maar de tekst over verdrinken valt haar voortdurend lastig. Hoe wonderlijk werkt toch het menselijk brein. Ze had nooit gedacht dat ze deze tekst letterlijk zou kunnen reproduceren, en zeker niet in de huidige situatie. Maar de woorden blijken opeens in haar geheugen gegrift te staan.

Nadat ik had gehoord dat Freddy verdronken was in het zwembad bij een vakantiehuis in Frankrijk, ben ik veel gaan lezen over verdrinking. Toen ontdekte ik dat een verdrinkingsproces drie à vijf minuten duurt en dat degene die verdrinkt na ongeveer anderhalve minuut het bewustzijn verliest. Anderhalve minuut, dat is negentig seconden beseffen dat je gaat sterven. Negentig seconden schrik, negentig seconden angst, negentig seconden wanhoop.

Dit moet een droom zijn, de ergste nachtmerrie die haar ooit is overkomen. Dit is niet echt en later zal ze aan Engel vertellen hoe echt het leek. De gedachte dat Mitzy iets te maken zou kunnen hebben met de teksten die Sigrid kreeg toegestuurd is te belachelijk voor woorden.

Mitzy is het beste wat Fokke kon overkomen, daar zijn ze vanaf het begin allemaal van overtuigd geweest, ook al had Sigrid wat tijd nodig om aan haar aanwezigheid te wennen.

Dit is dus toch een droom, denkt ze. Ik ga heel langzaam mijn ogen openen en zorg ervoor dat ik een tijdje wakker blijf, zodat ik niet opnieuw in deze verschrikkelijke situatie verzeild kan raken. Nu eerst goed wakker worden.

Ze ziet dat Mitzy over haar heen gebogen staat.

'Deed je nog een lekker dutje?' vraagt ze.

Mitzy vindt het belangrijk dat ze weten hoe slim ze dit allemaal heeft voorbereid en georganiseerd. Ten eerste heet ze niet Mitzy Schouten, maar Mimi Scheeling. Het werd vooral tijd om ervoor te zorgen dat de Fortuintjes naar Barjols afreisden toen Fokke begon aan te dringen op het vastleggen van een datum voor de ondertrouw en het huwelijk. Ze kon uiteraard niet het risico lopen dat ze op een valse naam werd betrapt.

Het is ook belangrijk dat ze weten dat Mitzy nooit met een gewelddadige man in Italië heeft gewoond. Dat was een deel van het levensverhaal dat van pas kwam om sympathie te winnen. Er was wel ooit een man in haar leven, met wie ze zelfs een paar maanden getrouwd is geweest. Ze dacht toen nog dat trouwen met een man haar verlangen naar vrouwen zou verminderen en misschien zelfs zou vernietigen. Toen dat eerder aangewakkerd leek te worden, besloot ze van hem te scheiden. Hij was politieman en op de dag dat ze hem wilde vertellen wat ze had besloten werd hij door een crimineel doodgeschoten. Het leverde haar de vrijheid op en een levenslang goed pensioen. Met oprechte dank aan de crimineel, al was er met die politieman in wezen niets mis.

Het allerbelangrijkste wat ze moeten weten is dat Mitzy vanaf haar jeugd al voelde dat ze anders is dan andere mensen. Als kind maakte ze al graag dingen kapot. En niet alleen dingen, ook insecten en kleine dieren. Haar ouders lieten haar onderzoeken en ze gaven veel geld uit aan psychologen, psychiaters, natuurgenezers en een hele serie kwakzalvers. Maar niemand kon haar veranderen, omdat ze niet wilde. Ze is goed zoals ze is, leidt het leven dat ze wil leiden, en ze bepaalt zelf wie ze daarbij betrekt en wie niet. Mocht ze ooit beter in staat zijn geweest om iets te voelen wat te maken heeft met een geweten, dan is dit gevoel reddeloos verloren gegaan toen ze Freddy verloor. Maar misschien maakt ze een nieuwe start als ze definitief met het verlies van haar grote liefde heeft afgerekend. Een beetje geweten kan geen kwaad, als het maar binnen de perken blijft. Binnen de perken van Mimi alias Mitzy, in dit geval.

Ze kwijlt een beetje, ziet Sigrid.

68

'Ik heb sinds mijn vertrek uit Nederland in mijn huurauto geslapen,' vertelt Mitzy. 'Die auto heb ik gehuurd op Schiphol, nadat Fokke me had gebracht. Morgenochtend om vier uur start ik de motor en rijd ik terug naar Nederland. Ik ga het rustig aan doen, ik wil minimaal drie dagen nemen om terug te rijden. Tegen de tijd dat bij dit huis de volgende gasten arriveren, zal men zich een ongeluk schrikken als ze in het zwembad willen duiken. Jullie dobberen dan zeker goed zichtbaar rond. Als er later nieuwsgierige vragen komen over mijn verlies van Fokke en mijn aanstaande stiefdochters zal ik antwoorden dat ik de relatie met Fokke vlak voor zijn vertrek naar Barjols heb verbroken. Ik ben hier niet in een hotel geweest en als ik in de grote supermarkt verderop eten ga halen voor de terugweg zal ik gewoon een van de vele buitenlandse vrouwen zijn die dit doen. Ik weet hoe ik niet moet opvallen. Goed, hè?'

Ze praat nu met een kleinemeisjesstem. Hoe is het mogelijk dat niemand ooit iets aan haar heeft gemerkt? Hoe kon ze in hun leven binnendringen zonder ook maar een sprankje achterdocht te veroorzaken?

Het lijkt nog steeds of dit niet echt gebeurt. Sigrid weet dat ze tot op het bot verkleumd is, maar ze voelt de kou niet. Ze kijkt naar de donkere lucht en ziet een klein streepje licht verschijnen. De nieuwe dag kondigt zich aan.

De laatste dag.

Of was gisteren de laatste dag?

Zelfs deze gedachten lijken niet bij háár te horen. Het zijn flitsen die met een ander leven te maken hebben en waar ze niets bij voelt.

Naast haar is een geluid. Ze luistert.

Wieke kreunt.

Haar zus en haar vader liggen naast haar en ze was ze helemaal vergeten.

Er is weer een geluid. Heel ver weg, maar toch te horen. De stille nacht geeft dit geluid de ruimte.

Mitzy heeft het ook gehoord. Ze sluit haar ogen en luistert. 'Er is ergens iets aan de hand. De hulpdiensten hebben het dus voorlopig te druk om toevallig hierlangs te komen. We gaan beginnen.'

Sigrid probeert oogcontact met haar te maken, maar Mitzy vermijdt haar blik. Ze heeft haar lippen stijf op elkaar geperst en bukt zich om Sigrids samengebonden voeten vast te grijpen.

De sirenes zijn nu in de buurt. Is het politie, brandweer of ambulance? Welke geluiden gebruiken ze voor wat in Frankrijk?

Sigrid houdt haar ogen gesloten en ze blijft luisteren naar wat ze in de omgeving hoort. De sirenes zijn nu heel dichtbij. Gierende remmen.

Schreeuwende stemmen.

Ze wordt opgetild en losgelaten.

Het water is koud.

Negentig seconden, dat is het enige wat nog telt.

69

'Denk jij dat er een hemel bestaat?' vroeg ze ooit aan haar moeder.

'Ik hoop het,' antwoordde die. 'Maar ik ben bang dat de hemel iets is wat door mensen is verzonnen.'

'Hoe zou het daar zijn?'

Haar moeder lachte. 'Wat ben je toch een lekkere volhouder. Ik denk dat als de hemel bestaat – luister goed: áls de hemel bestaat – het een plek is van onbeschrijflijke schoonheid en rust. Van heel veel licht, van prachtige muziek, van pure vrede. En iedereen die erin komt is vanaf het begin gelijk aan alle anderen.'

Er moet een hemel zijn, stelt Sigrid vast, en misschien is ze er al aangekomen. Hoe kan ze zich anders zo goed voelen, zo relaxed en zo heerlijk tevreden?

Ze ligt niet in het water, want ze is niet nat. Misschien ligt haar lichaam nog wel in het water en is zij nu alleen een geestelijk persoon. Een entiteit.

De stem is heel dichtbij en ze probeert te luisteren naar wat er tegen haar gezegd wordt.

Luisteren lukt niet.

'Ben je wakker?'

Dat lijkt Engel wel. Die kan hier niet zijn. Maar wat en waar is 'hier'?

'Kun je je ogen opendoen?'

Sigrid opent haar ogen.

Ze ligt in een bed en Engel heeft haar overeind getrokken. Zijn lichaam schokt. Ze krijgt geen lucht en probeert hem een stukje van zich af te duwen.

Hij blijft maar huilen, ook als ze weer bevrijd is. Hij kust haar handen en streelt ze. 'Zo bang geweest,' snikt hij.

'Waar ben ik nu?' vraagt Sigrid.

'Je bent nog in Frankrijk en je ligt in een ziekenhuis.'

Ze kijkt om zich heen. Witte muren, een brede deur, een nachtkastje, twee stoelen. Alles lijkt supersteriel. 'Dit is niet de hemel.'

Engel schiet in de lach. 'Nee, dit is niet de hemel. Weet je nog wat er is gebeurd?'

Sigrid sluit haar ogen. 'Ze gooide me in het water.'

'Dat klopt. En verder?'

'Daarna dacht ik dat ik in de hemel kwam.' Ze probeert zich te herinneren wat ze voelde toen ze in het water lag. Negentig seconden!

'Ik dacht: negentig seconden, of zoiets. Ik weet het niet meer. Ben ik verdronken?'

'Bijna. Je bent net op tijd uit het water gehaald door een politieman. Gereanimeerd en naar het ziekenhuis gebracht. En nu ben je eindelijk wakker.'

'Lag ik in coma?'

'Niet echt. Je liet je wel wekken, maar je gleed steeds weer weg.'

'Hoelang lig ik al hier?'

'Drie dagen.'

Drie dagen. Ze begrijpt er niets van.

'Je vader en Wieke hebben hier ook een dag gelegen. Nu zitten ze in een hotel. Zodra jij ontslagen wordt, gaan we samen terug naar Nederland.'

'Goed,' zegt Sigrid.

70

De informatie moet gedoseerd worden verstrekt, anders laat Sigrids brein verstek gaan. Te veel woorden tegelijk glijden gewoon weg uit haar hoofd en zijn niet meer te vangen. Het schijnt te maken te hebben met het trauma dat ze heeft opgelopen toen ze bijna werd vermoord. Maar ze herinnert zich nog steeds niets van wat er precies bij het zwembad is gebeurd. Het enige wat is blijven hangen is de vraag of ze in de hemel was.

De psycholoog met wie ze inmiddels drie keer heeft gesproken is van mening dat er sprake is van een psychische blokkade die Sigrid nodig heeft om zich staande te houden. De doodsangst was zo groot dat ze zich waarschijnlijk uit zichzelf heeft teruggetrokken. Daardoor heeft haar brein de bijna-doodervaring verbannen naar een plek waar ze nog niet bij kan. Ze heeft tijd nodig om tot zich te laten doordringen wat er met haar is gebeurd en dat een plaats te geven.

Sigrid wil zich liever niets herinneren, maar ze wil wel weten hoe het mogelijk is dat zij, Wieke en Fokke werden gered. En waar Mitzy is gebleven.

Toen Mitzy in de gaten kreeg dat de auto's met sirenes stopten bij de bungalow waar zij bezig was heeft ze alleen Sigrid in het zwembad gegooid en is toen via de zijtuin de weg op gerend en aangereden door een auto die aan kwam rijden. Ze werd door de klap tegen een boom aan geslingerd en was op slag dood.

De politieman die vooropliep koos er gelukkig voor om niet

achter haar aan te gaan maar het zwembad in te duiken, waardoor hij Sigrid op tijd kon redden.

'We hebben ons leven te danken aan Engel,' zegt Fokke elke keer als hij bij Sigrid is. Fokke en Wieke praten ook met een psycholoog en ze hebben medicijnen nodig om rustig te kunnen zijn. Vooral Wieke heeft verschrikkelijke paniekaanvallen en ze hyperventileert nog veel.

Fokke en Wieke herinneren zich elke seconde, elke beweging, alle woorden die Mitzy uitsprak. Fokke zegt steeds dat hij het raam van de slaapkamer in de villa had moeten sluiten toen hij naar bed ging. Hij zegt ook dat hij zichzelf een onmetelijke sufferd vindt, omdat hij twee keer in zijn leven een duivel heeft binnengelaten. Hij scheldt op Mitzy en noemt haar dood gerechtigheid. Als hij tekeergaat, duikt Sigrid in elkaar.

Maar ze hebben hun leven dus te danken aan Engel, is haar duidelijk geworden.

Het kwam door iets wat Waldemar tegen Engel zei, nadat hij de hoofdstukken had gelezen die op dat moment gestuurd waren. Waldemar maakte een opmerking die Engel aan het denken zette. Hij zei dat in dit soort zaken vaak sprake was van een dader die zich dicht in de buurt bevond.

De focus was gericht op Nora, Bernice en Jochem en daar ging Engel aanvankelijk in mee. Totdat hij zich realiseerde dat Mitzy ook een partij was die in aanmerking zou kunnen komen. Hoewel hij zichzelf deze gedachte eerst kwalijk nam, besloot hij zich toch eens in haar te verdiepen. Hij begon haar persoonlijke vragen te stellen en merkte dat ze vage antwoorden gaf. Ze werd zelfs een beetje boos toen hij een keer doorvroeg over haar ervaringen in Italië. Hij besloot om zijn excuses aan te bieden voor zijn opdringerigheid en ging bij haar langs op een ochtend toen hij wist dat ze in haar eigen huis zou zijn, omdat ze voorbereidingen moest treffen voor de verkoop. Hij trof de postbode die net de tuin in wilde lopen en bood aan om de post mee te nemen. Er waren twee brieven van de belastingdienst en een brief van een bank. Ze waren allemaal geadresseerd aan mevrouw M. Scheeling.

Mitzy was die ochtend niet thuis en Engel duwde de post door de brievenbus. Hij besloot geen excuses aan te bieden, maar informeerde wel bij haar bij welke makelaar ze haar huis te koop ging zetten. Ze antwoordde dat ze dit nog niet wist. Later meldde ze dat ze had besloten om geen bord in de tuin te laten plaatsen, omdat ze geen zin had in mensen die steeds naar binnen zouden gluren. Dat had een vriendin van haar meegemaakt.

Engel vroeg niets, maar toen Mitzy eenmaal had verteld dat ze het huis in de verkoop had gezet, zocht hij het pand op Funda. Omdat hij het daar niet kon vinden belde hij alle makelaars in de stad met de vraag of het huis bij hen te koop stond. Niemand was de verkopende makelaar.

Hij besloot om nog even te wachten met Waldemar te betrekken bij zijn bevindingen en Mitzy eerst zelf nog meer vragen te gaan stellen. Dat moest hij op een voorzichtige manier doen, want Mitzy zou nog geïrriteerder kunnen raken en hij vermoedde dat Fokke haar kant zou kiezen als zij zich tegen Engel keerde. Hij wist ook niet zeker hoe Wieke en Sigrid zouden reageren.

Aanvankelijk juichte hij de reis die Fokke, Wieke en Sigrid nog een keer zouden moeten maken toe. Die drie konden beter een beetje uit de buurt zijn als hij zich verder ging verdiepen in de vrouw die hij inmiddels niet meer vertrouwde. Toen Mitzy besloot om in dezelfde periode terug te gaan naar Italië, gingen er nog geen alarmbellen rinkelen. Het leek hem handig als ze een tijdje niet in de buurt zou zijn en hij begon na te denken over de mogelijkheid om haar huis binnen te komen en daar eens uitgebreid rond te kijken. Hij bood aan om ook in haar huis voor de planten te zorgen, maar ze bedankte hem en zei dat haar buurvrouw een sleutel had.

Zodra Fokke en zijn dochters naar Frankrijk waren vertrokken haastte Engel zich naar de buurvrouw van Mitzy. Die bleek geen sleutel te hebben en beklaagde zich over het nukkige gedrag van Mimi. Ze had alles wat mogelijk was geprobeerd om tot een normaal burencontact te komen, maar toen Mimi een vriend kreeg werd ze ontoegankelijk en ook onuitstaanbaar.

'Waarom noemt u haar Mimi?' vroeg Engel.

'Omdat ze zo heet,' antwoordde de buurvrouw. 'Heeft ze jou soms iets anders wijsgemaakt of ben ik zelf ergens in getrapt? Volgens mij is die vrouw niet helemaal goed bij haar hoofd.'

Engel ging tegen zes uur 's avonds naar het huis van Mitzy. Hij gokte erop dat de meeste buren aan tafel zaten en dat hij via de achterdeur binnen kon komen. Hij trof een achterdeur met enkel glas en zag dat er een sleutel in het slot aan de binnenkant van de deur zat. Het lukte hem om zonder veel lawaai een ruitje in te drukken en om kwart over zes stond hij in de keuken. Toen hij er zeker van was dat niemand alarm had geslagen, begon hij aan zijn zoektocht. Hij vond niets wat hem verdacht voorkwam, totdat hij in een kleine kamer op de bovenverdieping de computer ontdekte, die niet met een wachtwoord beveiligd bleek te zijn.

Het document was opgeslagen onder 'Vernietiging Fortuin'. Engel scrolde erdoorheen en herkende de teksten. En toen ontdekte hij het hoofdstuk dat recent was geschreven en niet was verstuurd. Het hoofdstuk dat grote paniek veroorzaakte.

Eenentwintig

Het laatste woord is aan mij en ik richt het tot jou, mijn lief. Dat ben ik je verschuldigd.

Er zal nooit iemand zijn van wie ik meer kan houden dan van jou. Mijn hart is aan dat van jou gelinkt, we zijn onverbrekelijk met elkaar verbonden. Dat waren we vanaf het begin en voor mij stond dat nooit ter discussie. Voor jou gold iets anders. Voor jou gold dat vrijheid het belangrijkste onderdeel was van je bestaan en je wilde die vrijheid door niemand laten inperken, ook niet door mij. Zelfs niet door mij.

Het lukte me heel lang om mijn ogen dicht te houden voor het deel van jou dat mij buitensloot. Het deel dat me negeerde. Het deel dat me uiteindelijk verraadde en ons allebei noodlottig werd.

Ik was zó gelukkig, lief, toen ik hoorde dat je man je wilde afdanken. Ik wist zó zeker dat de toekomst voor ons openlag. Ik hoopte zó op een overgave die jou in staat zou stellen om definitief voor mij te kiezen. Jij had die anderen niet nodig, je speelruimte diende nergens toe, je hoefde niet bang te zijn voor sleur. Daarvoor had ik je veel te veel te bieden. Maar je wees het af.

Je ging naar Barjols, terwijl je wist dat je het spel verloren had. Ik bleef boos en gefrustreerd achter. In de nacht voordat je zou vertrekken werd ik 's nachts wakker en ik wist dat er iemand naast mijn bed stond.

Mijn eerste contact met een dode vond plaats toen mijn opa stierf. Daarna zag ik vaak het verschijnsel dat ik het boze oog noemde, en dat altijd te maken had met de dood. Er kwamen ook doden naar me toe, maar ik wilde geen contact. Dat lag anders bij mijn opa. Ik heb het altijd prettig gevonden als hij om me heen was. Het gaf me rust, ik dacht er vriendelijker door. Zijn aanwezigheid kon mijn neiging om iets te vernielen beteugelen.

In de nacht voordat jij naar Barjols zou gaan voelde ik dat opa me wilde waarschuwen. Ik aarzelde geen moment, boekte een vlucht naar Nice, kon een uur na jou vertrekken, en nadat ik geland was in Nice huurde ik een auto, waarmee ik naar Barjols reed.

Ik wist precies hoe het zou verlopen. Jij ging ruziemaken en krachttermen gebruiken. Het zou er stevig aan toegaan. Ik ging ervan uit dat je de deur uit geschopt zou worden en dan zou ik je opvangen en je meenemen naar een hotel. We zouden na één overnachting terugvliegen naar Nederland, constateren dat de hele familie Fortuin het doodschoppen niet waard was en besluiten hen de rest van ons leven volledig te negeren. Zo had het moeten gaan, maar het verliep anders.

Toen ik bij het huis in Barjols arriveerde en zo stil mogelijk naar de achtertuin sloop, ontdekte ik dat iedereen binnen was. Ik hoorde stemmen die soms uitschoten, maar ik kon niet dichtbij genoeg komen om te kunnen verstaan wat er werd gezegd. Ik zag wel je koffer staan op het terras en heb nog overwogen om die alvast in de auto te zetten.

Het duurde uren voordat het stil was in huis en ik zat daar maar in de beschutting van een grote struik te bedenken wat ik het beste kon doen. Ik viel in slaap en schrok wakker van een geluid in de tuin. Je kwam recht op me af, maar veranderde op het laatste moment van richting. Ik zag dat je dronken was. Je struikelde en viel. Ik rende naar je toe en sloeg mijn armen om je heen. Je was verbijsterd.

Ik heb die nacht in Barjols mijn ziel aan je getoond. Ik heb je verteld hoe ik al jaren worstelde met het deel van mijn karakter dat in geen enkel maatschappelijk aanvaardbaar kader paste, maar dat ontegenzeggelijk in mij aanwezig was. Ik heb gesmeekt om je liefde en ik heb je mijn overgave en dienstbaarheid aangeboden. En mijn trouw.

Je sloeg me. Je zei dat je me niet wilde, behalve voor seks. Je beweerde dat je meer hetero dan lesbo was en dat je nooit, maar dan ook nooit voor een vrouw zou kiezen. Ook niet voor mij. Zeker niet voor mij, omdat ik je verstikte.

Het is al zeven jaar geleden en toch is het gevoel dat me bekroop nog steeds niet verdwenen. Ik wist dat ik me er meer dan ooit tegen moest verzetten, maar ik gaf eraan toe.

Je lag in het zwembad voordat ik echt besefte wat ik deed en ik rende weg in grote paniek. De hele terugweg heb ik in gedachten één zin gerepeteerd: ze is er weer uit gekomen. Ik hield er dagenlang rekening mee dat de politie bij me aan de deur zou verschijnen om te vertellen dat er een aanklacht tegen me was ingediend vanwege een poging tot doodslag. Er verscheen niemand.

En jij kwam nooit meer terug.

Ik dook weg in de ontkenning en ik maakte mezelf wijs dat je op een dag gewoon weer voor mijn neus zou staan. Je was niet dood, je kon niet dood zijn. Je hield veel te veel van het leven om het wie dan ook mogelijk te maken je te vermoorden. Je had er op het moment suprême voor gekozen om af te rekenen met je angst voor water en het was je gelukt uit het zwembad te komen.

Er was iemand anders in een kist naar Nederland vervoerd en in de oven van een crematorium terechtgekomen, die overtuiging hield me overeind.

Maar toen begon je me duidelijk te maken dat je ergens terecht was gekomen waar ik je niet meer kon bereiken. Je dwong me je uit je benarde positie te verlossen en mijn schuld te erkennen. Voor mij bleek de enige manier om mijn schuld in te lossen de infiltratie te zijn in de familie die jou zo ongelukkig had gemaakt. Geloof me, lief, alles wat daarna gebeurde stond in het teken van berouw en herstel. Het herstel van ons, van onze liefde. Van wie we samen waren en hadden moeten blijven.

Ik weet nu eindelijk zeker dat je van me verwacht dat ik deze familie vernietig en dat je daarna bij me terugkomt.

Dit hoofdstuk blijft bij mij. Ik print het uit en neem het mee naar de plek waar ik voor jou ga afrekenen. Ik weet de weg, ik zal ze vinden. En in deze tekst zul jij bij me zijn.

Kom daarna alsjeblieft terug, mijn vrouw. Mijn allerliefste. Ik kan niet leven op een plek waar ik jou niet dicht bij me voel.

Kom met de wind, zoals je al eerder deed. Je weet dat ik opensta voor de signalen die je geeft. Ik zal je ontvangen en toelaten. Ik zal je verlossen.

Vergeef me.

71

Het is al drie maanden geleden dat Engel na het lezen van het laatste hoofdstuk Waldemar belde en de wedloop met de tijd begon. De Nederlandse politie sloeg alarm bij de Franse collega's en die reageerden gelukkig direct en adequaat. Ze hadden geen minuut later bij de villa in Barjols moeten arriveren.

Sigrid kent nu het hele verhaal, net als Fokke en Wieke. Wieke probeert er steeds met haar over te praten, maar Sigrid wijst elk verzoek in die richting af. Er samen over praten komt te dichtbij. Het is al ingewikkeld genoeg om elke nacht te slapen, elke ochtend op te staan en elke dag door te komen. Als Engel er niet was zou ze geen warm eten krijgen en werd nooit haar bed verschoond. Haar lijf staat alleen nog in de overlevingsstand.

Ze zou aan Engel willen vertellen wat ze te weten is gekomen over de rol die Fokke en Wieke hebben gehad in de nacht dat Freddy verdronk. Ze zou aan hem willen vragen hoe ze met die wetenschap moet omgaan, hoe ze die een plaats kan geven. Er moet nu nog aan veel te veel een plaats worden gegeven.

Volgens de psycholoog komt er vanzelf een moment waarop er iets gebeurt wat zo sterk binnenkomt dat ze de weg terug kan oppakken. Ze kan dat moment het beste niet zelf zoeken, ze kan zich beter door de terugweg laten vinden.

Sigrid vindt dat zweverige taal, maar ze gunt de psycholoog het voordeel van de twijfel.

Er is een neef van Mitzy gevonden die bereid is om haar nalatenschap te regelen. Fokke heeft met hem gepraat en hem in grote lijnen verteld wat er is gebeurd. De neef keek nergens van op. Hij heeft het fotoalbum dat ooit door Freddy werd verdonkeremaand en later door Mitzy werd bewaard gezocht en gevonden. Hij heeft ook gezocht naar de antieke kam, maar tot nu toe is hij die nog niet tegengekomen. Het album is weer bij Fokke. Sigrid heeft al tegen Wieke gezegd dat zij het mag hebben als hun vader er niet meer is. De kam ook, mocht die nog boven water komen.

Wieke is van mening dat ze daar pas een definitieve beslissing over moeten nemen als het zover is.

72

Er zit geen bodem in het zwembad.

Ze wordt de diepte in gezogen, haar hele lijf verkrampt. Ergens boven haar is een stem, maar ze kan niet horen wat die zegt. De klanken vermengen zich met het geraas van de vaart waarmee ze naar beneden vliegt.

Ze moet ademen, ze moet lucht krijgen. Ze spert haar ogen open, maar het enige wat ze ziet is water. Overal water. Steenkoud water.

Ze kan haar lippen niet langer stijf op elkaar houden en ze probeert haar mond te openen. Maar haar mond zit dicht en het water stroomt door haar neus naar binnen. Ze wil schreeuwen om hulp.

'Stil maar, stil maar, het is niet echt, je droomde het gewoon.'

Sigrid kan niet ophouden met rillen en kruipt dicht tegen Engel aan. Haar tanden klapperen.

Ze voelt dat haar rug wordt gestreeld en komt langzaam tot rust. Er stromen tranen over haar wangen.

'Weet je wat je droomde?' vraagt Engel.

'Ik droomde dat ik verdronk,' fluistert ze.

Hij kust haar voorhoofd en haar wangen. 'Misschien is dromen een manier om de terugweg te vinden.'

Sigrid voelt een korte windvlaag langs haar blote schouders gaan. 'Wil je het raam dichtdoen? Het waait hier zo.'

Engel trekt haar nog steviger tegen zich aan. 'Het is windstil, liefste.'

Mij zie je niet

IK WEET HOE DE HEL ERUITZIET.

Ik ben een nabestaande.
Ik ben de moeder van een kind dat werd doodgepest.
Ik weet sinds die dag hoe de hel eruitziet en ik heb besloten om een paar mensen dezelfde ervaring te gunnen.